Diogenes Taschenbuch 21099

B. Traven
Werkausgabe
Band 2

B. Traven

Die Baumwollpflücker

Roman

Eine Edition der
Büchergilde Gutenberg
im Diogenes Verlag

Werkausgabe B. Traven in Einzelbänden
Herausgegeben von Edgar Päßler

Veröffentlicht als Diogenes Taschenbuch, 1983

80/83/36/1
ISBN 3 257 21099 X

GESANG DER BAUMWOLLPFLÜCKER IN MEXIKO

Es trägt der König meine Gabe,
Der Millionär, der Präsident,
Doch ich, der lump'ge Pflücker, habe
In meiner Tasche keinen Cent.
    Trab, trab, aufs Feld!
    Gleich geht die Sonne auf.
    Häng um den Sack,
    Zieh fest den Gurt!
    Hörst du die Waage kreischen?

Nur schwarze Bohnen sind mein Essen,
Statt Fleisch ist roter Pfeffer drin,
Mein Hemde hat der Busch gefressen,
Seitdem ich Baumwollpflücker bin.
    Trab, trab, aufs Feld!
    Gleich geht die Sonne auf.
    Häng um den Sack,
    Zieh fest den Gurt!
    Hörst du die Waage brüllen?

Die Baumwoll' stehet hoch im Preise,
Ich habe keinen ganzen Schuh,
Die Hose hängt mir fetzenweise
Am Ursch, und ist auch vorn nicht zu.
    Trab, trab, aufs Feld!
    Gleich geht die Sonne auf.
    Häng um den Sack,
    Zieh fest den Gurt!
    Hörst du die Waage wimmern?

Und einen Hut hab ich, ’nen alten,
Kein Hälmchen Stroh ist heil daran,
Doch diesen Hut muß ich behalten,
Weil ich ja sonst nicht pflücken kann.
    Trab, trab, aufs Feld!
    Gleich geht die Sonne auf.
    Häng um den Sack,
    Zieh fest den Gurt!
    Siehst du die Waage zittern?

Ich bin verlaust, ein Vagabund,
Und das ist gut, das muß so sein,
Denn wär’ ich nicht so’n armer Hund,
Käm’ keine Baumwoll’ rein.
    Im Schritt, im Schritt!
    Es geht die Sonne auf.
    Füll in den Sack
    Die Ernte dein!
    Die Waage schlag in Scherben!

Erstes Buch

I

Ich stand auf der Station und sah mich um, wen von den wenigen Eingeborenen, die dort herumlungerten oder auf dem nackten Erdboden hockten, ich hätte nach dem Wege fragen können.
Da kam ein Mann auf mich zu, den ich schon im Zuge gesehen hatte. Braun verbrannt im Gesicht und am Körper. Vierzehn Tage nicht rasiert. Einen alten, breitrandigen Strohhut auf dem Kopfe. Einen roten Baumwollfetzen, der offenbar einmal ein richtiges Hemd gewesen war, am Leibe. Eine an fünfzig Stellen durchlöcherte gelbe Leinenhose an den Beinen und an den Füßen die landesüblichen Sandalen.
Er stellte sich vor mich hin und sah mich an. Sicher wußte er nicht, in welche Form und Reihenfolge er die Worte bringen sollte für den Satz, den er mir sagen wollte.
»Was kann ich für Sie tun?« fragte ich endlich, als es mir zu lange dauerte.
»Buenos dias, Señor!« begann er. Dann gluckste er ein paarmal und kam endlich heraus: »Könnten Sie mir vielleicht sagen, auf welchem Wege ich nach Ixtilxochitchuatepec zu gehen habe?«
»Was wollen Sie denn da?« platzte ich heraus.
Die Unhöflichkeit, nach seinen persönlichen Angelegenheiten zu fragen in einem Lande, wo es taktlos, beinahe beleidigend ist, jemand nach Namen, Beruf, Woher und Wohin auszuforschen, kam mir gleichzeitig zum Bewußtsein. Deshalb fügte ich rasch hinzu: »Dort will ich nämlich auch hin.«
»Dann sind Sie wohl Mr. Shine?« fragte er.
»Nein«, sagte ich, »der bin ich nicht, aber ich will zu Mr. Shine, Baumwolle pflücken.«
»Ich will auch Baumwolle pflücken bei Mr. Shine«, erklärte er nun und heiterte auf; zweifellos weil er einen Weggenossen gefunden hatte.
In diesem Augenblick kam ein langer und stark gebauter Neger auf uns zu und sagte: »Señores, wissen Sie den Weg zu Mr. Shine?«
»Cotton picking?« fragte ich.

»Yes, feller. Ich habe seine Adresse bekommen von einem andern schwarzen Burschen in Queretaro.«
Soweit waren wir, als ein kleiner Chinese auf uns zugetrippelt kam. Er lachte uns breit an und sagte: »Guten Molgen, Señoles, Gentlemen! Ich will dolt hin und möchte Sie flagen, wo ist del Weg?«
Umständlich brachte er ein Notizblättchen heraus, las und sagte dann: »Mr. Shine in Ixtilxo. . .«
»Stopp!« unterbrach ich ihn laut lachend. »Wir wissen ja schon, wohin Sie wollen, verrenken Sie sich nur nicht die Zunge. Wir wollen auch dorthin.«
»Auch cotton pickin' dolt?« fragte der Chinc.
»Ja«, antwortete ich, »auch. Sechs Centavos für das Kilo.«
Durch diese meine Äußerung war auch mit dem Chinc das kameradschaftliche Band hergestellt. Die proletarische Klasse bildete sich, und wir hätten gleich mit dem Aufklären und dem Organisieren anfangen können.
Auf jeden Fall fühlten wir uns alle vier so wohl wie Brüder, die nach langer Trennung sich plötzlich unerwartet an irgendeinem fremden fernen Punkt der Erde getroffen haben.
Ich könnte nun noch erzählen, in welcher Form ein zweiter Neger, nur halb so lang wie sein Rassenvertreter, aber ebenso pechschwarz wie jener, auf uns zuschlenderte und mit welcher Sorglosigkeit und mit welchem Reichtum an Zeit ein schokoladenbrauner Indianer auf uns zusteuerte, beide mit dem gleichen Ziel der Reise: Mr. Shine in Ixtilxochitchuatepec, Baumwolle pflücken für sechs Centavos das Kilo.
Keiner von uns wußte, wo Ixtil . . . lag.
Die Station war inzwischen so leer geworden, lag so einsam und verträumt in der tropischen Glut, wie eben nur eine Station in Zentralamerika zehn Minuten nach Abfahrt des Zuges daliegen kann.
Den Postsack, fünfmal mehr Quadratzoll Leinen als Quadratzoll Inhalt, selbst wenn man alle Briefe und Umschläge auseinanderfaltete, hatte irgendein Jemand, den kein vernünftiger Mensch für einen Postbeamten gehalten hätte, mitgenommen.
Das Frachtgut: eine Kiste Büchsenmilch, zwei Kannen Gasolin,

fünf Rollen Stacheldraht, ein Sack Zucker und zwei Kisten Bonbons, lag herrenlos auf dem glühenden Bahnsteig.
Die Bretterbude, wo die Fahrkarten verkauft und das Gepäck abgewogen wurde, war mit einem Vorhängeschloß abgeschlossen. Der Mann, der alle diese Amtshandlungen vorzunehmen hatte, zu denen auf einer europäischen Bahnstation wenigstens zwölf gutgedrillte Leute notwendig sind, hatte die Station schon verlassen, als der letzte Wagen des Zuges noch auf dem Bahnsteig war. Selbst die alte kleine Indianerin, die zu jedem Zuge erschien mit zwei Bierflaschen voll kaltem Kaffee und in Zeitungspapier eingewickelten Maiskuchen, was sie alles in einem Schilfkorbe trug, schlich bereits durch das mannshohe Gras in ziemlicher Entfernung heimwärts. Sie hielt stets am längsten auf dem Bahnsteige aus. Obgleich sie nie etwas verkaufte, kam sie doch jeden Tag zum Zuge. Wahrscheinlich war es vier Wochen lang immer derselbe Kaffee, den sie zur Bahn brachte. Und das wußten offenbar auch die Reisenden. Andernfalls hätten sie in der Hitze wohl wenigstens hin und wieder einmal der Alten etwas zu verdienen gegeben. Aber das Eiswasser, das in den Zügen kostenlos gegeben wurde, war ein zu starker Konkurrent, gegen den ein so kleines Kaffeegeschäft nicht aufkommen konnte.
Meine fünf proletarischen Klassengenossen hatten sich gemütlich auf den Erdboden neben der Bretterbude gesetzt. In den Schatten. Freilich, da jetzt die Sonne senkrecht über uns stand wie mit dem Lot gerichtet, gehörte schon eine langausprobierte Übung dazu, herauszufinden, wo eigentlich der Schatten war.
Zeit war ihnen ein ganz und gar unbekannter Begriff; und weil sie wußten, daß ich ja auch dorthin wollte, wo sie hin wollten, überließen sie es mir, den Weg auszukundschaften. Sie würden gehen, wenn ich ging, nicht früher; und sie würden mir folgen, und wenn ich sie bis nach Perú führte, immer in der Gewißheit lebend, daß ich ja zum gleichen Ort müsse wie sie.

2

Wenn ich nur wüßte, wo Ixtil . . . zu finden sei. In der Nähe der Station war kein Haus zu sehen. Die Stadt, zu der die Station gehörte, mußte irgendwo im Busch versteckt liegen. Ich machte nun den Vorschlag, daß wir erst einmal in diese Stadt gingen, wo sicher jemand zu finden sein würde, der den Weg wisse.
Nach einer Stunde kamen wir in die Stadt. Zwei Häuser nur waren aus Brettern. In dem einen wohnte der Stationsvorsteher. Ich ging hinein und fragte ihn, wo Ixtil . . . liegt. Er wußte es nicht und erklärte mir höflich, daß er den Namen nie gehört habe.
Fünfhundert Meter von diesem Holzhause entfernt war das andere ›moderne‹ Brettergebäude. Es war der Kaufladen. Er war gleichzeitig Postamt, Billardsalon, Bierwirtschaft, Schnapsausschank und Agentur für alle möglichen Dinge und alle möglichen Unternehmungen.
Ich fragte den Inhaber, aber er kannte den Ort auch nicht und sagte mir, innerhalb fünfzig Kilometer im Umkreis sei er sicher nicht, denn da kenne er jeden Platz und jeden Farmer.
Da kam einer von den Billardspielern, die ebenso zerlumpt aussahen wie wir, an den Ladentisch, setzte sich darauf, drehte sich eine Zigarette, wobei er den Tabak in ein Maisblatt wickelte, zündete sie an und sagte: »Den Ort kenne ich nicht. Aber die einzigen Baumwollfelder, die hier in dem ganzen Staate überhaupt sind, liegen in jener Richtung.«
Dabei streckte er den Arm ziemlich unbestimmt nach jener Gegend aus, die er meinte.
»Von dorther«, fügte er hinzu, »ist vor drei Jahren einmal ziemlich viel Baumwolle hier verladen worden. Die Farmer kamen mit Autos, also wird wohl noch etwas Weg übriggeblieben sein. Ob einer von den Farmern Mr. Shine hieß, weiß ich freilich nicht, ich habe nicht nach den Namen gefragt, ich habe nur beim Verladen mitgearbeitet.«
»Wie weit kann es denn sein?« fragte ich.
»Wenigstens achtzig Kilometer von hier, vielleicht neunzig. So

genau weiß ich es nicht. Die kamen mittags an und sind sicher frühmorgens abgefahren.«
»Dann müssen wir also in jene Richtung gehen, wenn in einer andern Richtung keine Baumwolle gebaut wird.«
»Ich glaube sicher«, sagte er dann, »daß einer von den Farmern Mr. Shine heißen kann, alle sind Gringos.«
›Gringo‹ ist in Lateinamerika der Spottname für Amerikaner. Er hat ungefähr dieselbe mißachtende Bedeutung wie ›Boche‹ in Frankreich für Deutsche. Aber die Amerikaner, die viel zuviel unzerstörbaren Humor besitzen, um sich so lächerlich leicht beleidigt zu fühlen und sich dadurch das Leben schwerzumachen, haben diesem Spottnamen die ganze Schärfe dadurch genommen, daß, wenn in Lateinamerika gefragt, was für Landsleute sie seien, sie sich selbst ›Gringos‹ nennen. Und sie sagen das mit einem so heiteren Lächeln, als ob es der schönste Witz wäre.
Die übrigen Gebäude der Stadt, etwa zehn oder zwölf, waren die üblichen Indianerhütten. Sechs rohe Stämme senkrecht auf den Erdboden gestellt und ein Dach aus trocknem Gras darüber. Die besseren hatten Wände aus dünnen Stämmchen, aber nicht dicht aneinandergefügt. Keine Türen, keine Fenster. Alles, was in der Hütte vor sich ging, konnte man von außen sehen. Die einfacheren Hütten, wo ärmere oder bequemere Mexikaner wohnten, hatten nicht einmal diese angedeuteten Wände, sondern oben um das Dach herum hingen einige große Palmblätter, um die Strahlen der Sonne, wenn sie in den frühen Vormittagsstunden und am späten Nachmittag schräger einfielen, abzuschatten.
Das Vieh und das Hühnervolk hatten keine Ställe. Die Schweine mußten sich draußen im Busch irgendwo und irgendwie das Futter zusammensuchen. Die Hühner saßen nachts in dem Baum, der der Hütte am nächsten stand. Eine alte Kiste oder ein durchlöcherter Schilfkorb hing an einem Ast, wo die Hühner brav ihre Eier hineinlegten.
Rund um die Hütten standen Bananenstauden, die, ohne jemals gepflegt zu werden, ihre Früchte in reichen Mengen spendeten. Die kleinen Felder, wo nur gesät und geerntet, sonst kaum etwas getan wird, lieferten Mais und Bohnen, mehr als die Bewohner aufbrauchen konnten.

In einer dieser Hütten nach dem Wege zu fragen, war zwecklos. Wenn eine Auskunft überhaupt zu erhalten war, so war sie sicher falsch. Nicht falsch gegeben mit der Absicht, uns irrezuführen, aber aus purer Höflichkeit, irgendeine beliebige Auskunft zu geben, um nicht ›nein‹ sagen zu müssen.

3

So wanderten wir denn frischweg los in jener Richtung, die uns im Postamt von dem Billardspieler genannt worden war und die ich für die einzig glaubwürdige hielt. ›Achtzig Kilometer‹, war uns gesagt worden. Also werden es wohl hundertzwanzig oder hundertfünfzig sein. Wir waren unser sechs.

Da war der Mexikaner Antonio, spanischer Herkunft, der mich zuerst angesprochen hatte. Dann kam der Mexikaner Gonzalo, indianischer Abstammung. Er war nicht ganz so zerlumpt wie Antonio und hatte ein Bündelchen, eingewickelt in eine alte Schilfmatte, und eine schöne, nach mexikanischer Art farbenfreudig gemusterte Decke, die er über der Schulter trug. Der Chinese Sam Woe war der eleganteste Bursche unter allen. Der einzige, der ein neues und frisch gewaschenes Hemd trug, heile Hosen hatte, gute Straßenstiefel, seidene Strümpfe und einen runden städtischen Strohhut. Er hatte zwei Bündel, ziemlich reichlich gepackt. Sie schienen gar nicht so leicht zu sein.

Er hatte immer die praktischsten Ideen und Ratschläge, lächelte immer, konnte das ›R‹ nicht aussprechen und war scheinbar immer guten Mutes. Es wurde mit der Zeit unser größter Kummer, daß wir ihn mit nichts, was immer wir auch taten, wütend machen konnten. Er hatte in einem Ölfeld als Koch gearbeitet und gut verdient. Sein Geld hatte er vorsichtig auf einer chinesischen Bank in Guanajuato hinterlegt, was er uns gleich erzählte, nur damit wir nicht etwa denken sollten, er trüge es bei sich und könnte dafür geopfert werden.

Baumwolle pflücken war ja nicht gerade seine große Leidenschaft – meine noch viel weniger –, aber weil es nicht so sehr außerhalb seines Weges lag, wollte er die sechs bis sieben Wochen Verdienst noch mitnehmen. Er hoffte dann zum Herbst ein kleines Restaurant – ›comida corrida 50‹ – zu eröffnen. Er war der einzige unter uns, der wohldurchdachte Pläne für die Zukunft hatte. Sobald wir an den Busch gekommen waren, schnitt er sich ein dünnes Stämmchen, hängte über jedes der beiden Enden eines seiner Bündel und

legte sich das Stämmchen über die Schultern. Während er bisher mit uns im gleichen Schritt gegangen war, begann er nun mit kurzen, raschen Schrittchen zu trippeln. In diesem Trippelschritt hielt er den ganzen Marsch durch, ohne je langsamer oder schneller zu gehen und ohne jemals zu ermüden. Wenn wir uns zur Rast niedersetzten oder niederlegten, tat er es auch, war aber jedesmal erstaunt, daß wir ›schon wieder‹ ausruhen mußten. Wir schimpften ihn dann aus, daß wir richtige Christenmenschen seien, während er als verdammter Chinc von einem gelben, fratzenhaften Drachenungeheuer ausgebrütet worden wäre, und daß darin die übermenschliche Ausdauer seiner stinkigen und uns widerlichen Rasse zu suchen sei. Er erklärte darauf heiter lächelnd, daß er nichts dafür könne und daß wir alle von demselben Gott geschaffen seien, aber daß dieser Gott gelb sei und nicht weiß. Da wir keine Missionare waren und auf dem Gebiete der Bekehrung auch keine Lorbeeren ernten wollten, ließen wir ihn in seinem finstern Unglauben.
Der hünenhafte Neger, Charley, paßte mit seinen Lumpen und seinem in fettigem und zerrissenem Papier verschnürten Bündel, das unzählige Male auf dem Marsche aufging, viel besser in unsre Gesellschaft als der elegante Chinc. Charley behauptete, aus Florida zu sein. Aber da er Englisch weder geläufig sprechen noch verstehen konnte, auch nicht den amerikanischen Niggerdialekt sprach, konnte er mich von seiner Herkunft nicht überzeugen. Vielleicht war er von Honduras oder von St. Domingo. Aber er sprach auch nur sehr unbeholfen ein notdürftiges Spanisch. Ich habe nie erfahren können, wo er eigentlich hingehörte. Nach meiner Meinung war er entweder aus Brasilien heraufgekommen, oder er hatte sich von Afrika herübergeschmuggelt. Er wollte sicher nach den States, und für ihn als Nigger mit etwas Englisch war es leichter, sich über die Grenze nach den States zu schmuggeln, als für einen Weißen, der gut Englisch sprechen konnte. Er war der einzige, der offen erklärte, daß er Baumwollpflücken als die schönste und einträglichste Arbeit betrachte.
Dann war noch der kleine Nigger da, Abraham aus New Orleans. Er hatte ein schwarzes Hemd an. Weil nun seine Hautfarbe ebenso schwarz war wie das Hemd, konnte man nicht so recht erkennen,

wo die letzten Überreste des Hemdes waren und wo die Haut war, die bedeckt werden sollte. Er als einziger hatte eine Mütze, wie sie von den Heizern und Maschinenschmierern auf den amerikanischen Schiffen getragen wird. Dann trug er eine weiß und rot gestreifte Leinenhose, Lackhalbschuhe und weiße Baumwollstrümpfe.
Er hatte kein Bündel, sondern trug einen Kaffeekessel und seine Bratpfanne an einem Bindfaden über der Schulter und in einem Säckchen seinen Bedarf an Lebensmitteln.
Abraham war der echte dummschlaue, gerissene, freche und immer lustige amerikanische Nigger der Südstaaten. Er hatte eine Mundharmonika, mit der er uns das blöde ›Yes, we have no bananas‹ so lange vorspielte, bis wir ihn am zweiten Tage weidlich verprügeln mußten, um damit vorläufig nur zu erreichen, daß er es wenigstens nur sang oder pfiff und dazu, während des Marsches, tanzte. Er stahl wie ein Rabe – der Vergleich war von Gonzalo, ich weiß nicht, ob er richtig ist – und log wie ein Dominikanermönch. Am dritten Abend des Marsches erwischten wir ihn, wie er einen dicken Streifen getrocknetes Rindfleisch, das Antonio gehörte, stahl. Wir nahmen ihm den Raub wieder ab, bevor er ihn in der Pfanne hatte, und wir erklärten ihm ganz ernsthaft, daß, wenn wir ihn noch einmal beim Stehlen ertappten, wir Buschrecht an ihm ausüben würden. Wir würden eine Gerichtssitzung abhalten und ihn dann, nach gefälltem Urteil, mit der Schnur, die sein Couleurbruder Charley um sein Bündel geschnürt habe, am nächsten besten Mahagonibaum aufhängen, mit einem Zettel auf der Brust, wofür er gehängt sei.
Da sagte er ganz frech, wir sollten ja nicht versuchen, ihn auch nur anzutasten, er sei amerikanischer Bürger, ›native born‹, und wenn wir ihm nur das allergeringste Leid täten, so würde er das an die Regierung nach Washington berichten, und die werde dann mit einem Kanonenboot und dem Sternenbanner kommen und ihn blutig rächen; er sei ein freier Bürger ›of the States‹, und das könne er durch ›c'tificts‹ beweisen, und als solcher habe er das Recht, vor ein ordentliches Gericht gestellt zu werden. Als wir ihm nun erklärten, daß wir ihm keine Zeit lassen und keine Gelegenheit geben würden, nach Washington einen Bericht zu schicken, und

daß wir auch nicht glaubten, daß ein amerikanisches Kanonenboot mit dem Sternenbanner in den Busch fahren würde, sagte er: »Well, Gentlemen, Sirs, berühren Sie mich nur mit der Fingerspitze, dann werden Sie sofort erleben, was geschieht.«
Wir erwischten ihn auch richtig einige Tage später, als er dem Chinc eine Büchse Milch stahl und frech erklärte, es sei seine eigne, er habe sie in Potosi im American Store gekauft. Er wurde daraufhin so windelweich gedroschen, daß er keinen Finger krumm machen konnte, um nach Washington zu schreiben. Bei uns hat er dann nicht mehr gestohlen, und was er bei umliegenden Farmern zusammenstahl, ging uns nichts an.
Dann war ich noch, Gerard Gales, über den ich weniger zu berichten weiß, da ich mich in der Kleidung von den übrigen nicht unterschied und zum Baumwollpflücken, einer zeitraubenden und schlechtbezahlten Arbeit, auch nur ging, weil eben keine andre Beschäftigung zu haben war und ich bitter notwendig ein Hemd, ein Paar Schuhe und eine Hose brauchte. Vom Althändler! Denn vom Neuhändler sie zu kaufen, dazu hätte selbst die Arbeit von vierzehn Wochen auf einer Baumwollfarm nicht gelangt.
Eine Jacke besaßen nur der Chinc und Antonio. Warum Antonio den Fetzen eigentlich ›seine Jacke‹ nannte, ist mir nie klargeworden. Sie mag vielleicht einmal, in weit zurückliegenden Zeiten, lange vor der Entdeckung Amerikas, die Ähnlichkeit mit einer Jacke gehabt haben. Das will ich nicht bestreiten. Aber heute sie Jacke zu nennen, war nicht Übertreibung, sondern sündiger Hochmut, für den Antonio dereinst wird büßen müssen.

4

Wir wanderten lustig drauflos.
Über uns die glühende Tropensonne, zu beiden Seiten neben uns der undurchdringliche und undurchsichtbare Busch. Der ewig jungfräuliche tropische Busch mit seiner unbeschreiblichen Mystik, mit seinen Geheimnissen an Tieren der phantastischsten Art, mit seinen traumhaften Formen und Farben der Pflanzen, mit seinen unerforschten Schätzen an wertvollen Steinen und kostbaren Metallen.
Aber wir waren keine Forscher, und wir waren auch keine Gold- oder Diamantengräber. Wir waren Arbeiter und hatten mehr Wert auf den sicheren Arbeitslohn zu legen als auf den unsichtbaren Millionengewinn, der vielleicht links oder rechts von uns im Busch verborgen lag und auf den Entdecker wartete.
Die Sonne stand schon sehr tief, und es mußte ungefähr fünf Uhr sein. Wir sahen uns deshalb nach einem Lagerplatz um. Bald fanden wir eine Stelle, wo seitlich in den Busch hinein hohes Gras stand. Wir rissen so viel von dem Gras aus, wie wir Platz zum Lagern brauchten. Dann zündeten wir ein Feuer an und brannten den Rest des Grases nieder, wodurch wir uns Ruhe vor Insekten und kriechendem Getier für die Nacht verschafften. Eine frisch gebrannte Grasfläche ist der beste Schutz, den man haben kann, wenn man nicht mit den Ausrüstungsstücken eines Tropenreisenden wandert.
Ein Campfeuer hatten wir, aber es gab nichts zum Kochen, denn wir hatten kein Wasser.
Da kam der Chinc mit einer Literflasche voll kaltem Kaffee hervor. Wir wußten nichts davon, daß er einen so wertvollen Stoff mit sich führte. Er machte den Kaffee heiß, und bereitwillig bot er uns allen zu trinken an. Aber was ist ein Liter Kaffee für sechs Mann, die, ohne einen Schluck Wasser zu haben, einen halben Tag in der Tropensonne gewandert sind, vor morgen früh um sieben oder acht Uhr ganz bestimmt auch nichts Trinkbares haben werden und vielleicht die nächsten sechsunddreißig Stunden genausowe-

nig Wasser finden werden, wie sie heute nachmittag gefunden haben. Der Busch ist das ganze Jahr hindurch grün, aber Wasser findet man dort nur in der Regenzeit an günstigen Stellen, wo sich Tümpel bilden können.
Nur wer selbst im tropischen Busch gewandert ist, weiß, was für ein Opfer es war, das der Chinc uns bot. Aber keiner sagte ›danke!‹; jeder betrachtete es als ganz selbstverständlich, daß der Kaffee in Teile ging. Wahrscheinlich hätten wir es genau so selbstverständlich gefunden, wenn der Chinc den Kaffee allein getrunken hätte. Nach einem halben Tag Wanderung in wasserlosem Landstrich raubt man noch nicht für einen Becher Kaffee; aber am dritten Tage beginnt man ernsthaft Mord zu sinnen im Busch für eine kleine rostige Konservenbüchse voll stinkender Flüssigkeit, die man Wasser nennt, obgleich sie keine andre Ähnlichkeit mit Wasser hat, als daß sie eben Flüssigkeit ist.
Antonio und ich hatten etwas hartes Brot zu knabbern.
Gonzalo hatte vier Mangos und der große Nigger einige Bananen. Der kleine Nigger aß irgendwas ganz verstohlen. Was es war, weiß ich nicht. Der Chinc hatte ein Stück Zelttuch, das er über seinen Schlafplatz spannte. Dann wickelte er sich in ein großes Handtuch ein, auch den Kopf, und begann zu schlafen.
Gonzalo hatte seine schöne Decke, in die er sich einrollte, so daß er wie ein Baumstamm aussah.
Ich wickelte meinen Kopf in einen zerlumpten Lappen ein, den ich stolz ›mein Handtuch‹ nannte, und schlief los. Wie sich die übrigen einrichteten, weiß ich nicht, weil die noch lange um das Feuer herumsaßen und rauchten und schwatzten.
Vor Sonnenaufgang waren wir schon wieder auf dem Marsche. Abzukochen gab es nichts, und zu waschen brauchte man sich auch nicht. Denn womit hätte man es tun sollen?
Der Weg durch den Busch war weite Strecken hindurch schon wieder zugewachsen. Der Nachwuchs der jungen Bäume reichte uns oft bis über die Schultern, und der Grund war mit Kaktusstauden so dicht bewachsen, daß diese stachligen Pflanzen zuweilen beinahe die ganze Breite des Weges einnahmen. Meine nackten Unterschenkel waren bald so zerschnitten, als wenn sie durch eine Hackmaschine gezogen worden wären. Gegen Mittag kamen wir

an eine Stelle, wo sich rechts des Weges ein Stacheldrahtzaun hinzog, der uns die Gewißheit gab, daß hier eine Farm liegen müsse.
Nachdem wir etwa zwei Stunden lang, immer den Stacheldrahtzaun zur rechten Hand, gewandert waren, kamen wir an eine weite offene Stelle im Busch, die mit hohem Gras bewachsen war. Als wir den Platz absuchten, fanden wir auch eine Zisterne. Aber sie war leer. Einige morsche Pfähle, alte Konservenbüchsen, verrostetes Wellblech und ähnliche Überbleibsel einer menschlichen Behausung offenbarten uns eine verlassene Farm.
Über eine solche Enttäuschung muß man rasch hinwegkommen. Farmen werden hier gegründet, zehn, auch zwanzig Jahre lang bewirtschaftet und dann aus irgendeinem Grunde plötzlich aufgegeben. Fünf Jahre später, oft schon früher, ist kein Zeichen mehr davon vorhanden, daß hier jemals Menschen gelebt und gearbeitet haben. Es erweckt den Anschein, als seien es hundert Jahre her, seit jemand hier gelebt hat. Der tropische Busch begräbt rascher, als Menschen bauen können, er kennt keine Erinnerung, nur Gegenwart und Leben.
Aber um vier Uhr kamen wir doch an eine lebende Farm. Hier wohnte eine amerikanische Familie.
Ich wurde im Hause gut bewirtet und fand auch ein Lager innerhalb des Hauses. Die übrigen als Nichtweiße wurden auf der Veranda beköstigt und durften in einem Schuppen übernachten. Sie bekamen alle reichlich zu essen, aber ich war der eigentliche Gast. Mir wurde aufgetischt, wie eben nur in einem so menschenarmen Lande einem Weißen von weißen Gastgebern aufgetischt werden kann. Drei verschiedene Fleischgänge, fünf verschiedene Beigerichte, Kaffee, Pudding und abends heißen Kuchen.
Am nächsten Morgen bekamen wir alle ein reichliches Frühstück; ich wieder am Tische des Farmers.
Der Farmer hatte genügend leere Flaschen, und so bekam jeder von uns eine Literflasche kalten Tee mit auf den Weg.
Er kannte Mr. Shine und sagte uns, daß wir noch etwa sechzig Kilometer zu marschieren hätten. Kein Wasser am ganzen Weg; die Straße an verschiedenen Stellen kaum noch erkennbar, weil sie seit drei Jahren nicht mehr benutzt worden sei.

Um neun Uhr hatte der kleine Nigger Abraham seinen Tee schon ausgetrunken und die Flasche fortgeworfen. Es war ihm zu lästig, sie zu tragen. Wir erklärten ihm, daß er unter diesen Umständen von uns nichts zu erwarten habe, und falls er versuchen sollte, auch nur einen Schluck zu stehlen, würden wir ihn braun und blau schlagen.

An diesem Abend im Lager war es, wo er zwar keinen Tee stahl, aber jenen Streifen getrocknetes Rindfleisch, das Antonio gehörte. Da sich unsre Drohung nur auf Tee bezog, ließen wir ihn laufen mit der Warnung, daß von nun an jeder Raub in unsre Drohung einbegriffen sei. Den folgenden Tag gegen Mittag kamen wir bei Mr. Shine an.

5

Mr. Shine empfing uns mit einer gewissen Freude, weil er nicht genügend Leute zum Baumwollpflücken hatte. Mich nahm er persönlich ins Gebet. Er rief mich ins Haus und sagte zu mir: »Was! Sie wollen auch Baumwolle pflücken?«
»Ja«, sagte ich, »ich muß, ich bin vollständig ›broken‹, das sehen Sie ja, ich habe nur Fetzen am Leibe. Arbeit ist in den Städten keine zu haben. Alles ist überschwemmt mit Arbeitslosen aus den States, wo die Verhältnisse augenblicklich auch nicht rosig zu sein scheinen. Und wo man wirklich Arbeiter braucht, nimmt man lieber Eingeborene, weil man denen Löhne zahlt, die man einem Weißen nicht anzubieten wagt.«
»Haben Sie denn schon mal gepickt?« fragte er.
»Ja«, antwortete ich, »in den States.«
»Ha!« lachte er, »das ist ein ander Ding. Da können Sie etwas dabei werden.«
»Ich habe auch ganz gut dabei verdient.«
»Das glaube ich Ihnen. Die zahlen viel besser. Die können's auch. Die kriegen ganz andre Preise als wir. Könnten wir unsre Baumwolle nach den States verkaufen, dann würden wir noch bessere Löhne zahlen; aber die States lassen ja keine Baumwolle herein, um die Preise hoch zu halten. Wir sind auf unsern eignen Markt angewiesen, und der ist immer gleich gepackt voll. Aber nun Sie! Ich kann Sie weder beköstigen noch in meinem Hause unterbringen. Aber ich brauche jede Hand, die kommt. Ich will Ihnen etwas sagen; ich zahle sechs Centavos für das Kilo, Ihnen will ich acht zahlen, sonst kommen Sie auf keinen Fall auf das, was die Nigger machen. Selbstverständlich brauchen Sie das den andern nicht zu erzählen. Schlafen könnt ihr da drüben in dem alten Hause. Das habe ich gebaut und mit meiner Familie zuerst darin gewohnt, bis ich mir das neue hier leisten konnte. Well, das ist dann abgemacht.«
Das Haus, von dem der Farmer gesprochen hatte, lag etwa fünf Minuten entfernt. Wir machten uns dort häuslich, so gut wir

konnten. Das Haus, aus Brettern leicht gebaut, hatte nur einen Raum. Jede der vier Wände hatte je eine Tür, die gleichzeitig als Fenster diente. Der Raum war vollständig leer. Wir schliefen auf dem bloßen Fußboden. Ein paar alte Kisten, die vor dem Hause herumlagen, im ganzen vier, benutzten wir als Stühle. Dicht bei dem Hause war eine Zisterne, die Regenwasser enthielt, das ungefähr sieben Monate alt war und von Kaulquappen wimmelte. Ich berechnete, daß etwa hundertzwanzig Liter Wasser in der Zisterne seien, mit denen wir sechs Mann sechs bis acht Wochen auskommen mußten. Der Farmer hatte uns schon gesagt, daß wir von ihm kein Wasser bekommen könnten, er wäre selbst sehr kurz mit Wasser dran und habe noch sechs Pferde und vier Maultiere zu tränken. Waschen konnten wir uns einmal in der Woche und hatten dann noch zu je drei Mann dasselbe Waschwasser zu gebrauchen. Es sei aber immerhin möglich, fügte er hinzu, daß es in dieser Jahreszeit alle vierzehn Tage zwei bis vier Stunden regne, und wenn wir die Auffangrinnen reparierten, könnten wir tüchtig Wasser ansammeln. Außerdem sei ein Fluß nur etwa drei Stunden entfernt, wo wir baden gehen könnten, falls wir Lust dazu hätten. Vor dem Hause richteten wir ein Lagerfeuer ein, zu dem uns der nahe Busch das Holz in reicher Menge hergab. Auf die recht nebelhafte Möglichkeit hin, daß es vielleicht innerhalb der nächsten drei Wochen regnen könnte, wuschen wir uns zunächst einmal in einer alten Gasolinbüchse. Seit drei Tagen hatten wir uns nicht gewaschen.
Ich rasierte mich. Es mag mir noch so dreckig gehen, Rasiermesser, Kamm und Zahnbürste habe ich immer bei mir.
Auch der Chinc rasierte sich.
Da kam Antonio auf mich zu und bat mich um mein Rasiermesser. Er hatte sich seit beinahe drei Wochen nicht rasiert und sah aus wie ein fürchterlicher Seeräuber.
»Nein, lieber Antonio«, sagte ich, »Rasierzeug, Kamm und Zahnbürste verpumpe ich nicht.«
Und der Chinc, mutig gemacht durch meine Weigerung, sagte lächelnd, daß sein schwaches Messer bei diesem starken Bart sofort stumpf werde und er hier keine Gelegenheit habe, es schleifen zu lassen. Er selbst hatte nur dünne Stoppeln.

Antonio gab sich mit diesen beiden Weigerungen zufrieden.
Wir kochten unser Abendessen, ich Reis mit spanischem Pfeffer, der andre schwarze Bohnen mit Pfeffer, der nächste Bohnen mit getrocknetem Rindfleisch, ein vierter briet einige Kartoffeln mit etwas Speck. Da wir am nächsten Morgen schon um vier Uhr zur Arbeit gingen, bereiteten wir auch noch unser Brot für den nächsten Tag, das wir in unsern Pfannen buken.
Als wir gegessen hatten, hängten wir unsre armseligen Lebensmittel an Bindfaden an den Querbalken im Hause auf, weil uns die Ameisen und Mäuse über Nacht sonst alles fortgeholt hätten, wenn wir diese Vorsorge nicht getroffen hätten.
Etwas nach sechs Uhr ging die Sonne unter. Eine halbe Stunde später war rabenschwarze Nacht.
Glühwürmchen, mit Lichtern so groß wie Haselnüsse, flogen um uns her. Wir krochen in unser Haus, um zu schlafen.
Der Chinc war der einzige, der ein Moskitonetz hatte. Wir andern wurden von dem Viehzeug gräßlich geplagt und schimpften und wüteten, als ob sich diese Gesandten der Hölle etwas daraus machen würden. Die beiden Nigger, die Seite an Seite schliefen, sich vor dem Einschlafen entsetzlich zankten und sich handfeste Backpfeifen anboten, schienen von den Biestern nicht gestört zu werden. Ich entschloß mich, diese Qual für die Nacht zu erdulden, aber morgen für irgendeine Abhilfe zu sorgen. Noch vor Sonnenaufgang waren wir auf den Beinen. Jeder kochte sich etwas Kaffee, aß ein Stückchen Brot dazu, und fort ging es im halben Trab. Das Baumwollfeld war eine halbe Stunde entfernt.
Der Farmer und seine zwei Söhne waren schon dort. Wir bekamen jeder einen alten Sack, den wir uns umhängten, dann wurde der Gürtel festgezogen, damit wir die Fetzen nicht verloren, und dann ging es an die Arbeit. Jeder nahm eine Reihe.
Wenn die Baumwolle schön reif ist und man den Griff erst weghat, bekommt man jede Frucht mit einem einzigen Griff. Da aber die Knollen, die ähnlich aussehen wie die Hülsen der Kastanien, nicht alle die gleiche Reife haben, muß man doch bei der Hälfte einige Male gut zupfen, ehe man die zarte Frucht aus der Hülse gerissen hat und sie in den Sack tun kann. Bei guter Reife, und wenn die Stauden gut stehen, kann man, sobald man die Übung

hat, gleichzeitig mit beiden Händen an verschiedenen Stellen rupfen. Aber bei Mittelernte und bei schlechten Stauden muß man dafür oft beide Hände brauchen, um eine Frucht zu kriegen. Obendrein muß man sich auch noch unaufhörlich bücken, weil die Früchte nicht alle in bequemer Höhe am Strauch hängen, sondern oft bis dicht über dem Boden wachsen und, wenn unerwartet starker Regen kommt, die Früchte auch noch in den Boden gehauen sind, wo man sie rausklauben muß. Je weiter es gegen Mittag geht, desto höher steht die Sonne und desto mühseliger wird die Arbeit. Man trägt nichts weiter am Leibe als Hut, Hemd, Hose und Schuhe, aber der Schweiß rinnt in Strömen an einem herab. Sehr kleine lästige Fliegen, die einem unausgesetzt in die Ohren kriechen, und Moskitos machen einem das Leben recht schwer. Kommt ein leichter Wind auf, der die Moskitos verscheucht, geht es noch; aber bei völliger Windstille wird die Qual mit jeder Stunde größer. Gegen elf Uhr, nach beinahe siebenstündiger ununterbrochener Arbeit, kann man nicht mehr.
Wir suchten den Schatten einiger Bäume auf, die mehr als zehn Minuten entfernt waren. Wir aßen unser trockenes Pfannenbrot, das, bei mir wenigstens, ganz verbrannt war, und legten uns dann hin, um zwei Stunden zu schlafen, bis die Sonne anfängt, wieder abwärts zu wandern. Wir bekamen furchtbaren Durst, und ich ging zum Farmer, um ihn um Wasser zu bitten.
»Es tut mir leid, ich habe keins. Ich sagte Ihnen doch schon gestern, daß ich selber sehr kurz mit Wasser bin. Gut, heute will ich euch noch etwas geben, von morgen ab müßt ihr euch euer Wasser selbst mitbringen.«
Er schickte einen seiner Söhne mit dem Pferde nach Hause, der dann bald mit einer Kanne Regenwasser zurückkam.
Baumwolle ist teuer. Das lernt jeder bald, wenn er sich einen Anzug, ein Hemd, ein Handtuch, ein Paar Strümpfe oder nur ein Taschentuch kauft. Aber der Baumwollpflücker, der wohl die härteste und qualvollste Arbeit für die Stoffe leistet, die ein König oder ein Milliardär oder ein einfacher Landmann trägt, hat an dem hohen Preis des Anzuges den allergeringsten Anteil.
Für ein Kilogramm Baumwolle pflücken bekamen wir sechs Centavos, ich ausnahmsweise acht. Und ein Kilo Baumwolle ist bei-

nahe ein kleiner Berg, den zu schaffen man unter ständigem Bükken in der mitleidlosen Tropensonne zweihundert bis fünfhundert Knollen auszupfen muß. Dazu eine Nahrung, die als die allerbescheidenste angesehen werden darf, von der Menschen irgendwo auf Erden leben. Den einen Tag schwarze Bohnen mit Pfeffer, den nächsten Tag Reis mit Pfeffer, den übernächsten wieder Bohnen, dann wieder Reis; dazu Brot, selbstgebacken aus Weizen- oder Maismehl, entweder kleistrig oder zu Kohle verbrannt, Monate altes abgestandenes Regenwasser, Kaffee, gekocht aus selbstgebrannten Kaffeebohnen, auf einem Stein zerrieben und gesüßt mit einem billigen, übelriechenden schwarzbraunen Rohzucker in kleinen Kegeln. Das Salz, das man verwendet, ist Seesalz, das man sich selbst vor dem Gebrauch erst reinigen muß. Ein paar Kilogramm Zwiebeln in der Woche hinzugekauft ist bereits Delikatesse, und ab und zu ein Streifen getrocknetes Fleisch ist schon ein Luxus, der, wenn man ihn sich zu oft leistet, vom Lohn nicht einmal das Reisegeld bis zur nächsten größeren Stadt, wo man neue Arbeit finden könnte, übrigläßt. Bei sehr fleißiger Arbeit verdient man in einer Woche gerade so viel, daß man sich, wenn man keinen Centavo für Essen ausgibt, das billigste Paar Schuhe kaufen kann, das man im Laden vorfindet.
Der Baumwollfarmer verursacht auch nicht immer die hohen Preise der Fertigware. Er ist oft tief verschuldet und kann in vielen Fällen die Pflückerlöhne nur auszahlen, wenn er auf die Ernte einen Vorschuß nimmt.

6

Um vier Uhr nachmittags machten wir Schluß, um noch bei Tageslicht ›nach Hause‹ zu kommen und unser Essen zu kochen.
Ich quartierte mich aus. In der Nähe des Hauses, nur etwa zweihundert Meter entfernt, hatte ich eine Art Unterstand entdeckt. Welchen Zwecken er diente oder gedient haben mochte, wußte ich nicht. Er hatte ein Dach aus Wellblech, aber keine Wände, es wäre denn, daß man einige Baumstämme, die an der einen Seite gegen das Dach gelehnt waren, als Wand bezeichnen will.
In diesem Unterstand war eine Art Tisch. Es waren vier Pfähle in die Erde gerammt, und auf den Pfählen lagen ein paar Platten Wellblech. Diesen Unterstand wählte ich als Behausung und den Tisch als Bett. Der große Nigger wollte den Unterstand mit mir teilen. Er kam hin, sah sich die Sache an, und es gefiel ihm.
Plötzlich rief er: »A snake! A snake!«
»Wo?« fragte ich.
»Da, dicht vor Ihren Füßen.«
Richtig, da wand sich eine Schlange auf dem Boden hin, eine feuerrote, etwa einen Meter lang.
»Macht nichts«, sagte ich, »die wird mich nicht gleich auffressen, die Moskitos sind schlimmer.«
Der Nigger zog wieder ab.
Nach einer Weile kam Gonzalo. Die rote Schlange war inzwischen verschwunden.
Es gefiel ihm sehr, und er fragte mich, ob ich etwas dagegen habe, wenn er auch hier schliefe.
»Nein«, sagte ich, »schlafen Sie ruhig hier, mir ist das ganz egal.«
Da starrte er auf den Boden.
Ich folgte seinem Blick.
Es war wieder eine Schlange. Diesmal eine schöne grüne. »Ich will doch lieber im Hause schlafen«, sagte nun Gonzalo, »ich mag Schlangen nicht.«
Ich mache mir nichts aus Schlangen. So leicht werden sie ja wohl kaum auf den Tisch kommen; und wenn sie sich wirklich hinauf-

ringeln sollten, was sie zuweilen tun, so werden sie ja nicht gleich beißen, und wenn sie beißen sollten, so werden sie wohl nicht gleich giftig sein. Wären sie alle giftig und würden sie alle einen schlafenden Menschen, der ihnen nichts zuleide tut, beißen, wäre ich längst nicht mehr am Leben. Da dieser Unterstand höher lag als das Haus, keine Wände hatte, jedem kleinen Windzug freieren Durchgang ließ, in der Nähe auch kein Strauchwerk war und er weit genug von der Zisterne und dem ausgetrockneten Tränkepfuhl entfernt war, hatte ich hier in der Tat beinahe gar nicht unter den Moskitos zu leiden.

Am nächsten Morgen kamen noch etwa zwölf Eingeborene zur Mitarbeit. Die wohnten ziemlich weit entfernt in einem Dorfe, das irgendwo im Busch liegen mochte. Sie kamen auf Maultieren geritten; manche hatten weder Sattel noch Steigbügel. Andre hatten wohl einen Holzsattel, aber keinen Zaum; an Stelle des Zaumes war den Tieren ein Strick um das Maul gebunden.

Diese Leute waren an die Feldarbeit in den Tropen besser gewöhnt als wir, die wir, mit Ausnahme des großen Niggers, alle Städter waren. Aber sie schafften viel weniger als wir und mußten eine viel längere Mittagspause machen. Jedoch das ging uns nichts an, und darüber nachzudenken, lohnte sich auch nicht recht.

Am Samstag kriegten wir ausbezahlt. Wir ließen uns von den paar Kröten, die wir in so mühseliger Arbeit verdient hatten, gerade so viel geben, wie wir brauchten, um Lebensmittel für die nächste Woche einzukaufen. Den Rest ließen wir beim Farmer stehen, denn auch nur einen Nickel in der Tasche zu haben, ist nichts als Versuchung für andre. Selbstverständlich arbeiteten wir sonntags auch. Der brachte dann knapp ein Kilo Speck ein oder fünf Kilo Kartoffeln; weil wir an dem Tage schon um drei Uhr Schluß machten, um uns wenigstens einmal in der Woche waschen zu können und um das verschwitzte Zeug, das man Tag und Nacht auf dem Leibe hatte, durchs Wasser zu ziehen.

Der Chinc und Antonio waren in den nächsten Laden gegangen, der etwa drei und eine halbe Stunde entfernt lag, um für uns alle das einzukaufen, was jeder ihnen auf ein Maisblatt aufgeschrieben hatte. Die Hieroglyphen, die auf jenen Maisblättern standen, waren nur von den Einkäufern zu entziffern, denen wir mündlich die

Bedeutung der phantastischen Zeichen ausführlich hatten erklären müssen. Den nächsten Sonntag hatten dann ich und Charley einkaufen zu gehen.
An diesem Sonntag war Charley schon um zwei Uhr von der Plantage verschwunden. Er war mit seinem Sack Baumwolle zur Waage gegangen und nicht zurückgekommen.
Als wir zum Hause kamen, waren Sam und Antonio schon mit den Gütern angelangt.
»Eine elende, nichtswürdige Schlepperei«, sagte Antonio.
»Ach, das war nicht so schlimm!« begütigte Sam.
»Ruhig, du gelber Heidensohn, du natürlich, mit deiner Lastträgervergangenheit, was verstehst du von Schleppen?« rief Antonio, während er sich auf eine Kiste hinsetzte, die auch noch unter ihm zusammenbrach und seine Laune durchaus nicht besserte.
»Hören Sie, Antonio, warum haben Sie denn nicht Mr. Shine um eine Mula oder einen Esel gebeten?« fragte ich.
»Aber das habe ich ja getan. Er hat es abgelehnt. Er sagte zu mir und Sam: Wie kann ich euch denn eine Mula geben? Ich kenne euch ja gar nicht. Ihr habt ein paar Tage bei mir gearbeitet, Sachen habt ihr keine, Papiere habt ihr auch keine, und wenn ihr welche hättet, kann ich mir für eure Papiere, die vielleicht noch nicht einmal euch gehören, keine andre Mula kaufen, wenn ihr sie im nächsten Ort verschachert und euch dann hier nicht mehr sehen laßt.«
»Von seinem Standpunkt aus hat er recht«, erwiderte ich; »doch von unserm Standpunkt aus gesehen, ist es eine große Niedertracht. Aber was können wir machen?«
Und gerade jetzt, wo wir so schön im Zuge waren, das Lieblingsthema aller Arbeiter der Erde anzuschlagen und uns den ungerechten Zustand in der Welt, der die Menschen in Ausbeuter und Ausgebeutete, in Drohnen und Enterbte teilt, mit mehr Lungenkraft als Weisheit klarzumachen, kam Abraham an mit sechs Hennen und einem Hahn, die er an den Füßen zusammengebunden hatte und, ihre Köpfe nach unten hängen lassend, an einem Bindfaden über der Schulter trug.
Er warf das Bündel auf die Erde, wo die Vögel sich vergeblich mühten, aufzustehen oder von den Fesseln loszukommen.
»So, Fellers«, grinste er, »jetzt könnt ihr Eier von mir haben. Ich

lasse euch das Stück für neun Centavos, billig, weil ihr ja meine Arbeitskollegen seid. In der Stadt kosten die Eier zehn, sogar elf.«
Wir starrten bald das Bündel Hühner, bald den grinsenden Abraham an. An ein solches Geschäft hatte keiner von uns gedacht, und es lag doch so nahe, war so einfach, verlangte absolut keine besondere Intelligenz; jeder von uns hätte das ebensogut machen können. Sam Woe empfand keinen Neid, keine Eifersucht, nur Bewunderung für den unternehmungslustigen Geflügelzüchter; jedoch er schämte sich, daß er sich von einem Nigger beim Ausdenken einer ehrlichen Nebeneinnahme hatte schlagen lassen.
Vor unsern Augen, nicht einmal über Nacht, sondern über drei Nachmittagsstunden war aus einem Enterbten und Ausgebeuteten ein Produzent, ein Unternehmer geworden. Er hatte sich von seinem Lohn die Hühner gekauft, wir Lebensmittel. Er hatte keine Lebensmittel mitbringen lassen, und wir hatten uns schon vorbereitet, wie wir ihm das Stehlen, auf das er unter diesen Umständen angewiesen war, unmöglich machen wollten. Aber er hatte uns übertrumpft. Er lieferte Eier und tauschte dafür an Reis und Bohnen ein, was er brauchte. Trat nun der Fall ein, daß wir seine Produkte boykottierten, so konnte er ja den Hahn schlachten, vielleicht noch ein Huhn, bis er wieder Lohn bekam. Am nächsten Morgen hatte Abraham vier Eier. Das Geschäft konnte beginnen.
Eier betrachteten wir als einen noch größeren Luxus denn Speck oder Fleisch. Aber jetzt, wo die Eier so verlockend nahe zur Hand waren, viel schneller zubereitet werden konnten als irgendeine andre Speise und uns dadurch eine Möglichkeit gegeben war, zum Frühstück etwas andres und Kräftigeres in den Magen zu bekommen als den dünnen Kaffee und ein schmales Stückchen verbranntes Brot, da wollten und konnten wir auf Eier nicht mehr verzichten. Wir sahen plötzlich ein, daß wir ohne Eier noch vor Beendigung der Ernte an Unterernährung zugrunde gehen würden, und wenn wir je wirklich die Ernte überlebten, so würden wir doch so entkräftet sein, daß uns niemand in Arbeit nehmen würde. Die Sklaven wurden immer, so erzählte uns Abraham, der es von seinem Großvater wußte, in gutem Ernährungszustande gehalten wie Pferde; um den Ernährungszustand der freien Arbeiter kümmerte sich kein Mensch. Wenn sie zu schlecht ernährt waren, weil

der Lohn für eine bessere Ernährung nicht reichte, flogen sie raus. Solche merkwürdigen Ansichten, die natürlich keine wissenschaftliche Grundlage hatten und auch ganz und gar unrichtig waren, brachte Abraham vor, nur um seinen Eiern einen regen und dauernden Absatz zu sichern. Uns leuchtete eine solche Betrachtung menschlicher Verhältnisse um so mehr ein, als es gerade Abraham gewesen war, der uns gestern mitten in jener regen Auseinandersetzung unterbrochen hatte, die uns ohne Zweifel, wenn auch nicht auf dem Wege über Eier, zu genau derselben Schlußbetrachtung der Welt geführt haben würde.
Außerdem stundete uns Abraham gutmütig den Betrag für gelieferte Eier bis zum nächsten Lohntage. Er tat es nur aus Gutmütigkeit und weil er nicht wollte, daß wir, seine lieben Arbeitskameraden, im späteren Leben, also nach der Ernte, wegen Unterernährung Schiffbruch erleiden sollten.
Nach drei Tagen konnten wir nicht mehr verstehen, wie wir es überhaupt jemals fertiggebracht hatten, ohne Eier auszukommen. Es gab Eier zum Frühstück, es wurden Eier zum Mittagessen mitgenommen, und abends gab es erst recht Eier, wir buken Eier sogar ins Brot, nur um die nötige Arbeitskraft für unser ferneres Leben zu erhalten.
Abraham verstand die Geflügelzucht, das mußte man ihm lassen. Er fütterte seine Hühner reichlich mit Mais. Jeden zweiten Abend mit Dunkelwerden machte er sich auf den Weg mit einem Sack, um bei den Farmern Mais einzukaufen. Manchmal ging er schon um drei Uhr vom Felde heim, um seine Hühner auch gut zu versorgen. Vom Maiseinkaufen kam er aber immer erst zurück, wenn wir schon längst schliefen.
Die sechs Hühner und der eine Hahn, als ob sie unsern Bedarf schon im voraus kannten, taten das Menschenmögliche, nein, Hühnermögliche, um uns vor der drohenden Unterernährung zu schützen. Und für den reichlich gelieferten Mais lieferten sie als gerechte Gegenleistung mehr, als sonst eine Henne zu liefern sich verpflichtet fühlt.
Am ersten Morgen hatten die Hühner, wie schon berichtet, vier Eier gelegt, am zweiten Morgen sieben, und als wir bezweifelten, daß dies möglich sei, führte uns Abraham am darauffolgenden

Morgen zu den drei alten Schilfkörben, die er für den Zweck aufgehängt hatte, und gestattete uns, selbst nachzuzählen. Wir zählten an diesem dritten Morgen siebzehn Eier, die von den Hühnern über Nacht gelegt waren. Da wir die Eier persönlich bei Sonnenaufgang gesehen und persönlich gezählt hatten, zweifelten wir von dem Tage an nicht mehr an der Zahl der von Abrahams Hühnern gelegten Eier, obgleich er uns eines Morgens freudestrahlend, als hätte er in der Lotterie gewonnen, mitteilen konnte, daß die Hühner achtundzwanzig Eier über Nacht gelegt hätten. Uns war es ja gleichgültig, wie Abraham seine Hühner behandelte, um solche Resultate zu erzielen. Als Sam Woe eines Tages erklärte, bei ihm zu Hause wisse man auch aus einer Krume Erde oder aus einer Henne herauszuholen, was nur überhaupt ein Gott sonst noch herausquetschen könne, aber das hätten sie daheim doch noch nicht geschafft, da fuhr ihm der Nigger gleich übers Maul: »Ihr seid eben Esel, ihr versteht die rationelle Geflügelzucht ebensowenig wie hier herum die ganzen Farmer, die noch größere Esel sind, als ihr seid. Aber wir in Louisiana, wir verstehen, Hühner zu behandeln. Ich habe es von meiner Großmutter gelernt. Es hat viel Prügel gesetzt, ehe ich es begriffen habe; aber jetzt kommt auch kein noch so tüchtiger Farmer gegen mich mehr auf, wenn ich in der Nähe eine Geflügelzucht betreibe und einmal zeige, wie man Hühner rentabel macht.«

7

Wir aßen die Eier nur. Aber die Eier rächten sich: sie fraßen. Sie fraßen an unserm Lohn so gierig, daß niemand sein gestecktes Ziel erreichen konnte, sei es ein neues Hemd, eine neue Hose oder eine Fahrkarte nach einer Stadt mit besserer Arbeitsgelegenheit.
Auch Sam Woe, dessen Landsleuten sehr zu Unrecht nachgesagt wird, daß sie sich lieber den Finger abbeißen, als Geld für etwas Überflüssiges auszugeben, hatte ein ganz nettes Schuldsümmchen für Eier bei Abraham stehen. Ich glaube aber doch, daß er bei jedem Ei, das er aß, immer bedauerte, daß er nicht der Lieferant sei. So vergingen zwei weitere Wochen. Verglichen mit der ersten Woche, lebten wir jetzt in Saus und Braus. Das taten die Eier, und das tat eine Nacht mit fünfstündigem Wolkenbruch, der uns so gut mit Wasser versorgte, daß wir hierin fürstlich schwelgen konnten. Freilich bedeutete dieser Regen einen halben Tag Verlust an Arbeitslohn. Das Feld war am Morgen so lehmig und schlammig, daß wir die Füße kaum herausziehen konnten. Erst gegen Mittag, als die Sonne die übliche Kruste gebrannt hatte, konnten wir wieder an die Arbeit gehen. Am dritten Lohntag sahen wir ein, daß wir mit dem Geld, das wir verdienten, nicht auskommen konnten. Wenn die Ernte vorüber sein wird, werden wir für knapp zwei Wochen Lohn in der Hand haben. Ehe wir bis zur nächsten Stadt kommen und dort irgendeine Arbeitsgelegenheit finden würden, hätten wir genausoviel oder richtiger sowenig übrig, als wenn wir in sechs Wochen, jede Woche zu sieben Tagen, in tropischer Sonnenglut von Sonnenaufgang bis beinahe Sonnenuntergang bei, trotz der Eier, allerbescheidenster Nahrung hart gearbeitet hätten. Denn außer für Essen und Tabak gaben wir nichts aus. Es war auch keine Gelegenheit dazu da. Der nächste Saloon, wo es Bier und Schnaps gab und wo man spielen konnte, war über drei Stunden entfernt.
»Daran sind die verfluchten Eier schuld, daß wir für nichts geschuftet haben sollen!« sagte Antonio am Abendfeuer, als wir unsre Lage überdachten.

»Aber wir hätten sie doch nicht zu kaufen brauchen«, warf ich ein, »Abraham hat sie uns doch nicht aufgedrängt. Er hätte sie doch sammeln und sonntags zum Laden bringen können.«
»Da hätte er aber mehr Arbeit davon gehabt«, sagte Gonzalo.
In dem Augenblick kam Abraham gerade von seinem abendlichen Maiseinkauf zurück. Er warf den Sack auf die Erde und sagte: »Wovon ist denn die Rede? Vielleicht etwa gar von den Eiern? Ich habe sie doch ehrlich an euch abgeliefert, und frisch gelegt war jedes einzelne auch, da kann ich doch auch wohl ehrlich mein Geld verlangen, nicht wahr, Fellers? That so?«
»Von Nichtbezahlen hat niemand gesprochen; wenn Sie nicht wissen, wovon und worüber geredet worden ist, dann halten Sie lieber ihre Gosche«, sagte ich.
»Nein«, sagte Antonio, »die Rede ist davon, daß, wenn wir nicht den Luxus mit den Eiern einstellen, wir hier die vielen Wochen umsonst gearbeitet haben.«
»Luxus nennt ihr das?« rief Abraham entrüstet aus. »Ja, wollt ihr denn als Skelette rumlaufen, wenn die Ernte vorüber ist? Meinetwegen, ich kann meine Eier auch anderswo verkaufen. Also, jetzt kassiere ich. Antonio, Sie haben – –«
Das interessierte mich nun gar nicht, wieviel jeder hatte und was jeder zu bezahlen haben mochte. Ich bezahlte meine Rechnung bei Abraham und ging dann nach meiner Behausung schlafen. Als ich unterwegs war, hörte ich, wie Charley und Abraham in Wortwechsel gerieten. Der große Nigger behauptete, Abraham habe ihm drei Eier zuviel angerechnet. Abraham bestritt es und drängte auf richtige Bezahlung. Nach einer Weile Hin- und Herredens mußte Charley zugeben, daß er sich geirrt habe und daß Abraham im Recht sei. In diesen Dingen, die das Geschäft unmittelbar betrafen, also Lieferung und Bezahlung, war Abraham unbedingt ehrlich.
Des Abends vor dem Einschlafen nahm ich mir vor, diese Woche einmal ohne Eier auszukommen.
Am Morgen, als ich zum Feuer ging, hörte ich Antonio schon rufen: »Wo sind denn heute morgen die Eier, du rabenschwarzer Yank? Ich will fünf haben.«
Abraham zählte seine Eier, die er in den Körben gesammelt hatte,

mit einem Ernst und mit einer Sorgfalt, als ob er sie wirklich zum ersten Male in der Hand habe und nicht schon gestern abend genau gewußt hätte, wieviel Eier die Hühner über Nacht legen würden. Er tat, als habe er Antonio nicht gehört.

»Ja, Mensch, Nigger, hast du denn nicht gehört, fünf Eier will ich haben, oder soll ich sie mir vielleicht selber nehmen?« wütete jetzt Antonio.

»Was denn!« sagte Abraham ganz unschuldig. »Ich will euch doch nicht meine Eier aufdrängen und euch den sauer verdienten Wochenlohn aus der Tasche rauben. Spart das Geld lieber! Ihr könnt auch ganz gut ohne Eier auskommen. Ihr seid ja die ersten Tage auch ohne Eier fertig geworden.«

Das war ein ganz neuer Tonfall, den wir von Abraham bisher nie vernommen hatten.

Wir empörten uns gegen eine solche Bevormundung unsrer Lebensweise wie ein Mann.

»Was fällt denn dir schwarzem Karnickel ein, mir vorzuschreiben, was ich essen und was ich nicht essen soll, ob ich mein Geld spare oder ob ich es da in die Zisterne werfe, hä!« mischte sich Gonzalo jetzt ein. »Sofort gibst du mir sechs Eier, oder ich schlage dir deinen Wollschädel in Scherben.«

»Gut«, sagte Abraham resigniert, »da ihr es nicht anders haben wollt und mir sogar mit Schlägen droht, will ich euch die Eier wie bisher liefern.«

»Ja, was hast du dir denn gedacht?« sagte Sam Woe ganz ruhig und schulmeisterlich. »Erst verführst du uns, Eier zu essen, und wenn wir daran gewöhnt sind, willst du sie uns verweigern. Gib mir drei Eier!« Der Chinc hatte ein bestimmtes Gefühl bei mir ausgelöst: jetzt auf einmal, wo wir uns an die Eier, an die Bequemlichkeit ihrer Zubereitung, an die Nachhaltigkeit ihres Nährstoffes und an ihre mühelose Beschaffung so sehr gewöhnt hatten, sollten wir plötzlich einer Laune des Niggers wegen darauf verzichten! Das war ja nicht anders, als wenn wir aus dem Zeitalter der drahtlosen Abendunterhaltung in das der Steinaxt zurückgeschleudert werden sollten. Gestern abend, den Magen übervoll gefüllt mit einem dicken, prächtigen vollwertigen Eierpfannkuchen, hatte ich allerdings den Entschluß gefaßt, diese Woche einmal keine Eier zu

beziehen. Aber am Morgen, als der Magen leer war wie ein vertrockneter Autoreifen, hielt ich den Entschluß für kindisch. Warum sollte ich mich denn kasteien und meinen mir lieben Körper qualvoll peinigen beim Anblick der schönen frischen Eier, die bereits lustig in den Pfannen der andern brutzelten?
»Gib mir sechs!« kommandierte ich Abraham.
Freilich, als ich drei Spiegeleier gegessen und zwei zum Mitnehmen für das Mittagessen gekocht hatte, fiel mich wieder die reuige Wehmut an. Also blieb es bei den Eiern.

8

Auf dem Nachhauseweg rief mich Mr. Shine an: »Hören Sie, Mr. Gales, können Sie auf eine Viertelstunde herein? Meine Frau hat einen guten Kuchen gebacken. Sie können eine Tasse Kaffee mit uns trinken.«
Dann, als wir bei Tische saßen, erzählte mir Mr. Shine, daß er mit 260 Dollar, die er sich sauer erspart hatte, hier angefangen habe, wie er mit eigner Hand die Farm aus dem rohen Busch herausgearbeitet habe, wie die Straße, die mehr als drei Stunden zur nächsten Ortschaft führt, bei seiner Ankunft nur ein schmaler, verwachsener Weg war, gerade breit genug, um mit dem Maultier durchzukommen, wie er auch diese Straße verbreitert habe, so daß er sie jetzt mit eignem Ford befahren könne.
»Vierundzwanzig Jahre harter, sehr harter Arbeit waren notwendig, um etwas zu werden. Und wir Gringos hier, die wir dem Lande erst Wert geben, sind trotzdem immer wie auf dem Sprunge, plötzlich fliehen und alles verlassen zu müssen. Wir werden gehaßt wie der Tod, weil man um die Freiheit und Unabhängigkeit, die den Leuten hier über alles gilt, bangt.« Er war nicht der erste Amerikaner, der mir diese Nöte schilderte.
»Manches Jahr ist sehr gut. Ich habe schon häufig vier Ernten im Jahr an Mais gehabt. Das erreichen wir drüben in den States nicht. Aber dieses Jahr ist schlecht. Die Baumwolle hat, was seit fünfzehn Jahren nicht vorgekommen ist, Frost abbekommen; deshalb ist sie nur halb, wie sie sein soll. Und ich weiß auch gar nicht, was mit dem Hühnervolk los ist. Wir haben nie sowenig Eier gehabt wie in den letzten Wochen. Auch Mr. Fringell und Mr. Shape klagen über ihre Hühner.«
Am Abend erzählte ich Abraham, was mir Mr. Shine über die Hühner gesagt hatte. Aber mein Kamerad geriet nicht in die geringste Verlegenheit.
»Na, da seht ihr es ja, Fellers«, sagte Abraham eifrig, »das sind die richtigen amerikanischen Farmer wie drüben. Vor Geiz möchten sie am liebsten ihre Fingernägel aufessen. Da gönnen sie den ar-

men Hühnern kaum eine Handvoll Mais. Wie können denn die Hühner richtig legen, wenn sie nicht gut gefüttert werden? Da seht meine Hühner an! Ich spare nicht mit dem Mais. Aber dafür geben die Tierchen auch etwas her. Man muß sie nur gut und reichlich füttern und sachgemäß behandeln, dann tun sie auch ihre Pflicht. Das hat mich meine gute Großmutter Susanne gelehrt, und die war eine sehr kluge Frau, das könnt ihr mir glauben, Fellers. That's a fact!«
Na, wir glaubten es ihm. Die Beweise lagen ja vor.

9

Am selben Abend nach dem Essen setzte wieder die Unterhaltung über die Frage ein, wieviel uns an Geld übrigbliebe, wenn die Ernte vorüber sei. Diesmal aber wurden weder die Eier noch Abraham, der dabeisaß, in dem Gespräche erwähnt.
An diesem Abend kamen wir alle einmütig zu dem Ergebnis, daß wir ordentlich essen müßten, um uns arbeitsfähig zu erhalten, daß wir eine bestimmte Summe am Ende der Ernte übrig haben müßten, um nicht umsonst gearbeitet zu haben oder wie Sklaven nur für das Essen, und daß also, kurz und bündig, der Lohn zu niedrig sei. Wenn wir statt sechs acht Centavos für das Kilogramm bekämen, könnten wir gerade zurechtkommen.
Mit diesem Gedanken gingen wir schlafen.
Am nächsten Morgen, sobald die andern Arbeiter auf das Feld gekommen waren, gingen Antonio und Gonzalo gleich zu ihnen und erklärten ihnen, daß wir die Absicht hätten, acht Centavos zu verlangen und zwei Centavos Nachbezahlung für die bisher schon gepflückten Kilos. Diese Leute, alle unabhängiger als wir, weil sie alle ihr Stückchen Land hatten, waren ohne weiteres damit einverstanden.
Nun gingen Antonio und Gonzalo sowie zwei von den andern Leuten zur Waage und sagten Mr. Shine, was los sei.
»Nein«, antwortete Mr. Shine, »das bezahle ich nicht, ich bin doch nicht verrückt! Das habe ich noch nie bezahlt! Das kommt ja gar nicht rein!«
»Gut«, sagte Antonio, »dann machen wir Schluß. Wir wandern dann noch heute ab.«
Da mischte sich einer von den ansässigen Arbeitern ein: »Hören Sie, Señor, wir warten zwei Stunden. Überlegen Sie es sich. Wenn Sie dann noch nein sagen, satteln wir unsre Mulas. Wir wollen schon dafür sorgen, daß Sie keine Leute kriegen.«
Damit war die ganze Konferenz erledigt. Die vier Abgesandten gingen ins Feld zurück, berichteten die abschlägige Antwort, und alle Leute verließen ihre Reihen, gingen zu den Bäumen und leg-

ten sich schlafen. Als ich auch auf dem Wege zu den Bäumen war, rief Mr. Shine herüber: »He, Mr. Gales! Kommen Sie auf einen Augenblick her!«
Ich ging hinüber.
»Na«, sagte ich gleich beim Näherkommen, »wenn Sie etwa glauben, daß ich hier die Mittelsperson mache, dann sind Sie im Irrtum, Mr. Shine. Wäre ich Farmer, stünde ich auf Ihrer Seite, und ich ginge mit Ihnen durch dick und dünn. Da ich aber kein Farmer, sondern Farm-Hand bin, stehe ich zu meinen Arbeitskollegen. Das verstehen Sie doch?«
»Gar kein Zweifel, Mr. Gales«, erwiderte er, »es ist auch gar nicht meine Absicht, Sie herüberzuholen; denn Sie allein könnten die Baumwolle ja doch nicht hereinholen. Aber wir wollen das einmal in Ruhe überrechnen.«
Mr. Shine zündete sich eine Pfeife an und gab mir Tabak. Sein ältester Sohn, der etwa sechsundzwanzig Jahre alt war, steckte sich eine Zigarre an, und der zweite Sohn, der jüngste in der Familie, ungefähr zweiundzwanzig Jahre alt, pellte ein Stück Kaugummi aus einem Stück verschweißtem Papier heraus und schob es in den Mund.
»Sie sind der einzige Weiße hier unter den Pflückern, und da ich Ihnen ja schon acht bezahle, sind Sie eigentlich parteilos und können hier mitsprechen. Sie haben doch nicht etwa den andern Burschen gesagt, daß Sie acht bekommen?« fügte Mr. Shine, die Pfeife aus dem Munde nehmend, hinzu.
»Nein«, sagte ich, »dazu hatte ich nicht die geringste Ursache.«
Dick, der älteste Junge, kletterte in das Lastauto, lehnte sich gegen einen Ballen Baumwolle und ließ die Beine über die Reling baumeln.
Pet, der jüngere, setzte sich zum Steuerrad und druselte, unausgesetzt seinen Gummi knatschend, vor sich hin.
Der Alte lehnte sich gegen den Wagen und fummelte, unaufhörlich fluchend, an seiner Pfeife herum, die bald ausging, bald verstopft war, bald neuen Tabak brauchte, obgleich der Rest noch gar nicht ganz aufgebrannt war.
Die ganze Erregung, die den Farmer durchtobte, äußerte sich nur in der Behandlung seiner Pfeife.

Nachdem etwa fünf Minuten lang niemand etwas gesagt hatte, platzte plötzlich Pet heraus: »Weißt du was, Daddy, ich an deiner Stelle würde bezahlen, ohne viele Worte zu machen.«
»Ja, du«, rief Mr. Shine wütend, »du würdest bezahlen. Es geht ja nicht aus deiner Tasche, da ist das ›bezahlen würden‹ sehr leicht. Aber dann ziehe ich dir's von deinem Taschengelde ab.«
»Das wirst du nicht tun, Daddy, oder du mußt mir das Geld für die verkaufte Baumwolle auch geben, sonst wäre es ungerecht.«
»Ha! Daß ich nicht platze vor Lachen. Das Geld für die verkaufte Baumwolle? Habe ich denn überhaupt schon für einen Dime verkauft? Ich sage Ihnen, Mr. Gales, noch nicht einen blanken Tinker hat man mir geboten. Und was für eine Baumwolle in diesem Jahr! Die weißeste Schneeflocke von Alaska muß sich dagegen schämen. Und sehen Sie einmal hier, Mr. Gales«, dabei rupfte er eine Knolle, die dicht neben ihm stand, ab und quetschte sie, sie mir dicht vor die Nase haltend, in seinen Fingern, »die weichsten Daunen sind dagegen der purste Stacheldraht. – Ja, Gosh, sagen Sie doch auch einmal ein Wort! Stehen Sie doch nicht so da, als ob Sie die Sprache verloren hätten!«
»Aber ich bin doch unparteiisch«, sagte ich darauf.
»Ja richtig, Sie sind unparteiisch. Aber Sie können doch wenigstens den Mund mal aufmachen!« Es kam ihm nur darauf an, jemand zu finden, dem er widersprechen konnte.
Da räkelte sich Dick ein wenig bequemer in seine Stellung ein und sagte ganz langsam und bedächtig mit breit gezogenen Worten: »Da will ich dir mal was sagen, Dad –«
»Du? Ja du bist mir gerade der Rechte.«
»Dann eben nicht. Ich habe Zeit. Es ist ja nicht meine Baumwolle, es ist ja deine.«
Und als Dick nun wieder in seine bulkige Schweigsamkeit zurückfiel, sagte der Alte plötzlich ganz erbost: »Ja, verflucht noch mal, dann rede doch schon! Oder soll ich hier vielleicht stehen, bis die ganze Baumwolle verfault und verwurmt ist?«
»Siehst du, Dad, das meine ich gerade: verfault. Wenn die Leute gehen, andre kriegen wir nicht. Und wenn wir die Leute herschippen lassen von den Städten, müssen wir mehr Reisegeld bezahlen, als die Sache wert ist.«

»Rede doch schon einen Strich schneller!«
»Aber ich muß mir doch erst ausdenken, was ich sagen will. Sieh mal, Dad, einmal hat es schon geregnet. Und es sieht ganz so aus, als ob wir eine sehr frühe Regenzeit kriegen oder eine volle Woche Stripregen. Dann ist die ganze Baumwolle hinüber, dann ist sie in den Dreck gehauen, und du kannst lange suchen, bis du einen findest, der dir anstatt der Baumwolle den Sand abkauft. Je eher wir die Baumwolle ›ginned‹ und auf den Markt gebracht haben, desto besser ist der Preis. Wenn der Markt erst mal voll ist, müssen wir froh sein, wenn wir sie mit zwanzig oder fünfundzwanzig Centavos Verlust losschlagen, wenn wir sie dann überhaupt unterbringen und sie uns nicht auf dem Halse liegenbleibt. Bis jetzt sind wir sehr früh dran und sind mit die ersten auf dem Markt.«
»Verflucht noch mal, Junge, du hast verteufelt recht! Vor vier Jahren habe ich sie mit dreißig Centavos das Kilo unter dem Anfangspreis verkaufen müssen und habe noch dagestanden wie ein armseliger Bettler, der um ein Stück Brot boomen muß. Aber ich bin doch nicht ganz und gar wahnsinnig geworden, daß ich acht Centavos bezahle! Früher habe ich sogar bloß drei, wenn sie schlecht stand, vier bezahlt. Nein, das ist abgemacht, da lasse ich sie, by Gosh!, zehnmal lieber verfaulen und verschimmeln, just wie sie da steht, ehe ich nachgebe.«
Dabei schlug er mit der Hand nach einer Staude, als ob er mit dieser einen Handbewegung das ganze Feld abrasieren wollte.
Dann kam ihm in seinem Zorn ein andrer Gedanke: »Aber an der ganzen Geschichte sind bloß die Fremden schuld, die Auswärtigen. Die hetzen uns hier die Leute auf. Die können nie den Rachen vollkriegen. Unsre Leute hier herum sind immer zufrieden. Ja, Sie auch, Mr. Gales, Sie sind auch einer von den Aufwieglern und von den Bolsches, die alles auf den Kopf stellen und uns das Land wegnehmen und das Bett unter dem Hintern fortziehen wollen. Bei mir kommt ihr aber an die falsche Nummer.«
»Wenn Sie mich meinen, Mr. Shine, tun Sie sich keinen Zwang an. Nebenbei bemerkt, habe ich Ihnen gar keinen Grund gegeben, festzustellen, ob ich einer von denen bin oder nicht.«
»Mischen Sie sich doch nicht rein, von Ihnen ist ja gar nicht die Rede. Ich habe Sie ja gar nicht gemeint. Aber bezahlen tu' ich

nicht, basta!« »Na hör mal, Daddy«, sagte jetzt Pet, ohne sich seinem Vater zuzuwenden, »in bezug auf die Fremden hast du unrecht. Die sechs Fremden schaffen mehr herein als die zwölf oder vierzehn Indianer. Die tun doch überhaupt bloß etwas, weil sie sehen, wie die Fremden arbeiten und was verdient werden kann. Wenn unsre Hiesigen einen Peso machen, dann sind sie zufrieden und halten lieber fünf Stunden Mittagsschlaf, weil ihnen das wichtiger ist. Ohne die Fremden bekämen wir die Baumwolle vor Weihnachten nicht herein, dagegen wette ich mein Leben.«
»Aber ich bezahle keine acht, und damit Schluß!«
»Dann kann ich ja ankurbeln, und wir können heimfahren«, sagte Dick trocken und kletterte gemächlich von dem Wagen herunter.
Es waren noch lange keine zwei Stunden vergangen, aber die ›Hiesigen‹ wurden jetzt beweglich. Sie fingen ihre Maultiere ein und begannen aufzusatteln.
Als einige der Peons schon soweit waren, aufzusitzen, sprangen Antonio und Gonzalo plötzlich auf, warfen ihre großen Hüte hoch in die Luft und begannen mit schrillen Stimmen zu singen:

»Es trägt der König meine Gabe,
Der Millionär, der Präsident –«

Die Leute hörten sofort auf, an ihren Tieren zu arbeiten, und standen still wie Soldaten nach einem Kommando. Sie hatten das Lied nie gehört, fühlten jedoch sofort mit dem Instinkt des Mühseligen, daß es ihr Lied sei, daß dieses Lied mit dem Streik, mit dem ersten Streik, den sie erlebten, ebenso innig zusammenhing wie ein Kirchenchoral mit der Religion. Sie wußten nicht, was eine Organisation bedeutet, was eine Klasse sei. Aber der Gesang hämmerte auf sie ein, die Worte trafen den Atem ihres Daseins. Und das Lied schmiedete sie zusammen zu einem ehernen Block. Das erste leise Bewußtsein der ungeheuren Macht und Stärke der zu einem gemeinsamen Wollen vereinigten Proleten erwachte in ihnen.
Als der erste Refrain wiederholt wurde, sang bereits das ganze Feld. Was vielleicht geschehen könnte, wenn der letzte Refrain begann, ohne inzwischen die gewünschte Antwort erhalten zu haben, wußte ich. Ich habe es erlebt.

Der Gesang, so eintönig und so schlicht in seiner Melodie, aber so federnd wie feinster Stahl in seinem klingenden Rhythmus, steckte mich an. Ich konnte nicht anders, ich begann, das Lied mitzusummen.
»Natürlich! Sie auch!« sagte Mr. Shine, halb ironisch, halb selbstverständlich zu mir. »Ich hab's ja gewußt!« Als der zweite Refrain erklang, wendeten sich die Leute, die bisher zwanglos in einer losen Gruppe bei ihren Maultieren gestanden hatten, alle wie ein Mann zu uns herüber, wodurch der Gesang herausfordernd und persönlich wurde.
Mr. Shine faßte nervös nach hinten und knöpfte die lederne Revolvertasche auf, machte sie aber gleich wieder zu mit einer Geste der Verlegenheit, die ebensogut auch eine der Scham oder gar der Wurschtigkeit sein konnte.
»Teufel noch mal«, rief er dann, »that means business, die scheinen Ernst zu machen.«
»Das machen sie«, sagte Pet knatschend, »und wenn sie einmal fort sind, haben wir unsre liebe Mühe und Not, sie wieder heranzuholen.«
»Gut«, sagte Mr. Shine, »ich bezahle acht, aber erst von heute an. Was bezahlt ist, bleibt bezahlt, da wird nichts nachgegeben. Gales, seien Sie doch so gut, bitte, und rufen Sie die Leute heran!«
Ich lief rüber und brachte die ganze Horde zusammen.
»Na, was ist?« fragten die Leute, als sie nahe genug der Waage waren. »Also, es ist abgemacht«, sagte Mr. Shine halb erbost, halb von oben herab, »ich zahle acht für das Kilo, aber –«
Antonio ließ ihn nicht ausreden: »Und für die schon gepflückten Kilos?«
»– zahle ich die zwei Centavos nach. Aber nun auch tüchtig ran an die Arbeit, daß wir den ganzen Bettel noch trocken hereinkriegen.«
»Hurra für Mr. Shine!« schrie Abraham.
»Halt's Maul, damned Nigger, du bist nicht gefragt!« schrie der Farmer wütend.
»Aber was mache ich denn nun mit Ihnen, Gales?« sagte er zu mir. »Sie bekommen doch schon acht.«

»Ja«, sagte ich, »da gehe ich halt leer aus, Mr. Shine.«
»Das sollen Sie nicht. Bei einem Mann kommt es mir auch nicht darauf an. Und weil Sie Weißer sind, der einzige Weiße, Sie sollen zehn haben.«
»Mit Nachzahlung?«
»Mit Nachzahlung! Ich bin ein fairer Businessman. Was stehen Sie denn noch rum? Machen Sie, daß Sie an die Arbeit kommen! Wir haben, weiß Gott, beinahe eine Stunde total verquatscht. Gerade um diese Stunde kann uns der Regen zu früh kommen. Das ziehe ich euch beiden Rangen ab, da könnt ihr Gift drauf nehmen«, wandte er sich seinen Söhnen zu, die gerade dabei waren, die Waage wieder aufzuhängen.

10

So lief der Trott nun weiter die nächsten zwei, drei Wochen. Ohne besondere Ereignisse. Ein Tag wie der andre. Rennen im Trab. Arbeit, Rennen, Essen kochen, Schlafen, Rennen im Trab, Arbeit. Eines Nachmittags, als ich vom Feld heimkam, ging ich zu Mrs. Shine und fragte sie, ob sie mir ein Kilo Speck verkaufen oder bis Sonntag leihen wolle, da ich vergessen hätte, welchen mitbringen zu lassen.

»Können Sie haben, Gales, gegen Bezahlung oder Rückgabe, ganz wie Sie wollen.«

»Gut«, sagte ich, »dann gegen Bezahlung. Mr. Shine kann es mir ja am Samstag anrechnen.«

Während sie eben dabei war, den Speck abzuwiegen, kam Mr. Shine von der Stadt zurück, wo er seine Post abgeholt und einige Bedarfsmittel eingekauft hatte.

»Da sind Sie ja gerade wie gerufen, Gales«, sagte er zu mir, als er ins Zimmer trat. »Ich habe eine Neuigkeit für Sie.«

»Für mich? Woher soll die wohl kommen?«

»Direkt aus der Stadt. Im Store traf ich den Manager von Camp 97. Er saß dort und trank gerade eine Flasche Bier nach der andern. Er war in großen Nöten. Da haben sie im Camp ein kleines Malheurchen gehabt. Beim Auswechseln von Achterrohren gegen Zehner hat ein Rohr ausgeschlagen und dem einen Driller den rechten Arm böse gequetscht, weil einer von den Indianern wieder mal nicht aufgepaßt und rechtzeitig zugepackt hat. Der Driller ist ein tüchtiger, erfahrener und verläßlicher Bursche, den sie nicht gehen lassen wollen. Nun suchen sie einen guten Ersatzmann für drei bis vier Wochen. So lange wird es wohl dauern, bis der Mann wieder arbeiten kann. Aber sie sind jetzt gerade an einem heiklen Punkt. Sie sind auf siebenhundert Fuß und sind auf Lehm, und wenn sie jetzt keinen guten Driller bekommen, dann können sie vielleicht eine Knickung in der Bohrung erleben. Na, und was das bedeutet, was das für Scherereien, Zeitverlust und Kosten verursacht, das wissen Sie ja selbst, Sie haben ja in den Fields gearbeitet.

Das gibt allemal den Sack für die Driller und Tooldresser, manchmal für das ganze Camp.«
»Weiß ich«, erwiderte ich, »kann dem besten Mann passieren, wenn man noch so sehr aufpaßt. Ein Stein, den der Satan gerade dort hingefeuert hat, wo man ihn am allerwenigsten vermutet, kann zwanzigtausend Dollar kosten.«
»Mag sein, davon verstehe ich nichts«, wandte Mr. Shine ein. »Nun ist der Manager in Sorge, was er machen soll. Er hat schon eine Schicht selber gearbeitet, aber auf die Dauer geht es nicht. Telegraphiert er nun zur Kompanie, dauert es immerhin drei bis vier Tage, bis er den Mann hier hat. Und ob er einen Mann kriegt, wie er ihn braucht, weiß er auch nicht. Denn ein tüchtiger Mann nimmt für drei Wochen nichts an, weil er dadurch vielleicht eine andre Stellung, wo er sechs Monate in Sicherheit hat, verpassen kann. Ich habe nun zu dem Manager gesagt: Well, habe ich gesagt, Sie sind just der Mann, auf den ich gewartet habe, Mr. Beales.«
»Aber ich weiß noch immer nicht, was ich eigentlich damit zu tun habe«, sagte ich.
»Ja warten Sie doch ab, Gales, was kommt. In drei, höchstens vier Tagen haben wir die Baumwolle drin. Was wollen Sie denn dann machen?«
»Das weiß ich jetzt noch nicht. Ich lasse den Tag erst einmal herankommen. Ich kann ebensogut nach Norden wie nach Süden, ebenso leicht nach Ost wie nach West gehen. Eigentlich habe ich vor, nach Guatemala, Costa Rica und Panama runterzutippeln. Vielleicht nach Kolumbien. Da soll allerhand Öl ausgemacht worden sein.«
»Top!« sagte Mr. Shine. »Das habe ich auch gedacht, daß es Ihnen ganz egal ist; und nach Guatemala und allen den übrigen Ländern kommen Sie immer noch rechtzeitig genug. Da habe ich nun zu dem Manager gesagt: Well, habe ich gesagt, auf Sie habe ich gerade gewartet. Ich habe da einen Fellow, einen Picker, einen weißen Mann, weiß im Gesicht und weiß unter dem Brustlatz ebensogut, einen Burschen, der Ihnen die verteufeltste Bohrung aus dem elendesten Dreck herausholt. Man muß doch ein wenig trumpfen, Gales, wenn man was erreichen will. Also, habe ich gesagt, Mr. Beales, ich schicke Ihnen den Mann runter. Na, was sagen Sie

nun, Gales, Junge, hä? Das habe ich doch fein gemacht. Da gehen Sie noch morgen früh runter zum Store. Der Storekeeper kennt den Weg zum Camp und kann Ihnen Bescheid sagen. Um fünf Uhr nachmittags sind Sie schon im Camp und können sich gleich zum Essen hinsetzen.«
Das mit dem Essen war allerdings verführerisch.
»Wenn Sie dann nicht mit der Arbeit zurechtkommen, ist der Verlust auch nicht allzu groß. Einen Tag kriegen Sie auf alle Fälle ausbezahlt, und außerdem haben Sie einen Tag wieder mal menschenwürdig gegessen«, setzte Mr. Shine hinzu.
Zu überlegen gab es da eigentlich nichts. Hier war noch für drei oder vier Tage Arbeit, harte und schlechtbezahlte Arbeit. Im Ölfeld mußte man zwar auch zwölf Stunden arbeiten, weil nur zwei Schichten waren, aber man arbeitete wenigstens unter dem Derrick, wo die Sonne nicht ganz so unmittelbar auf einen losbrennen konnte. Dazu hatte man sterilisiertes Eiswasser, soviel man nur trinken wollte. Vor allen Dingen aber hatte man, wie schon Mr. Shine richtig gesagt hatte, ein menschenwürdiges Essen, mit Teller, Messer, Gabel, Eßlöffel, Teelöffel, Tasse und Glas an einem Tisch, der zwar von einem Zimmermann ziemlich roh gemacht war, aber es war doch ein Tisch und eine richtige Bank. Man brauchte nicht aus der Pfanne von der Erde zu essen und sich beim Essen von einer wackligen Kiste, auf der man saß, herunterzubükken. Man brauchte nicht mit demselben Löffel, den man aus den fettigen Bratkartoffeln zog, den Kaffee umzurühren. Das Brot, das man aß, war weder zu Kohle verbrannt, noch war es klebrig wie Kleister. Die schwarzen Bohnen, immer hart wie Kieselsteine, hörten auf, ein wichtiger Bestandteil der Mahlzeiten zu sein. Man schlief nicht ohne jede Unterlage auf einer Tafel Wellblech, sondern man schlief in gut ventilierten Baracken, in sauberen Feldbetten, auf weicher Matratze und gut geborgen unter einem schleierdünnen Moskitonetz. Man hatte jeden Tag ein Brausebad und hatte ein WC. Daß es solche Dinge auf Erden gibt, hatte ich ganz vergessen. Romantik ist schön, sehr schön! – Von ferne gesehen. Wenigstens in der Entfernung, gerechnet von einem bequemen Sitz im Kino bis zur Silberwand. Auf dieser Silberwand sind die Helden des Busches und des Urwaldes der Traum der Mädchen, und

sie erregen Ehescheidungsgedanken bei Frauen; in Wahrheit bohren sie sich beim Essen in der Nase herum und schmieren dies und das an ihren Sitz oder an die nächste erreichbare Tischplatte. Und das kann man gerade noch erzählen. Würde man einiges mehr erzählen, noch nicht einmal alles und noch nicht einmal das Schlimmste, so würde sich der bunte Schmetterling in die widerwärtigste Raupe rückverwandeln. Aber trotz alledem, Romantik ist auch im Ölfeld, das auf den ersten Blick so trostlos prosaisch und so nüchtern aussieht wie eine Kohlenzeche in Herne. Man muß die Romantik nur zu sehen und nur zu finden wissen.
Bei meinem Abschied von den bisherigen Arbeitskollegen war mir nichts so wichtig, als meine Eierrechnung bei Abraham auf den Cent genau zu begleichen. Er wäre mir sonst in meinen Träumen erschienen und nachgelaufen bis nach Paraguay, wenn ich ihm nur zehn Centavos schuldig geblieben wäre. –
Als ich zum Ölcamp kam und mit dem Manager sprach, machte er nicht im geringsten ein erstauntes Gesicht, seinen neuen Driller so in Lumpen und Fetzen zu sehen, wie kein Mensch in Europa, selbst nicht in Odessa, herumlaufen könnte. Daran ist man hier gewöhnt.
Die weißen Arbeiter, ebenfalls alle Gringos, waren froh, daß Dick, der Driller, einen Ersatzmann hatte und das Camp also nicht zu verlassen brauchte; denn er war ein beliebter und lustiger Bursche, der im Camp war, seit der erste Pfeiler für den Derrick gestellt wurde. Sie fixten mich auf, der eine brachte mir ein Hemd, der andre eine Hose, jener Strümpfe, ein andrer Arbeitshandschuhe. Ja, Handschuhe, denn ein amerikanischer Arbeiter macht sich beim Arbeiten die Hände nicht schmutziger, als unbedingt notwendig ist. Keiner von ihnen hatte irgendein Handwerk gelernt, wie das in Europa üblich ist, aber jeder konnte Auto fahren, Pannen beseitigen, Dampfmaschinen reparieren oder Werkzeuge schmieden. Vielleicht nicht ganz so sauber und geschickt wie ein englischer, deutscher oder französischer Arbeiter, aber was er machte, war brauchbar, und darauf kam es ihm und denen, die dafür bezahlten, ja nur an.
Als ich meine Schicht beendigt hatte, sagte Mr. Beales zu mir: »Sie können bleiben, Junge, vollen Drillerlohn.« –

Dick war schneller hergestellt, als wir alle gedacht hatten, und so mußte ich wieder gehen. Beim Abschied gab mir Dick zwanzig Dollar extra aus seiner Tasche, für Reisegeld und daß ich mir einen guten Tag machen sollte, wie er sagte.
Als ich dann beim Manager meinen Lohn ausbezahlt bekam, sagte er: »Hören Sie mal, Gales, können Sie nicht irgendwo eine Woche oder so herumhängen?«
»Ja«, erwiderte ich, »das kann ich leicht. Ich gehe rauf zu Mr. Shine, da kann ich gut für eine Weile hausen. Warum?«
»Auf einem unserer Nachbarfelder, da ist ein Bursche, der möchte auf vierzehn Tage in Urlaub gehen, rauf in die States. Da können Sie für die zwei Wochen als Ersatzmann eintreten. Anfang nächsten Monats.«
»Mache ich«, sagte ich. »Sie können ja im Store eine Mitteilung für mich an Mr. Shine hinterlegen, wenn es soweit ist.«
»Gut, abgemacht!« sagte Mr. Beales.

11

Ich wanderte also am nächsten Morgen wieder rauf zu Mr. Shine und fragte ihn, ob ich in dem Unterstande, in dem ich seinerzeit gehaust hatte, ein paar Tage wohnen dürfe.
»Natürlich, Gales«, sagte der Farmer, »solange Sie wollen.«
Ich erklärte ihm, warum, und fragte ihn dann nach den Leuten, mit denen ich da gewohnt hatte.
»Ach«, antwortete er, »der lange Nigger ist gleich den Tag nach Ihnen gegangen, ich glaube, rauf nach Florida. Das geht mich nichts an. Der kleine Nigger, Abraham heißt er, scheint ein ganz geriebener Schlingel zu sein.«
»Wieso?« fragte ich.
»Er hat mir da Hühner verkauft, gute Leghühner, wie er mir versicherte. Er hatte sie bei Indianern für einen Peso das Stück gekauft, wie ich inzwischen erfahren habe. Mir hat er anderthalb Peso dafür abverlangt. Ich habe sie ihm auch bezahlt dafür, denn die Hühner waren gut genährt. Aber mit den guten Leghühnern hat er mich reingelegt, der schwarze Teufel. Mit dem Legen ist nicht viel los bei ihnen. Aber, na, das Fleisch ist es ja wert.«
»Und was ist mit dem Chine und den beiden Mexikanern?«
»Die sind am Montag sehr früh hier vorbeigekommen. Ich habe sie vom Fenster aus gehen sehen. Soviel ich weiß, sind sie nach Pozos gegangen. Diese Station ist nicht ganz so weit wie die, von der ihr gekommen seid. Der Weg ist auch besser, weil wir jetzt diese Station selbst benutzen, während wir in früheren Jahren immer zu der andern gingen. Aber Pozos liegt bequemer für uns, früher hatten wir nur keinen Weg. Seitdem aber die Ölleute gekommen sind, haben die einen Weg geschaffen. Ich empfehle Ihnen, wenn Sie wieder zurückgehen, auch diesen Weg, da können Sie ab und zu schon einmal ein Auto antreffen, wo Sie jumpen können. Nebenbei bemerkt, warum wollen Sie denn in dem Unterstand hausen, Sie können doch in dem Hause wohnen.«
Ich lachte.
»Nein, Mr. Shine, das Haus kenne ich zur Genüge. Ich betrete es

aber nicht mit einer Zehenspitze. Das ist die reine Moskitohölle.«
»Na, wie Sie wollen. Ich habe mit meiner Familie fünfzehn Jahre drin gewohnt. Wir sind von den Moskitos nicht merklich geplagt worden. Aber Sie können schon recht haben. Wenn so ein Haus lange nicht bewohnt wird, nicht genügend Luft reinkommt, sammelt sich schon allerlei von diesem Zeug an. Ich bin übrigens seit einem Vierteljahr nicht oben gewesen, weiß gar nicht, wie es da herum augenblicklich aussieht. Und wahrscheinlich komme ich im ganzen nächsten Vierteljahr auch nicht rauf. Ich habe ja da oben nichts verloren. Ab und zu lasse ich mal die Pferde und die Mulas rauftreiben, weil sie da herum genügend Gras finden und ein Tränkepfuhl oben ist. Aber, wie gesagt, es ist mir gleichgültig, wo Sie Ihre Wohnung aufmachen. Mich stören Sie nicht, und sonntags können Sie schon mal runterkommen und eine Tasse Kaffee mit uns trinken und ein Stück Kuchen essen.«
Ich richtete mich oben in meinem Unterstande wieder ein. Mein Feuer machte ich mir jetzt gleich vor dem Unterstande, weil dort in der Nähe des Hauses, wo sonst unser gemeinschaftliches Feuer gewesen war, doch keine Unterhaltung gepflogen werden konnte, denn es war ja niemand da.
Ich lebte nun in schönster Einsamkeit. Als einzige Gefährten hatte ich nur Eidechsen, von denen zwei sich in drei Tagen so an mich gewöhnt hatten, daß sie all ihre angeborene Scheuheit vergaßen und mir an und auf meinen Füßen die Fliegen wegfingen, die dort nach Krümelchen von meinen Mahlzeiten suchten.
Tagsüber kroch ich in dem nahen Busch herum oder beobachtete die Tiere bei ihren Handlungen oder las in den Zeitschriften, die ich vom Camp mitgebracht hatte.
In Wasser konnte ich schwelgen, so reichlich hatte ich es, weil es inzwischen einige Male gut geregnet hatte und die Zisterne beim Hause zu einem Drittel gefüllt war. Wir hatten ja die Auffänge in Ordnung gebracht.
Ich konnte mich waschen und mir sogar den Luxus leisten, mich zweimal des Tages zu waschen. Kaffee kochte ich in Riesenmengen, teils um mir die Zeit zu vertreiben, teils um so viel Vorrat in mich hineinzutrinken, daß ich gut wieder einmal einen Tramp von einigen Tagen durch wasserlosen Busch aushalten konnte. Da ich

im Store tüchtig hatte einkaufen können, denn Geld hatte ich jetzt reichlich, so lebte ich wirklich einen guten Tag. Sorgenfrei, weder durstig noch hungrig, ein freier Mann im freien tropischen Busch, Siesta haltend nach Belieben und herumstreifend, wo und wann und solange ich wollte. Es ging mir gut. Und dieses Gefühl lebte ich auch voll bewußt.
Die Zisterne, aus der ich mein Wasser holte, war dicht an dem alten Hause. Und zu diesem Hause hatte ich jedesmal etwa zweihundertfünfzig Schritte von meinem Unterstand aus zu gehen.
Das Wasser holte und schöpfte ich mit einer von jenen Konservenbüchsen, die zwanzig Liter Inhalt haben. Mit Konserven in kleinen Büchsen gibt man sich hier nicht viel ab, höchstens wenn es sich um schnellverderbliche Ware handelt.
Das Haus, das man überall, nur nicht in Zentralamerika, eine ganz elende Bretterbude nennen würde, kaum gut genug, um auf einem Bauplatz als Lagerschuppen zu dienen, stand auf Pfählen. Die meisten Häuser hier, besonders außerhalb der größeren Städte, werden auf Pfählen errichtet. Stünden sie auf flacher Erde, wären sie vielleicht gar noch unterkellert, so würden sie in der Regenzeit jeden Tag überflutet. Das ist aber nicht der einzige Grund. Bei einem auf Pfählen ruhenden Haus kann der Wind von allen Seiten unter dem Fußboden hin und her fegen und so das Innere des Hauses kühl halten. Außerdem bekommt ein Haus, das in dieser Art gebaut ist, nicht soviel unerwünschte Gäste, wie Schlangen, Eidechsen, Skorpione, Spinnen, Grashopper, Grillen, Milliarden von Ameisen und Tausende andre unangenehme Überläufer aus dem nahen Busch. Alle diese mehr oder weniger erfreulichen Bewohner des tropischen Busches klettern natürlich auch an den Pfählen hoch, können aber doch nicht in solchen Mengen und so leicht ins Haus gelangen, wie wenn das Haus auf ebener Erde errichtet wäre.
Alle die Gründe, die den Menschen hier veranlassen, sein Haus in dieser Form zu erbauen, sind die gleichen geblieben, die unsre Urvorväter zwangen, sich eine Behausung in den Wipfeln der Bäume zu bauen.
Ein Holzhaus, so errichtet, erzittert und schwankt oft beim Sturm so, daß man glauben könnte, es sei in der Tat auf einem Baume

errichtet. Die Indianer freilich haben ihre Hütten zu ebener Erde. So zu ebener Erde war ja auch mein Unterstand, wo das Buschgetier aus und ein ging, als wäre es sein gutes Recht.
An jeder Seite des Hauses war eine Tür, um Licht und Wind hineinzulassen. Beim Verlassen des Hauses hatten meine damaligen Arbeitskollegen die Türen geschlossen, wie üblich mit einem drehbaren Stückchen Holz. Damals war immer Leben im Hause und vor dem Hause, Streit um das Feuer, Zank wegen einer Prise Salz, die jemand genommen hatte, ohne den Besitzer zu fragen, lange und fruchtlose Diskussionen darüber, wer das Holz heute zu holen habe. An diese lebhaften Bilder zurückdenkend, erschien jetzt das Haus geisterhaft einsam und still. Jedesmal, wenn ich Wasser holte, quälte es mich, doch mal einen Blick hineinzuwerfen, ob jemand etwas zurückgelassen habe. Aber dann wieder gefiel mir diese gespensterhafte Stille, die über dem Hause lagerte. Sie fügte sich zu der Einsamkeit der Umgebung nicht weniger als zu der Einsamkeit und Abgeschiedenheit, in der ich augenblicklich lebte. So unterdrückte ich jedesmal, wenn ich an das Haus kam, den Wunsch, eine Tür aufzumachen und hineinzulugen. Ich wußte genau, die Hütte war leer, vollkommen leer, niemand hatte etwas, sei es auch nur der Fetzen eines alten Hemdes, zurückgelassen, denn bei uns hatte alles seinen Wert. Die Ungewißheit, die mysteriöse Stimmung, die um das Haus lagerte, wollte ich mir nicht zerstören. So, wie es wirkte, mochte ich träumen, daß vielleicht der Geist eines der alten aztekischen Priester, der wegen der Dutzende von Menschen, die er auf dem Altar seines Gottes geschlachtet und denen er das Herz aus dem lebendigen Leibe gerissen hatte, um es seinem unersättlichen Gotte vor die goldenen Füße zu werfen, nun keine Ruhe finden konnte und deshalb aus dem Busch in das gefeite Haus eines Christen geflüchtet sei, um wenigstens ein paar Wochen von seinem rastlosen Herumirren auszuruhen.

12

Eines Tages, als ich wieder Wasser holte, sah ich eine schwarzblaue Spinne mit glänzend grünem Kopf, die an der Wand des Hauses nach Beute jagte. Sie lief blitzschnell ein paar Zoll weit, saß still, lauerte eine Weile und lief dann wieder ein ganz kurzes Streckchen, um wieder zu lauern. So überholte sie einen Meter eines Brettes im Zickzackkurs, kein Fleckchen auslassend, dabei oft, nicht immer, einen ganz feinen Faden zurücklassend, um Insekten, die an dem Brette hinaufklettern würden, nicht gerade festzuhalten und zu verstricken, sondern deren Lauf nur zu verlangsamen, damit die Spinne, wenn sie inzwischen das Nachbarbrett abgesucht hatte und hierher wieder zurückkam, ihre Beute mit einem mächtigen Satz anspringen konnte. Diese Spinne nimmt ihre Beute nur im Sprunge, wobei sie das Insekt von hinten anspringt und sofort im Nacken packt, so daß dieses Insekt von seinen Waffen, seien es nun ein Stachel oder Zangen oder Scheren, gar keinen Gebrauch machen kann.
Diese Spinne nun, die zu beobachten ich Tage und Wochen in den häufigen Perioden von Arbeitslosigkeit verwandt hatte, war es, die sofort wieder meine Aufmerksamkeit fesselte. Ich wollte ihr Gesichtsfeld prüfen und lernen, wie sie sich verhält, wenn sie selbst angegriffen und verfolgt wird. Ich stellte meine Konservenbüchse mit Wasser auf den Boden und vergaß, daß ich mir doch meinen Reis kochen wollte.
Ich bewegte meine Hand in ziemlicher Entfernung über der Spinne hin und her, und sofort reagierte sie darauf. Sie wurde unruhig, ihre Zickzackläufe wurden unregelmäßig, und sie suchte diesem großen Etwas, das ein Vogel sein mochte, zu entwischen. Aber die glatte Wand bot keinen Schlupfwinkel. Sie wartete eine Weile, duckte sich ganz langsam und behutsam und machte plötzlich, ganz unerwartet, einen Sprung in halber Armeslänge auf eines der benachbarten Bretter, natürlich an senkrechter Wand. Und so sicher war der Sprung, als wäre er auf ebener Erde vollführt. Dieses Brett nun hatte eine Leiste, die gespalten war und

sich auch ein wenig verzogen hatte, so daß sie einen Unterschlupf bieten konnte.
Jedoch ich ließ der Spinne keine Zeit, sich den besten Platz auszusuchen. Ich nahm einen dünnen Zweig auf, der gerade zu meinen Füßen lag, und berührte damit die Spinne leicht, sie so zwingend, einen andern Weg zu wählen. Sie lief nun in rasender Schnelligkeit davon, aber wohin sie auch fliehen mochte, immer fand sie den angreifenden Zweig, entweder ihren Kopf berührend oder ihren Rücken. So lief sie kreuz und quer, immer verfolgt von dem Zweig, der ihr keine Gelegenheit ließ, zu einem Sprunge anzusetzen. Plötzlich aber, als ich sie gerade im Rücken berührte, machte sie blitzschnell kehrt, und in rasender Wut und mit unvergleichlicher Tapferkeit griff sie den sie belästigenden Zweig an, der gegenüber ihren bescheidenen Ausmaßen, etwa vier Zentimeter, für sie gigantische Formen und übernatürliche Kräfte haben mußte. Und immer, wenn ich den Zweig zurückzog, so daß sie glauben mußte, sie habe den Feind abgeschlagen oder wenigstens eingeschüchtert, lief sie auf die schützende Leiste zu. Schließlich besiegte sie mich doch und fand dort Unterschlupf, aber nicht genügend, um sich ganz zu verbergen, denn sie konnte sich nur zur Hälfte darin verkriechen.
Nun schlug ich mit der flachen Hand an die Wand. Die Spinne kam sofort wieder hervor, lief eilends weiter nach oben, wo sie eine günstigere Höhle fand, in der sie sofort verschwand, ohne daß man noch viel von ihr sehen konnte. Um sie nun auch dort wieder hinauszujagen und zu sehen, was sie zu guter Letzt tun würde, schlug ich mit voller Gewalt mit der flachen Hand so fest gegen die Wand, daß das ganze Haus erzitterte.
Die Spinne kam nicht hervor. Ich wartete einige Sekunden. Und als ich gerade zum zweiten Male kräftig gegen die Wand schlagen will, fällt innerhalb des Hauses etwas um.
Was konnte das sein? Ich kannte das Innere des Hauses. Es war nichts, absolut gar nichts darin, was mit so einem merkwürdigen Geräusch umfallen konnte. Eine Stange, ein Stück Holz, das einzige, was es vielleicht hätte sein können, war es nicht, nach dem Geräusch zu urteilen. Es war schon eher wie ein mit Mais gefüllter Sack. Aber wenn ich mir das Geräusch vergegenwärtigte, so war

etwas sonderbar Hartes dabei. Es konnte also kein Sack mit Mais sein.
Es wäre nun doch so einfach gewesen, sofort die paar Sprossen der Leiter hinaufzuklettern, die Tür aufzustoßen und hineinzusehen. Aber irgendein unerklärbares Empfinden hielt mich davon ab. Es war wie Furcht, als könnte ich drinnen etwas unsagbar Grauenhaftes sehen. Ich nahm das Wasser auf und ging zu meinem Unterstand. Ich redete mir ein, daß es nicht Furcht vor dem Anblick von etwas ganz Gräßlichem sei, was mich veranlaßte, das Haus nicht zu betreten, sondern ich sagte mir: du hast ja in dem Hause durchaus nichts zu suchen, du hast überhaupt gar kein Recht, es zu betreten, und vor allen Dingen, es geht dich ja gar nichts an, was da drin ist. So entschuldigte ich mein Gebaren. Als ich dann aber beim Feuer saß und darüber immer wieder nachdachte, was für ein Gegenstand das Geräusch verursacht haben könnte, kam mir plötzlich ein seltsamer Gedanke: in dem Hause hat sich jemand erhängt, und zwar schon vor einiger Zeit; die Schnur ist morsch geworden oder der Hals durchgefault, und nun beim Schlagen an die Wand ist der Körper erschüttert worden, die Schnur gerissen und der Leichnam umgefallen. So ähnlich war auch das Geräusch, als ob ein menschlicher Körper umfiele und der Kopf auf den Boden schlüge.
Aber diese Idee war ja lächerlich. Sie schien zu zeigen, wohin die Phantasie einen führt, wenn man sich nicht von der Tatsache überzeugt. So verwandelt sich ein Baumstamm in der Dunkelheit in einen Räuber, der auf der Lauer steht. In den Tropen erhängt sich so leicht niemand, ich wenigstens habe nie davon gehört. Hier sind die Tage nicht trübe genug dazu. Und wenn es wirklich einer täte, so würde er in den Busch gehen, wo man drei Tage später bestenfalls nur noch an der Schnalle seines Gürtels erkennen würde, daß es sich um einen Mann handelt.
Sooft ich auch noch Wasser holte, ich ging nicht in das Haus hinein und vermied es sogar, irgendeine Spalte zu suchen und durchzulugen.
Das Unbestimmte, das Geheimnisvolle sagte mir mehr zu als eine vielleicht sehr prosaische Gewißheit.
Jedoch abends, wenn ich am Feuer saß oder wenn ich nachts wach

lag, beschäftigten sich meine Gedanken mit nichts anderm als mit der Frage, was in dem Hause wohl sein könne.
Am Freitag ging ich zu Mr. Shine und fragte ihn, ob er irgendwelchen Bescheid vom Manager habe. Aber Mr. Shine war die ganze Woche nicht im Store unten gewesen und würde auch die nächste Woche nicht hinunterkommen. Weil nun Montag der letzte Termin war, der für den Urlaubsantritt jenes Drillers, für den ich Ersatzmann sein sollte, in Betracht kam, so beschloß ich, Samstag früh, reisefertig mit meinem Bündel, selbst zum Store zu gehen und nachzufragen. War Bescheid da, dann konnte ich Sonntag mittag, also rechtzeitig genug, im Camp sein. War kein Bescheid da, so wußte ich, daß der Driller entweder nicht in Urlaub ging oder daß er die Sache anders zu regeln gedachte. In diesem Falle würde ich gleich zur Station gehen und meinen Plan, nach Guatemala zu wandern, ohne weiteres durchführen. Samstag früh holte ich mir Wasser für den Kaffee. Als ich mit dem Wasser an dem Hause schon ein Stück vorüber war, dachte ich, nun will ich aber doch noch zu guter Letzt nachsehen, was drin los ist, denn wenn ich das nicht tue, so kann es sein, daß mich der Gedanke an das Haus die nächsten fünf bis sechs Monate nicht losläßt. Es konnte ja die bekannte Gelegenheit sein, die, einmal verpaßt, nie im Leben wiederkehrt.
Ich kletterte die paar Sprossen der Leiter hinauf, stieß die Tür, die hier nur eingeklemmt war, auf und ging in den Raum, den einzigen Raum, den das Haus hatte.
An der Wand zur Rechten sah ich etwas liegen, ein großes Bündel. Ich konnte aber nicht sofort erkennen, was es sein mochte, denn die Sonne war noch nicht aufgegangen.
Ich trat näher hinzu: es war ein Mann. Tot!
Es war Gonzalo.
Gonzalo war getötet worden.
Ermordet!
Sein zerfetztes Hemd war schwarz von Blut. Ein Ball Baumwolle, den er zerknüllt in der rechten Hand hielt, war gleichfalls vollgesogen von Blut.
Er hatte einen Stich in der Lunge und noch einige Stiche auf der Brust, an der rechten Schulter und am linken Oberarm.

Der Körper war nicht verwest, sondern vertrocknet.
Er hatte auf dem Boden gesessen, gegen die Wand gelehnt, und als ich gegen die Wand geschlagen hatte, war der Körper auf die Seite gefallen, und der Kopf war auf den Erdboden geschlagen.
Ich suchte seine Taschen durch. Er hatte fünf Pesos und 85 Centavos darin. Er hätte haben müssen: wenigstens fünfundzwanzig bis dreißig Pesos.
Also des Geldes wegen.
Dann hatte er noch ein kleines Leinensäckchen mit Tabak neben sich liegen, auch einige geschnittene Maisblätter lagen verstreut herum.
Während er sich eine Zigarette drehen wollte, war er überfallen worden, an derselben Stelle, wo er sich jetzt befand.
Der Chinc und Antonio waren die letzten, die das Haus verlassen hatten. Der Chinc war nicht der Mörder. Wegen zwanzig Pesos jemand auch nur zu berühren, dazu war er viel zu klug. Diese zwanzig Pesos waren zu teuer für ihn.
Also Antonio.
Das hätte ich von ihm nie gedacht.
Ich steckte Gonzalo das Geld wieder in die Tasche, ließ ihn jedoch liegen, wie er lag.
Dann klemmte ich die Tür wieder ein, wie ich sie gefunden hatte, und verließ das Haus.
Kaffee kochte ich nun nicht mehr, sondern ich machte mich sofort auf den Weg.
Ich ging zu Mr. Shine und sagte ihm, daß ich nun selber zum Camp gehen wolle und, falls nichts los sei, gleich weitermarschieren werde. »Haben Sie sich da oben in Ihrem luftigen Wohnhause nicht einsam gefühlt, Gales?« fragte er.
»Nein«, sagte ich, »ich habe immer so viel zu sehen und so viel zu beobachten, daß der Tag herum ist, ehe ich es merke.«
»Ich dachte, Sie würden vielleicht doch in das Haus übersiedeln, weil es eben ein Haus ist.«
»Daran war nicht zu denken. Ich sagte Ihnen ja schon, als ich zurückkam, daß es darin vor Moskitos nicht auszuhalten sei.«
»Um die Jahreswende wollen meine beiden Neffen auf Besuch kommen und hier ein wenig herumstreifen und jagen. Die stecke

ich dann da hinein, da können sie hausen nach Belieben. Die werden die Moskitos schon ausräuchern. Na, dann also ›Viel Glück!‹, Gales, für Ihre Zukunft.«

Wir schüttelten uns die Hände, und ich ging.

Warum hätte ich denn etwas sagen sollen? Daß ich der Mörder sein könnte, diesen Gedanken würde niemand haben; denn ich war ja vor allen den übrigen Leuten fortgegangen und hatte die ganze Zeit im Camp gearbeitet.

Und hätte ich etwas von meinem Fund gesagt, so hätte das eine Unmenge Fragen verursacht, Hin- und Herlaufen und wer weiß was noch. Dabei wäre ich gar nicht mehr zur rechten Zeit zum Camp gekommen.

13

Nachdem der Driller von seinem Urlaub zurückgekehrt war, wurde ich ausbezahlt und fuhr mit einem Lastwagen, der Öl zu holen hatte, zur Station, von der ich nach Dolores Hidalgo reiste. Von dort aus fuhr ich ohne viel Aufenthalt glatt durch bis zur nächsten größeren Stadt, so daß ich schon in wenigen Tagen in Guatemala sein konnte, vorausgesetzt, daß ich meinen Plan nicht wieder einmal änderte.

In der Stadt wollte ich erst einmal herumhören, was im Süden los sei, was hinter den Gerüchten von den neuen Ölfeldern und den Arbeitsmöglichkeiten überhaupt zu suchen sei, und ob ich nicht besser vielleicht einen windigen Segelkasten ergattern und auf Argentinien losgehen sollte. Aber von dort kamen mir auch wieder zu viele herauf, die wahre Schauergeschichten von der furchtbaren Epidemie Arbeitslosigkeit berichteten. Achtzigtausend lagen in Buenos Aires auf der Straße und suchten eine Gelegenheit, fortzukommen. Aber schlimmer als in Mexiko konnte es ja dort auf keinen Fall sein. Ich setzte mich auf eine Bank im Park. Ich ließ mir die Stiefel putzen, trank ein Glas Eiswasser, und als ich mich von diesen Beschäftigungen gerade so recht ungestört, zufrieden mit mir und der Welt, ausruhen will, sehe ich, daß auf der Bank, der meinen gegenüber, ein Bekannter sitzt.

Es ist Antonio.

Ich gehe rüber zu ihm und sage: »Hallo, Antonio, guten Tag, was machen Sie denn hier?«

Wir gaben uns die Hand. Er war sehr erfreut, mich zu sehen. Ich setzte mich neben ihn und sagte ihm, daß ich auf der Suche nach Arbeit sei.

»Das ist gut«, sagte er. »Ich arbeite seit zwei Wochen in einer Bäckerei, Brot- und Kuchenbäckerei. Da können Sie gleich heute anfangen als Bäcker. Wir suchen gerade einen Gehilfen. Sie haben doch schon als Bäcker gearbeitet, nicht wahr?«

»Nein«, erwiderte ich, »ich habe zwar schon in hundert verschiedenen Berufen gearbeitet, sogar schon als Kameltreiber – und das

ist eine gottverfluchte Beschäftigung –, aber bis zu einem Bäcker habe ich es noch nicht gebracht.«
»Das ist ausgezeichnet, dann können Sie anfangen«, sagte Antonio darauf. »Wenn Sie nämlich Bäcker wirklich wären oder etwas vom Backen verstünden, dann wäre nichts zu machen. Der Inhaber ist ein Franzose, er hat keine Ahnung vom Backen; wenn Sie ihm erzählen, in ein Brot gehöre Pfeffer hinein, das glaubt er Ihnen. Der wird Sie natürlich fragen, ob Sie Bäcker seien. Da müssen Sie ganz dreist sagen, das sei Ihr Beruf, seitdem Sie nicht mehr in die Schule gingen. Der Meister ist ein Däne, ein entlaufener Schiffskoch. Er versteht auch nichts vom Backen. Seine größte Sorge ist nun, daß ein richtiger Bäcker dort anfangen könnte, einer, der das Backen wirklich versteht. Dann wäre es natürlich mit der Meisterherrlichkeit des Dänen gleich aus, denn ein richtiger Bäcker würde doch nach zehn Minuten sehen, was los ist. Wenn Sie nun der Meister fragt, müssen Sie gerade das Gegenteil sagen von dem, was Sie zu dem Inhaber sagen. Zum Meister müssen Sie sagen, es sei das erstemal in Ihrem Leben, daß Sie in einer Backstube stehen. Dann nimmt er Sie sofort an, und Sie sind sein Freund.«
»Das kann ich ja gut machen. Als Bäcker wollte ich schon immer mal arbeiten«, sagte ich, »man kann dann, wenn man mal in der Verlegenheit ist, die Bäcker alle so schön mitnehmen und stoßen. Dann hört die Sorge um das tägliche Brot auf, und man hält es leichter aus. Also, wird gemacht. Was ist denn der Lohn?«
»Ein Peso und fünfundzwanzig Centavos.«
»Nackt?«
»Ach wo, mit Essen und Schlafen. Seife haben wir auch frei. Sie kommen weiter damit als beim Baumwollpflücken, das kann ich Ihnen ganz gewiß sagen.«
»Wie ist denn das Essen? Gut?«
»Ach, es ist nicht gerade schlecht, es ist –«
»Weiß schon Bescheid.«
»Aber man wird immer satt.«
»Kenne die Magenkneter zur Genüge.«
Antonio lachte und nickte. Er drehte sich eine Zigarette, bot mir Tabak und Maisblatt an und sagte nach einer Weile: »Unter uns

gesagt, das mit dem Essen ist auszuhalten. Hier wird in den Bäckereien und Konditoreien mit Eiern und Zucker gewirtschaftet, daß es eine wahre Freude ist. Na, und sehen Sie, da kommt es auf so ein Dutzend Eier auf den Mann nicht an. Da sind rasch drei Eier in die Tasse geschlagen, mit Zucker verrührt, und da hilft man der Kost nach. Das macht man in der Nacht und am Vormittag so vier- oder fünfmal, dann können Sie schon gut zurechtkommen.«
»Wie lange arbeitet ihr denn?«
»Das ist verschieden, manchmal fangen wir schon um zehn Uhr abends an und arbeiten dann durch bis ein, zwei oder drei Uhr nachmittags. Manchmal wird es auch fünf.«
»Das wären dann also fünfzehn bis neunzehn Stunden täglich?«
»So ungefähr. Aber nicht immer, manchmal, besonders dienstags und donnerstags, fangen wir auch erst um zwölf an.«
»Verlockend ist es ja nun gerade nicht«, sagte ich.
»Aber man kann ja so lange dort arbeiten, bis man etwas Besseres findet.«
»Natürlich! Wenn der Tag sechsunddreißig Stunden hätte, würde man ja auch Zeit finden, sich nach andrer Arbeit umsehen zu können. Aber so! Immerhin, ich werde anfangen.«
Der Gedanke, daß ich von nun an mit einem Raubmörder Tag und Nacht zusammenarbeiten, mit ihm aus derselben Schüssel essen, mit ihm vielleicht gar im selben Bett schlafen sollte, der Gedanke kam mir gar nicht. Entweder war ich moralisch schon so tief gesunken, daß ich für solche Feinheiten der Zivilisation das Empfinden verloren hatte, oder aber ich war so weit über meine Zeit hinausgewachsen und über die herrschende Sitte erhaben, daß ich jede menschliche Handlung verstand, daß ich mir weder das Recht anmaßte, jemand zu verurteilen, noch mir die billige Sentimentalität einflößte, jemand zu bemitleiden. Denn Mitleid ist auch eine Verurteilung, wenn auch eine uneingestandene, unbewußte. Und vielleicht ein Gefühl des Schauderns vor Antonio, Abscheu, seine Hand zu schütteln? Es laufen so viele Raubmörder herum, wirkliche und moralische, mit Brillanten an den Fingern und einer dicken Perle in der Halsbinde oder goldenen Sternen auf den Achseln, denen jeder Ehrenmann die Hand drückt und sich dabei noch geehrt fühlt. Jede Klasse hat ihre Raubmörder. Die der

meinen werden gehenkt; diejenigen, die nicht meiner Klasse angehören, werden bei Mr. Präsident zum Ball eingeladen und dürfen auf die Sittenlosigkeit und Roheit, die in meiner Klasse herrscht, schimpfen. Zu solchen Gedanken verwildert man und sinkt hinab in den Morast und zwischen den Abschaum der Menschheit, wenn man um Brotrinden kämpfen muß. Aber aus diesem Strudel törichter und verrückter Gedanken, die mir das Blut zu Kopfe jagten, riß mich plötzlich Antonio mit der Frage: »Wissen Sie, Gales, wer noch hier in der Stadt ist?«
»Nein! Wie kann ich das auch wissen, ich bin ja gestern abend erst angekommen.«
»Sam Woe, der Chinese.«
»Was tut denn der hier? Hat der hier auch Arbeit gefunden?«
»Aber nein! Er hat uns doch damals schon immer erzählt von seiner Speisewirtschaft, die er aufmachen wollte.«
»Und hat er eine aufgemacht?«
»Natürlich! Das können Sie sich doch denken. Was sich so ein Chinc einmal vornimmt, das tut er auch. Er hat das Geschäft mit einem Landsmann in Kompanie.«
»Ja, lieber Antonio, wir haben halt nicht die geschäftliche Ader, die zu solchen Dingen notwendig ist. Ich glaube sicher, wenn ich ein solches Geschäft gründete, würden sofort alle Leute ohne Magen geboren, nur damit ich ja nicht etwa auf einen grünen Zweig komme.«
»Das kann schon möglich sein«, lachte Antonio. »Geht mir gerade ebenso. Ich habe schon einen Zigarettenstand gehabt, schon einen Zuckerwarentisch, habe schon Eiswasser herumgeschleppt und wer weiß was nicht sonst noch alles versucht. Mir hat selten jemand etwas abgekauft. Ich habe immer elendiglich Pleite gemacht.«
»Ich glaube, die Ursache ist eben«, erwiderte ich, »wir können die Leute nicht genügend anschwindeln. Und schwindeln muß man können, wenn man Geschäfte machen will. Aber gründlich.«
»Wir könnten eigentlich mal hingehen zu Sam. Der wird sich auch freuen, Sie zu sehen. Ich esse ab und zu ganz gern mal draußen irgendwo. Zur Abwechslung, sehen Sie. Jeden Tag denselben langweiligen Fraß, das wird einem auch über.«

14

Wir machten uns also auf den Weg in das Gelbe Viertel, wo die Chinesen alle wohnten, wo sie ihre Geschäfte und ihre Restaurants haben. Nur wenige hatten ihre Läden in andern Stadtvierteln. Sie hocken am liebsten immer zusammen.

Sam war wirklich hoch erfreut, mich zu sehen. Er drückte mir immer wieder die Hand, lachte und schwatzte drauflos, lud uns zum Niedersetzen ein, und wir bestellten unser Essen.

Die chinesischen Speisewirtschaften sind alle über einen Kamm geschoren. Einfache viereckige Holztische, manchmal nur drei, an jedem Tisch drei oder vier Stühle. Wegen der Menge der Speisen, die man erhält, können bestenfalls drei sehr verträgliche Gäste gleichzeitig an einem Tisch sitzen. Was in der Küche vor sich geht, kann man in den meisten Fällen von seinem Tische aus mit ansehen.

Die Art und die Menge der Speisen ist in allen chinesischen Speisewirtschaften der Stadt die gleiche. So schließen die Chinesen unter sich jede unreelle Konkurrenz aus.

Sam hatte fünf Tische. Auf jedem Tische stand eine braunrote, tönerne, weitbauchige Wasserflasche, von der Art und Form, wie sie schon bei den Azteken im Gebrauch war. Dann eine Flasche mit Öl und eine mit Essig. Ferner eine Büchse mit Salz, eine mit Pfeffer, eine große Schale mit Zucker und ein Glas mit Chili. Chili ist eine dicke aufgekochte Suppe von roten und grünen Pfefferschoten. Ein halber Teelöffel in die Suppe getan, genügt, um einen normalenEuropäer zu veranlassen, die Suppe als total verpfeffert und durchaus ungenießbar zu erklären, weil sie ihm Zunge und Gaumen verbrennen würde.

Sam bediente die Gäste, während sein Geschäftsteilhaber mit Hilfe eines indianischen Mädchens die Küche besorgte.

Zuerst bekamen wir einen großen Klumpen Eis in einem Glase, das wir mit Wasser füllten. Kein Wirt hier berechnet den Wert seines Geschäftes nach dem Bierverbrauch, man erhält Bier nur auf ausdrückliches Verlangen; und kein Wirt verdirbt einem den

Genuß beim Essen durch sein ewiges Lamentieren, daß er am Essen nichts verdienen könne. Dann bekamen wir ein großes Brötchen, es folgte die Suppe. Es ist immer Nudelsuppe. Antonio schüttete sich einen Eßlöffel voll Chili in die Suppe, ich zwei, zwei gehäufte. Ich habe ja bereits erwähnt, daß ein halber Teelöffel die Suppe für einen normalen Europäer ungenießbar macht. Aber man wird auch bereits bemerkt haben, daß ich weder normal bin, noch daß ich mich zu den Europäern zähle. Die Europäer haben mir das abgewöhnt, nicht die Indianer in der Sierra Madre. Während wir noch in der Suppe herumfischten, kamen ein Beefsteak, geröstete Kartoffeln, ein Teller mit Reis, ein Teller mit butterweichen Bohnen und eine Schüssel mit Gulasch. Das gibt es hier nicht, daß man sich nach jedem Gang die Galle anärgern muß, weil der Kellner sich eine halbe Stunde lang erst überlegt, ob er einem nun den folgenden Gang eigentlich bringen soll oder nicht. Hier werden alle Gänge gleichzeitig auf den Tisch gestellt.
Nun ging das Tauschen vor sich. Antonio tauschte seine Bohnen ein gegen Tomatensalat, den man sich selbst am Tische zubereitet, und ich tauschte mein Gulasch ein gegen ein Omelett.
Antonio schüttete seinen Reis gleich in die Suppe; hätte er seine Bohnen behalten, würde er sie auch noch dazugeschüttet haben. Aber Bohnen schien es genug in der Bäckerei zu geben, dagegen wohl seltener Tomatensalat.
Ich schüttete mir eine Lage schwarzen Pfeffer auf das Beefsteak und eine Lage auf die gerösteten Kartoffeln. Dann würzte ich den Reis mit zwei Eßlöffel Chili und die Bohnen mit vier Eßlöffel Zucker.
Darauf kam für jeden ein Stück Torte. Antonio bestellte Eistee mit Zitrone, ich Café con leche, wofür man auch ebensogut sagen kann: Kaffee mit Milch. Kaffee trinkt man mit einem Drittel des Tasseninhaltes Zucker darin. Diese Sitte halte ich für sehr gut und für sehr vernünftig.
Beim Bezahlen an der Kasse bekommt man dann noch einige Zahnstocher. Deshalb sieht man auch nie, daß ein Mexikaner mit der Gabel in den Zähnen herumfuhrwerkt, wie ich das in Lyons Cornerhouse am Trafalgar Square und an andern Plätzen, leider auch in Mitteleuropa, häufig zu beobachten Gelegenheit hatte.

Daß man mit dem Messer recht gut essen kann, ohne sich gleich die Lippen oder die Mundwinkel aufzuschlitzen, wie so oft von ungeschickten und furchtsamen Leuten behauptet wird, weiß ich aus eigener Erfahrung. Etwas unbequem sind die starken Seemannsmesser, wie ich eines habe, weil die am Ende spitz sind und nicht breit, deshalb kriegt man die Tunke nicht so gut aus der Pfanne, und man muß mit dem Finger nachhelfen. Ob man hier den Fisch mit dem Messer ißt oder mit dem Eßlöffelstiel, weiß ich nicht. Sooft ich Mexikaner habe Fisch essen sehen, an den offenen Garküchen, auf den Märkten und an andern Orten, aßen sie ihn immer mit dem Zeigefinger und dem Daumen. Das heißt, sie aßen ihn, wie jeder erwachsene und vernünftige Mensch es tut, natürlich mit dem Munde, aber ich meine, sie packen ihre Beute mit den Fingern. Die Verkäufer haben auch meist gar kein Messer, das sie dem Gast geben könnten, sondern eben auch nur die natürlichen Werkzeuge, die sie nicht erst zu kaufen brauchen.

In diesen Gedankengängen bewegte sich unser Tischgespräch, weil wir, der besseren Verdauung wegen, während des Essens nichts Gedankenschweres in unserm Hirn herumwälzen wollten und weil man beim Essen nur vom Essen sprechen soll.

Ich führe dieses Gespräch hier auch nur an, um zu zeigen, daß wir keine ungebildeten Leute oder, was viel schlimmer ist, etwa gar revolutionäre Arbeiter waren. Denn das kann man so sehr leicht werden, wenn man sich gehenläßt und nachgibt, besonders wenn man augenblicklich keine andre Zukunftsmöglichkeit vor Augen sieht als eine fünfzehn- bis siebzehnstündige Arbeitszeit für einen Peso fünfundzwanzig.

Für diese Mahlzeit zahlten wir jeder fünfzig Centavos, alles einbegriffen. Es war der übliche Preis in einer chinesischen Speisewirtschaft. Antonio goß sich noch ein Glas Wasser ein, spülte sich gründlich Mund und Zähne und spuckte das Wasser auf den Fußboden. Sauberen Mund und saubere Zähne zu haben, ist dem Mexikaner wichtiger als ein trockner Fußboden. Die nimmermüde tropische Sonne trocknet ja den Fußboden, ehe sich der nächste Gast an unsern Tisch setzt.

15

Nun segelten wir zuerst einmal zu der Bäckerei. Ich ging in den Laden und fragte den Verkäufer nach dem Prinzipal.
»Sind Sie Bäcker?« fragte der Inhaber.
»Jawohl, Brot- und Kuchenbäcker«, sagte ich.
»Wo haben Sie denn zuletzt gearbeitet?«
»In Monterrey.«
»Gut, dann können Sie heute abend anfangen. Freie Kost, Wohnung, Wäsche und einen Peso fünfundzwanzig für den Tag. Halt!« sagte er plötzlich. »Sind Sie sicher auf Torten, auf Torten mit Gußornamenten?«
»Ich habe in meiner letzten Stellung in Monterrey nur Torten mit Gußornamenten gebacken.«
»Das ist fein! Da will ich aber doch erst mal mit meinem Meister sprechen, was der dazu sagt. Ein sehr tüchtiger Meister, von dem können Sie viel lernen.«
Er ging mit mir in die Kammer, wo der Meister sich gerade die Stiefel anzog, um auszugehen.
»Hier ist ein Bäcker aus Monterrey, der Arbeit sucht. Hören Sie mal, ob Sie ihn brauchen können.«
Der Inhaber ging wieder in sein Zimmer und ließ uns beide allein. Der Meister, ein kleiner dicker Bursche mit Sommersprossen, zog sich ruhig erst die Stiefel an, dann setzte er sich auf den Bettrand und zündete sich eine Zigarre an. Nachdem er ein paar Züge getan hatte, betrachtete er mich mißtrauisch von oben bis unten und sagte endlich: »Sie sind Bäcker?«
»Nein, ich habe keine blasse Ahnung vom Backen.«
»So?!« sagte er darauf, immer noch mißtrauisch. »Verstehen Sie was von Torten?«
»Gegessen habe ich schon welche«, sagte ich, »aber wie sie gemacht werden, davon habe ich keinen Begriff. Ich wollte das gerade lernen.«
»Hier haben Sie eine Zigarre. Sie können anfangen, heute abend um zehn Uhr. Aber pünktlich! Wollen Sie was essen?«

»Nein, danke! Nicht jetzt.«
»Gut, ich werde mit dem Alten sprechen. Ich will Ihnen nun Ihr Bett zeigen.«
Sein Mißtrauen war geschwunden, und er war sehr freundlich.
»Ich werde einen tüchtigen Bäcker und Konditor aus Ihnen machen, wenn Sie gut aufpassen und willig sind.«
»Dafür würde ich Ihnen sehr dankbar sein, Señor. Bäcker und Konditor wollte ich schon immer werden.«
»Wenn Sie nun wollen, können Sie schlafen gehen oder sich die Stadt ansehen. Ganz, wie Sie wollen.«
»Gut!« sagte ich, »dann will ich in die Stadt gehen.«
»Also um zehn Uhr, nicht wahr?«
Ich traf, wie verabredet, Antonio im Park auf der Bank.
»Na?« begrüßte er mich.
»Ich fange heute abend an.«
»Das ist gut«, sagte er. »Vielleicht gehe ich später mit Ihnen runter nach Kolumbien.«
Ich setzte mich zu ihm.
Weil ich nicht recht wußte, was ich mit ihm reden sollte, und um ein Gesprächsthema zu haben, dachte ich, jetzt ist der gegebene Zeitpunkt, nach Gonzalo zu fragen. Es war mir eigentlich nicht so sehr darum zu tun, nur zu schwätzen, als vielmehr zu beobachten, wie er sich benehmen würde, wie sich ein Mensch beträgt, der einen Raubmord auf dem Gewissen hat und den man damit überrascht, daß man ihm sagt, man wisse es.
Eine Gefahr war freilich damit verknüpft. War Antonio in Wahrheit ein echter Mörder, dann würde er bei erster Gelegenheit mich auf die Seite schaffen als Mitwisser. Aber darauf wollte ich es ankommen lassen. Diese Gefahr kitzelte mich erst recht, auf den Busch zu klopfen. Ich war ja vorbereitet und konnte mich meiner Haut wehren. Mit ihm allein durch den Busch, vielleicht gar nach Kolumbien zu trampen, würde ich dann schon wohlweislich vermeiden.
»Wissen Sie, Antonio«, sagte ich plötzlich aus heiler Haut heraus, »daß Sie von der Polizei gesucht werden?«
»Ich?« erwiderte er ganz erstaunt.
»Ja, Sie!«

»Weswegen denn? Ich weiß nicht, daß ich etwas verbrochen habe.«
Es klang sehr aufrichtig; mir schien, zu aufrichtig, um echt zu sein.
»Wegen Mordes! Wegen Raubmordes!« setzte ich hinzu.
»Sie sind wohl verrückt, Gales. Ich wegen Raubmordes? Da sind Sie aber böse im Irrtum. Vielleicht eine Namensähnlichkeit.«
»Wissen Sie, daß Gonzalo tot ist?«
»Was?« Er schrie es beinahe.
»Ja«, sagte ich ruhig, ihn im Auge behaltend. »Gonzalo ist tot. Ermordet und beraubt.«
»Der arme Kerl! Er war ein guter Bursche«, sagte Antonio bedauernd.
»Ja«, bestätigte ich, »er war ein braver Kerl! Und es ist schade um ihn. Wo haben Sie ihn denn zuletzt gesehen, Antonio?«
»In dem Hause, wo wir alle wohnten.«
»Mr. Shine erzählte mir, daß ihr drei, Sie, Gonzalo und Sam, zusammen am Montag morgen fortgegangen seid.«
»Wenn Mr. Shine das sagt, dann irrt er. Gonzalo ist zurückgeblieben. Wir zwei nur, Sam und ich, sind zur Station gegangen.«
»Das verstehe ich nicht«, sagte ich nun. »Mr. Shine hat am Fenster oder in der Tür gestanden, ich weiß nicht wo, und hat euch drei bestimmt gesehen.«
Da lachte Antonio leicht auf und sagte: »Mr. Shine hat recht, und ich habe auch recht. Aber der dritte, der bei uns war, war nicht Gonzalo, sondern einer dort aus der Gegend, einer von den Eingeborenen, der die Hühner von Abraham kaufen wollte, weil er dachte, er könne sie billig haben. Abraham war aber schon zwei Tage fort und hatte die Hühner bereits verkauft, ich glaube an Mr. Shine.«
»In dem Hause, wo Sie Gonzalo zuletzt gesehen haben«, sagte ich nun langsam, »habe ich ihn auch gefunden, ermordet und beraubt. Das heißt, es ist ihm nicht alles geraubt worden, fünf Pesos und etwas darüber hat ihm der Mörder gelassen.«
»Ich möchte ernst bleiben bei der tragischen Geschichte«, sagte Antonio, leicht vor sich hingrinsend, »aber da muß ich doch lachen. Das übrige Geld von Gonzalo habe ich.«
»Na also!« rief ich. »Davon rede ich ja die ganze Zeit.«

»Davon reden Sie allerdings, Gales«, erwiderte Antonio. »Aber das Geld habe ich ihm doch abgewonnen. Sam weiß das gut, der war doch dabei. Sam hat selber fünf Pesos dabei verloren. Er hat sich ja mit in die Wette hineingedrängt.«
Das wurde jetzt eine merkwürdige Geschichte.
»Sam, ich und der Indianer, wir sind zusammen vom Hause fortgegangen. Gonzalo wollte zurückbleiben und sich gut ausschlafen. Ich bin mit Sam bis Celaya gefahren. Sam ist dann weitergefahren, und ich bin teils gelaufen, teils habe ich ein paar Strecken mit den Zügen blind gemacht.«
Was Antonio sagte, klang wahr. Außerdem hatte er Sam als Zeugen. Und daß Antonio diese weite Strecke von Celaya zurückgereist sein sollte, um Gonzalo zu ermorden, war ganz und gar unwahrscheinlich. Sein Geld hatte er ihm ja abgewonnen, ehrlich, Sam war Zeuge. Irgendeinen Wertgegenstand besaß Gonzalo nicht. Wir kannten jeder den ganzen Tascheninhalt des andern; und auf dem Leibe konnte auch niemand etwas verbergen, wir liefen ja immer dreiviertel nackt herum. Da war nichts Verdächtiges übrig, Antonio war unschuldig.
»Na, lieber Antonio«, sagte ich, »da bitte ich Sie herzlich um Verzeihung, weil ich geglaubt habe, Sie könnten am Morde oder Tode des Gonzalo schuldig sein.«
»Macht nichts, Gales«, antwortete er gemütlich, »nehme ich Ihnen nicht übel; aber ich hätte doch gedacht, Sie würden nicht gleich das Böseste von mir denken. Ich habe doch nie jemand irgendeine Ursache hierfür gegeben.«
»Das ist wahr. Das haben Sie nicht«, sagte ich darauf. »Aber sehen Sie, die Umstände waren so merkwürdig auf Sie gerichtet. Sie und Sam waren die letzten mit Gonzalo im Hause. Gonzalo hat, wenn er, wie Sie sagen, nicht mit Ihnen gegangen ist, das Haus nicht mehr verlassen. Er ist darin ermordet worden. Mr. Shine sagte mir, daß, seit Sie fortgegangen seien, niemand sonst dort herum war. Es gibt ja nichts zu stehlen da, und ein Weg, der jemand zufällig dahin bringen könnte, führt auch nicht vorbei. Ich bin noch mal oben gewesen, weil ich dort auf Bescheid von einem Ölcamp warten mußte. Rein aus Neugierde geriet ich in das Haus und fand Gonzalo tot. Er hatte mehrere Wunden von Messersti-

chen, die gefährlichste war ein Lungenstich in der linken Brust, an dem Stich ist er offenbar verblutet.«
Als ich das von den Wunden so langsam erzählte, ging in Antonio eine erschütternde Veränderung vor sich. Er wurde leichenblaß, starrte mich mit entsetzten Augen an, bewegte die Lippen und schluckte und schluckte, konnte aber kein Wort hervorbringen. Mit der linken Hand arbeitete er an seinem Gesicht und an seinem Halse, als ob er sich das Fleisch herunterreißen wollte, während er mit der rechten Hand wie im Traum nach meiner Schulter und nach meiner Brust tastete, als ob er sich vergewissern müsse, ob da jemand sitze oder ob das nur eine Wahnvorstellung sei.
Ich wußte nicht, was ich aus alldem machen sollte. Ich konnte mir jetzt überhaupt nichts mehr erklären. In Antonio zeigte sich plötzlich das ganze Schuldbewußtsein eines Menschen, dem seine Tat mit allen ihren Folgen klarzuwerden beginnt. Und eben noch hatte er gelacht, als ich ihn des Mordes an Gonzalo verdächtigte. Wie sollte ich mir ein solches Verhalten zurechtlegen, um darüber nicht selbst meine Gedanken zu verschlingern und mir vielleicht gar noch einzuträumen, daß ich selbst Gonzalo erschlagen habe!

16

Die Lampen im Park flammten auf.
Die Nacht war blitzschnell über uns hereingebrochen in der kurzen Zeitspanne, wo der Kampf in Antonio begann. Denn es war im hellen Tageslicht gewesen, daß ich sein Gesicht offen und unbefangen zuletzt gesehen hatte. Und nun deckte die Nacht das in seinem Gesicht zu, was für mich der nackte, der natürliche, der wahre, der unverschleierte Mensch Antonio war. Das, was für mich ein unvergeßliches Ereignis hatte werden sollen, die Züge und Gesten eines Menschen zu studieren, den die finstersten Mächte überfallen haben, den sie schütteln und rütteln und dem sie jedes Härchen und jede Pore an seinem Körper in Aufruhr versetzen, wurde mir nun zerstört durch die grellen Lampen, die in das Gesicht Antonios Schatten und Linien hineinlogen, die in Wahrheit nicht drin waren.
Wahrheit allein war sein heißes Atmen, und Wahrheit allein waren seine tastenden und krallenden Finger. Alles andere wurde Rampenlicht. Auf der Nebenbank saß ein indianischer Arbeiter, zerlumpt wie Zehntausende unsrer Klasse, weil der Lohn kaum für das Essen reicht, häufig nichts übrigbleibt für eine Dreißig-Centavos-Pritsche in einem der vielen Schlafhäuser, wo sich morgens fünfzig oder achtzig oder hundert Schlafgenossen aller Rassen und aller Völker der Erde, behaftet mit vielleicht ebenso vielen oder mehr Krankheiten, die von den Ärzten gekannt und nicht gekannt oder nicht einmal erahnt sind, alle in demselben Wascheimer waschen, alle an demselben Handtuch abtrocknen, alle mit demselben Kamm kämmen.
Der indianische Prolet war auf der Bank eingeschlafen. Seine Glieder entspannten sich, und der ganze ermüdete und abgearbeitete Körper sank zu einem Häuflein Lumpen mehr und mehr zusammen.
Da schlich sich ein indianischer Polizist heran. Er umkreiste die Bank wie ein Raubvogel seine Beute, die er aus seiner Höhe auf dem Erdboden kriechen sieht. Dann, als er wieder an der Rücksei-

te der Bank war, zog er seine Lederpeitsche durch die Hand und hieb, mit bestialischer Brutalität und mit einem tückischen Grinsen auf dem Gesicht, dem Arbeiter die Peitsche über den Rücken. Ein furchtbarer Hieb. Mit einem unterdrückten ächzenden Schrei fiel der Oberkörper des Indianers kurz nach vorn über, als hätte man ihm den Rücken mit einem Schwert durchschnitten. Dann aber schnellte der Körper rasch nach hinten, und sich mit einem Gestöhn windend, griff er langsam mit der Hand nach dem gemarterten Rücken. Der Polizist trat jetzt nach vorn und grinste den Arbeiter mit einer teuflischen Grimasse an. Dem Gepeinigten liefen vor Schmerzen dicke Tränen über das Gesicht. Aber er sagte nichts. Er stand nicht auf. Er blieb ruhig auf der Bank sitzen. Denn das war sein Recht. Sitzen durfte er auf der Bank, er mochte noch so zerlumpt sein, es mochten noch so viele elegante Caballeros und Señoras herumirren, um die Kühle des Abends auf einer der bequemen Bänke zu genießen und dem Konzert zuzuhören, das bald beginnen würde. Der Indianer wußte, er war der Bewohner und der Bürger eines freien Landes, wo der Millionär nicht mehr Recht hat, auf dieser Bank zu sitzen, und wäre es vierundzwanzig Stunden lang, als der arme Indianer. Aber schlafen durfte er nicht auf der Bank. So weit ging die Freiheit nicht, obgleich die Bank auf dem ›Platz der Freiheit‹ stand. Es war die Freiheit, wo derjenige, der die Autorität besitzt, den peitschen darf, der die Autorität nicht hat. Der uralte Gegensatz zweier Welten. Uralt wie die Geschichte von der Hinauspeitschung aus dem Paradiese. Der uralte Gegensatz zwischen der Polizei und den Mühseligen und Beladenen und Hungernden und Schlafbedürftigen. Der Indianer war im Unrecht, das wußte er wohl, deshalb sagte er nichts, sondern stöhnte nur. Satan oder Gabriel – dieser hier hielt sich für das zweite – war im Recht.
Nein! Er war nicht im Recht! Nein! Nein! Mir stieg das Blut zu Kopfe. In allen Ländern der hohen Zivilisation, in England, in Deutschland, in Amerika und erst recht in den andern Ländern, ist es die Polizei, die peitscht, und ist es der Arbeiter, der gepeitscht wird. Und da wundert sich dann der, der zufrieden an der Futterkrippe sitzt, wenn plötzlich an der Krippe gerüttelt wird, wenn die Krippe plötzlich umgeschleudert wird und alles in Scherben geht.

Aber ich wundere mich nicht. Eine Schußwunde vernarbt. Ein Peitschenhieb vernarbt nie. Er frißt sich immer tiefer in das Fleisch, trifft das Herz und endlich das Hirn und löst den Schrei aus, der die Erde erbeben läßt. Den Schrei: ›Rache!‹ Warum ist Rußland in den Händen der Bolsches? Weil dort vor dieser Zeit am meisten gepeitscht wurde. Die Peitsche der Polizisten ebnet den Weg für die Heranstürmenden, deren Schritte Welten erdröhnen und Systeme explodieren machen.

Wehe den Zufriedenen, wenn die Gepeitschten ›Rache‹ schreien! Wehe den Satten, wenn die Peitschenstriemen das Herz der Hungernden zerfressen und das Hirn der Geduldigen auseinanderreißen! Man zwang mich, Rebell zu sein und Revolutionär. Revolutionär aus Liebe zur Gerechtigkeit, aus Hilfsbereitschaft für die Beladenen und Zerlumpten. Ungerechtigkeit und Unbarmherzigkeit sehen zu müssen, macht ebenso viele Revolutionäre wie Unzufriedenheit oder Hunger.

Ich sprang auf und ging zu der Bank, wo immer noch der Polizist stand, die Peitsche durch die Hand ziehend, sie ab und zu durch die Luft pfeifen lassend und mit funkelnden Augen auf sein sich windendes Opfer grinsend. Er nahm keine Notiz von mir, weil er glaubte, ich wolle mich auf die Bank setzen. Ich ging aber dicht auf ihn zu und sagte: »Führen Sie mich sofort zur Wache. Ich werde Sie zur Meldung bringen. Sie wissen, daß Ihre Instruktion Ihnen nur das Recht gibt, sich der Peitsche zu bedienen, falls Sie angegriffen werden oder bei Straßenaufläufen nach wiederholtem Aufruf. Das wissen Sie doch?«

»Aber der Hund hat hier auf der Bank geschlafen«, verteidigte sich der kleine braune Teufel, der kaum höher war als fünf Fuß.

»Dann durften Sie ihn wecken und ihm sagen, daß er hier zu der Zeit nicht schlafen dürfe, und wenn er wieder einschlafen sollte, durften Sie ihn von der Bank verweisen, aber auf keinen Fall durften Sie ihn schlagen. Also kommen Sie mit zur Wache. Von morgen ab werden Sie keine Möglichkeit mehr haben, jemand zu peitschen.« Der Bursche sah mich eine Weile an, sah, daß ich ein Weißer war, und sah, daß ich es im Ernst sagte. Er hing die Peitsche an den Haken in seinem Gürtel, und mit einem schnellen Satz war er verschwunden, als habe ihn die Erde verschluckt.

Der Indianer stand auf und ging langsam seiner Wege.
Ich schlenderte zurück zu Antonio.
Mörder hin, Mörder her! dachte ich. Es ist ja alles egal! Alles ist Busch. Überall ist Busch. Friß!, oder du wirst gefressen! Die Fliege von der Spinne, die Spinne vom Vogel, der Vogel von der Schlange, die Schlange vom Kojoten, der Kojote von der Tarantel, die Tarantel vom Vogel, der Vogel von –. Immer im Kreise herum. Bis eine Erdkatastrophe kommt oder eine Revolution und der Kreis von neuem beginnt, nur anders herum. Antonio, du hast ganz recht gehabt! Du bist im Recht! Der Lebende hat immer recht! Du bist im Recht! Der Tote ist schuld. Hättest du nicht Gonzalo ermordet, hätte er dich ermordet. Vielleicht. Nein sicher. Es ist der Kreis im Busch. Man lernt es so schnell im Busch. Das Beispiel ist zu häufig, und die ganze Zivilisation ist ja nichts andres als die natürliche Folge seiner bewundernswerten Nachahmungsfähigkeit.

17

»Nein!« sagte Antonio, ruhiger geworden. »Es war ganz bestimmt nicht meine Absicht, Gonzalo zu töten. Es hätte mich genausogut treffen können. Glauben Sie mir doch, o Amigo mío! Ich bin nicht schuld an seinem Tode.«

»Ich weiß, Antonio. Es konnte auch Sie treffen. Es kann Sie heute abend noch treffen. Es ist der Busch, der uns alle am Kragen hat und mit uns macht, was er will.«

»Ja!« sagte er, »Sie haben recht, Gales, es ist der Busch. Hier in der Stadt wären wir auf so eine verrückte Idee gar nicht verfallen. Aber da singt der Busch die ganze Nacht, da schreit ein Fasan seinen Todesschrei, wenn er gepackt wird, da heult der Cougar auf seinem Mordwege. Alles ist Blut, alles ist Kampf. Im Busch sind es die Zähne, bei uns sind es die Messer. Aber es war doch nur Scherz, nur der reine Spaß. Wirklich nur Spaß. Nichts weiter.

Ob es nun die Würfel sind oder die Karten, oder das Rädchen oder die Messer! Wir hatten nach siebenwöchiger Arbeit keiner soviel Geld übrig, wie wir brauchten, um aus dieser verlassenen Gegend fortzukommen und was andres aufzusuchen.

Wir hatten ziemlich gleichviel Geld. Gonzalo hatte etwas über zwanzig Pesos, ich hatte fünfundzwanzig. Es war am Sonntag abend. Montag früh wollten wir gehen.

Abraham war schon ein paar Tage fort, auch Charley war gegangen, Sie waren auch nicht mehr da. Wir waren nur noch drei, Gonzalo, Sam und ich.

Wir zählten unser Geld auf dem Erdboden. Wir hatten jeder Goldstücke, das kleine in Silber.

Und als das Geld nun vor uns auf dem Erdboden lag, kaum zu sehen bei dem Schein unsres Feuers, da fing Gonzalo an zu fluchen.

Er sagte: ›Was tue ich mit den paar lausigen Kröten? Da hat man nun sieben Wochen geschuftet wie ein verrückter Negersklave, in der Glut, von früh um vier bis Sonnenuntergang, dann heim. Und dann abgerackert, daß man kaum noch einen Knochen rühren

kann, noch den elenden Fraß zu kochen und runterzuwürgen. Keinen Sonntag gehabt, kein Vergnügen, keine Musik, keinen Tanz, kein Mädchen, keinen Schnaps und den schlechtesten Tabak. Was soll ich mit dem Lausedreck da anfangen?‹ Dabei schob er mit dem Fuß das Geld fort. ›Mein Hemd ist in Fetzen‹, schimpfte er weiter, ›meine Hose ein Lumpen, meine Stiefel, guck sie dir an, Antonio, keine Sohle, kein Oberleder, kein Nischt, sogar die Riemen sind zwanzigmal geknotet. Und nischt bleibt übrig, und geschuftet wie ein Pferd. Ja, wären es wenigstens vierzig Pesos!‹
Als er das sagte, heiterte sich sein Gesicht auf.
›Mit vierzig Pesos‹, sagte er, ›käme ich zurecht. Könnte nach Mexico Capital fahren, mir neue Lumpen kaufen, damit man auch anständig aussieht, wenn man zu einem Mädchen ›Buenas tardes!‹ sagen will. Und man hat noch ein paar Pesos übrig, um es ein paar Tage auszuhalten.‹
›Du hast recht, Gonzalo‹, sagte ich nun, ›vierzig Pesos sind es auch gerade, die ich haben müßte, um wenigstens das Notdürftigste zu kaufen.‹
›Weißt du was?‹ sagte darauf Gonzalo. ›Laß uns um das Geld spielen. Keiner von uns kann mit den paar Dreckgroschen etwas Rechtes anfangen. Wenn du mein Geld noch dazubekommst oder ich das deine, dann kann doch einer von uns wenigstens etwas werden, denn so, wie es jetzt ist, ist jeder ein Bettler. Diese paar Groschen versäuft man doch gleich auf den ersten Sitz aus lauter Wut, daß man umsonst geschuftet hat.‹«
»Die Idee von Gonzalo war nicht schlecht«, erzählte Antonio weiter. »Ich hätte mein Geld auch gleich versoffen. Wenn man mit dem gottverfluchten Tequila erst einmal anfängt, hört man nicht eher auf, bis der letzte Centavo verwichst ist. Das geht dann durch, besoffen, nüchtern, besoffen, nüchtern, besoffen – immerfort, bis alles hin ist. Und was man nicht selber durch die Gurgel rasselt, dem helfen dann die Mitsäufer davon, und der Wirt beschwindelt einen ums Dreifache, und der schäbige Rest wird einem aus der Tasche gestohlen. Das kennen Sie doch, Gales?«
Und ob ich das kannte! Ob ich den Tequila kannte, der einem die Kehle so zerreißt, daß man sich nach jedem Glase schütteln muß

und schnell ein paar eingemachte Bohnen, die einem der kluge Wirt mit einem spitzen Hölzchen zum Aufspießen hinstellt, hinterherschlucken muß, um den Petroleumgeschmack loszuwerden. Aber man trinkt in einem fort wie besessen, als ob man behext wäre oder als ob dieser Rachenzerreißer ein Zaubertrank wäre, den man aus irgendeinem mysteriösen Grunde durch die Kehle jagen muß, ohne ihn mit der Zunge zu betasten. Und wenn man dann endlich glaubt, genug zu haben, hat man weder Hirn noch Körper noch Blut. Man hört auf zu existieren. Das Daseinsbewußtsein erlischt vollständig. Alles ist fortgewischt. Sorgen, Leid, Ärger, Zorn. Übrig bleibt nur das absolute Nichts. Welt und ich sind verweht. Nicht einmal Nebel bleibt.
Antonio brütete eine Weile vor sich hin wie in der Erinnerung suchend. Dann fuhr er in seiner Erzählung fort: »Wir hatten keine Karten und keine Würfel. Wir zogen Hölzchen. Aber der gesetzte Peso ging immer hin und zurück. Es wurden nie mehr als fünf Pesos, die überwechselten. Dann spielten wir Kopf und Wappen. Merkwürdig, es wurden nie mehr als ein paar Pesos, die aus der einen Tasche zur andern gingen. Sam spielte auch mit, und auch sein Geld wechselte nicht von Haus zu Haus.
Es war nun schon ziemlich spät in der Nacht geworden. Vielleicht zehn oder elf Uhr.
Da wurde Gonzalo wütend und fluchte wie ein Wilder, jetzt habe er genug von diesem Kinderspiel, jetzt wolle er endlich wissen, woran er morgen früh sei.
›Ja, weißt du denn einen andern Vorschlag?‹ sagte ich zu ihm.
›Nein!‹ erwiderte er. ›Das ist es ja gerade, was mich so wütend macht. Wir albern hier herum wie die kleinen Kinder, ohne zu einem Ende zu kommen. Immer hin und her. Es ist zum Verrücktwerden!‹
Dann, als er eine Weile beim Feuer gehockt hatte, in die Glut starrend, sich eine Zigarette nach der andern drehend, die er, kaum angeraucht, ins Feuer warf, sagte er, plötzlich aufspringend: ›Jetzt weiß ich, was wir tun. Wir machen ein Aztekenduell um die ganze Summe.‹
›Ein Aztekenduell?‹ fragte ich. ›Was ist denn das?‹
Gonzalo war aztekischer Abstammung. Er war aus Huehuetoca,

und seine Vorfahren waren einst Caciques gewesen. Das ist so etwas wie Heerführer und Statthalter. Die Erinnerung an solche Adelsfamilien wird auf dem Lande durch Tradition festgehalten, so gut festgehalten, daß sehr selten ein Irrtum unterläuft.
›Ja, weißt du denn nicht, was das ist, ein Aztekenduell?‹ sagte Gonzalo erstaunt.
›Nein‹, gab ich zur Antwort, ›wie sollte ich denn? Wir sind doch spanischer Abkunft, wenn wir auch schon mehr als hundert Jahre hier sind, Vaters und Mutters Seite. Aber von einem Aztekenduell habe ich nie gehört.‹
›Aber das ist ganz einfach‹, sagte Gonzalo. ›Wir nehmen zwei junge, geradegewachsene Bäumchen, binden oben unsre Messer fest daran und werfen sie dann gegenseitig aufeinander los, bis der eine aus Ermattung nachgeben muß. Einer von beiden muß ja zuerst ermüden. Und wer stehenbleibt, hat gewonnen, der kriegt dann das ganze Geld. Dann kommen wir doch wenigstens zu einem Ende.‹
Ich überlegte mir das eine Weile, denn es schien mir eine ganz verrückte Idee zu sein.
›Du hast doch nicht Angst, Spanier?‹ lachte Gonzalo.
Und weil in seinen Worten so ein merkwürdiger Ton von Verhöhnung lag, brauste ich auf: ›Angst vor dir? Vor einem Indianer? Ein Spanier hat nie Angst! Das will ich dir gleich beweisen. Los zum Aztekenduell!‹

18

Wir nahmen ein flammendes Holzscheit vom Feuer und krochen im Busch herum, bis wir zwei passende Stämmchen gefunden hatten.
Sam wurde beauftragt, genügend Holz heranzuschleppen, damit wir ein tüchtiges Feuer bekämen, um beim Kampfe auch Ziellicht zu haben. Wir befreiten die Stämmchen von den Ästen und banden oben unsre aufgeklappten spitzen Taschenmesser fest an.
›Selbstverständlich lassen wir nicht die ganze Messerklinge überstehen‹, sagte Gonzalo. ›Denn wir wollen uns ja nicht ermorden. Es ist ja nur um das Spiel. Das Messer braucht nicht weiter überzustehen als ein Fingerglied. So, das ist gut!‹ fügte er hinzu, meinen Speer betrachtend. ›Jetzt binden wir unten noch ein Stück Holz an, um dem Speer ein richtiges Schaftgewicht zu geben, damit er nicht flattert.‹
Dann umwickelten wir unsern linken Arm mit Gras und einem Sack, um ein Abwehrschild zu haben. ›Denn‹, erklärte Gonzalo, ›der Schild ist wichtig. Das ist ja eben gerade das Vergnügen, aufzufangen und abzuwehren.‹
Als wir mit allem fertig waren, sagte Sam: ›Ja, und ich? Soll ich vielleicht nur zugucken? Ich will auch mitspielen.‹
Der Chinc hatte recht. Für seine Mühewaltung als Verwahrer der Spielsumme und als Zeuge mußte er seinen Lohn haben. Sie wissen ja, Gales, was für Spielratten die Chincs sind. Die würden die Frachtkosten für ihren Leichnam verspielen, wenn ihnen das nicht gegen alle Moral ginge.
›Ho!‹ sagte Gonzalo zu Sam. ›Du kannst ja auf einen von uns wetten.‹
›Fein!‹ erwiderte Sam. ›Dann wette ich auf dich, Gonzalo. Fünf Pesos. Wenn du gewinnst, bekomme ich von dir fünf Pesos, und wenn du verlierst, kriegst du von mir fünf Pesos. Du hast ja kein Interesse zu verlieren, weil du dann deine zwanzig Pesos los würdest.‹
Wir deponierten jeder unsre zwanzig Pesos, die Sam vor sich auf einen Stein legte, und dann tat er selbst seine fünf Pesos Wettein-

satz hinzu. Sam schritt fünfundzwanzig Schritte ab, und wir legten jeder ein langes Stück Holz an die Marken, die keiner der Kämpfer überschreiten durfte, wenn er nicht sofort fünf Pesos an den andern verlieren wollte. Dann warfen wir die Speere aufeinander los. Zum Rückwerfen benutzte jeder den Speer des andern. Bei dem flackernden, ab und zu qualmenden Feuer konnte ich Gonzalo nur in Umrissen sehen, und den Speer, wenn er auf einen zugeflogen kam, konnte man beinahe gar nicht sehen, denn rundherum war ja stockdunkle Nacht.
Gleich beim zweiten Gang bekam ich einen Stich in die rechte Schulter. Sie können hier die Wunde noch sehen, Gales.«
Dabei zog er sein Hemd von der Schulter, und ich sah den Stich, noch unvernarbt.
»Nach und nach kamen wir in Bewegung oder eigentlich in Aufregung. Ich bekam nach einigen weiteren Gängen noch einen Stich, der mir durch die Hose ins Bein ging.
Aber ich konnte ganz gut aushalten.
Wie lange wir warfen, weiß ich nicht. Aber weil keiner nachgeben wollte, wurde das Tempo immer rascher. Es kam so mittlerweile ein gutes Stück Wildheit in die Sache, und jemand, der uns jetzt beobachtet hätte, würde niemals geglaubt haben, daß es nur ein Spiel sei. Vielleicht warfen wir eine Viertelstunde, vielleicht eine halbe. Ich weiß es nicht. Ich wußte auch nicht, ob ich Gonzalo überhaupt schon einmal ernsthaft getroffen hatte oder nicht. Aber ich fing dann doch an, müde zu werden. Der Speer wurde mir bald so schwer, als ob er zwanzig Kilo wiege, und das Werfen wurde langsamer bei mir. Ich konnte mich bald kaum noch bücken, um den Speer aufzuheben, und einmal wäre ich beim Niederbücken beinahe zusammengesunken. Aber ich hatte doch das Gefühl, ich darf nicht niedersinken, sonst kann ich bestimmt nicht mehr aufstehen.
Gonzalo konnte ich nicht mehr sehen. Ich konnte überhaupt nichts mehr sehen. Ich warf den Speer immer nur in die Richtung, in die ich ihn bisher geworfen hatte und wo Gonzalo stehen mußte. Es wurde mir ganz gleichgültig, ob ich ihn traf oder nicht. Ich wollte nur nicht zuerst aufhören. Und weil von drüben immer wieder der Speer kam, warf ich ihn eben immer wieder zurück.

Plötzlich, als das Feuer einmal hell aufflammte, sah ich, daß Gonzalo sich umdrehte, um den Speer zu suchen, der offenbar weit an ihm vorbeigeflogen war. Er ging ein paar Schritte zurück, fand den Speer, hob ihn auf, und als er sich mir zuwandte, um ihn zu werfen, sank er auf einmal so heftig in die Knie, als habe ihn jemand mit großer Wucht niedergeschlagen.
Ich warf meinen Speer, den ich in der Hand hatte, nicht, weil ich froh war, ihn zu stellen und mich darauf zu stützen, sonst wäre ich umgefallen.
Wenn Gonzalo jetzt aufgestanden wäre und geworfen hätte, ich hätte meinen Arm nicht mehr heben können, um zu erwidern.
Aber Gonzalo blieb in die Knie gesunken.
Sam lief hin zu ihm und rief dann: ›Jetzt habe ich meine fünf Pesos verloren. Antonio, Sie haben gewonnen. Gonzalo gibt auf.‹
Ich schleppte mich zu einer Kiste am Feuer, hatte aber nicht mehr die Kraft, mich draufzusetzen. Ich sank neben der Kiste auf den Boden. Sam führte Gonzalo schleifend zum Feuer und gab ihm Wasser, das er gierig hinuntergoß.
Ich sah jetzt, daß seine nackte Brust blutig war.
Aber ich hatte für nichts mehr Interesse. Mir fiel der Kopf schläfrig auf die Brust, und als ich gleichgültig die Augen aufschlug, bemerkte ich, daß mein Hemd und meine Brust ebenso voll Blut waren wie die Gonzalos. Aber ich legte keinen Wert darauf. Es war mir alles egal.
Sam brachte mir die vierzig Pesos und schob sie mir in die Hosentasche. Ich hatte das Empfinden, als ob das alles irgendwo in ganz weiter Ferne geschähe. Wie durch einen Schleier sah ich, daß Sam dem Gonzalo die fünf Pesos ebenfalls in die Tasche steckte.
So hockten wir wohl eine halbe oder eine ganze Stunde. Das Feuer wurde kleiner und kleiner.
Da sagte Sam: ›Jetzt lege ich mich schlafen.‹
Ich wiederholte diese Worte, als wären sie meine eignen gewesen: ›Ja, jetzt lege ich mich schlafen.‹
Ich sah, wie sich auch Gonzalo erhob und ebenso schwankend und sich festkrallend wie ich die Leiter zum Hause raufkletterte.
Und als ich mich dort hingeworfen hatte und eben eindämmerte, hörte ich, wie Gonzalo sagte: ›Wenn ihr morgen zeitig geht und ich

bin noch nicht auf, braucht ihr mich nicht zu wecken. Ich will lange durchschlafen, ich bin furchtbar müde. Ich fahre ja doch nicht mit euch, ich habe ja kein Fahrgeld.‹
Lange vor Sonnenaufgang stieß mich Sam an. Es war Zeit. Um acht Uhr abends mußten wir auf der Station sein, sonst verloren wir zwei Tage. Es war noch stockfinster. Ich konnte nichts in der Hütte sehen. Sah auch Gonzalo nicht, der noch fest in seiner Ecke schlief.
Wir weckten ihn nicht, sondern ließen ihn ruhig weiterschlafen. Wir packten rasch unsre Bündel zusammen, und als gerade der Tag zu grauen anfing, gingen wir.
Ein paar Schritte weiter trafen wir den Indianer, der die Hühner kaufen wollte.
Ja, sehen Sie, Gales, das ist die Geschichte, die wahre Geschichte.«
»Ihr hättet Gonzalo an diesem Morgen auch gar nicht wach gekriegt«, sagte ich.
»Warum denn nicht?« fragte Antonio, die Wahrheit schon halb ahnend.
»Weil er bereits tot war!«
»Aber das ist die Wahrheit, Gales. Wir können noch gleich jetzt zu Sam gehen, der weiß es auch.«
»Ist nicht nötig, Antonio. Lassen Sie nur sein. Ich glaube es. Es ist die Wahrheit!«

19

Die Musik im Park hatte angefangen zu spielen: ›Die Ehre der Bauern in Sizilien‹. Was ging mich deren Ehre an!
Ich schloß die Augen, um die starren elektrischen Lampen nicht sehen zu müssen.
Aber ich sah Gonzalo auf dem Boden liegen. Vertrocknet. Ausgelöscht aus den Lebenden und Hoffenden. Seine Hand mit einem Knäuel roher, schwarz verfärbter Baumwolle auf die Brust gepreßt.
Die Baumwolle.
Antonio hatte mich offenbar eine Zeitlang schon angesehen, ohne daß ich es bemerkte.
»Warum weinen Sie denn, Gales?« sagte er.
»Halten Sie's Maul!« rief ich wütend. »Ich glaube, Sie sehen Gespenster. Bilden Sie sich doch keine Dummheiten ein.«
Er schwieg.
»Diese himmelgottverfluchte Begräbnismusik!« sagte ich ärgerlich. »Sollen lieber spielen ›Lustige Witwe‹ oder ›Kratz mir den Affen mal am Hintern‹. Es ist ja alles so lustig, die Witwen tanzen, und die Bananen, yes, die haben wir nicht. Das ganze Leben ist so lustig. Begräbnismusik für die Verreckten und dudelige Operetten für die Lebenden. Kommen Sie, Antonio. Es geht auf zehn. Was hat der Hundesohn gesagt? Seien Sie pünktlich, hat er gesagt. Für einen Peso fünfundzwanzig.«

Zweites Buch

20

Der Inhaber der Bäckerei La Aurora, Señor Doux, sah aus, als ob er die ewige Malaria hätte. Er war auch immer kränklich und lief herum wie ein Todkranker. Aber essen konnte er für zwölf Lebende. Frühmorgens um vier Uhr stand er auf, trank einen Liter Milch und aß sechs Eier mit geröstetem Schinken. Dann trank er einen Kognak, und hierauf ging er auf den Markt, um für den Tagesverbrauch einzukaufen. Neben der Bäckerei und Konditorei hatte er noch ein gutgehendes Café-Restaurant, wo man außer den üblichen Eisgetränken, Sahneeis, Fruchteis, geeisten Früchten, Wein, Bier auch Frühstück, Mittagessen und Abendessen bekommen konnte. Das Café war zu ebener Erde. In dem Stockwerk darüber befand sich ein Hotel, das Señor Doux aber nicht selbst leitete, sondern verpachtet hatte. Mit dem Pächter hatte er täglich eine erfrischende Unterhaltung. Wenn man dieser Unterhaltung einmal beigewohnt hatte, dann konnte man begreifen, warum Señor Doux nie gesund werden konnte und warum er so elend, so gelbgrünweiß im Gesicht aussah.
Der Streit ging meist um das Wasser. Wasser ist ja nun in den Tropen nicht nur eines der kostbarsten Dinge, sondern auch eines der Objekte, um die ewig gekämpft wird. Die Natur kämpft um das Wasser auf Leben und Tod; die Tiere zerfleischen sich um das Wasser oder vertragen sich um seinetwillen so sehr, daß der durstige Jaguar dem kleinen Zicklein am Wasser kein Leid antut, sondern es in ehrfurchtsvoller Entfernung vom Wasser auf dem Rückweg erwartet.
Wehmütig zuweilen ist der Kampf der Pflanzen und Bäume um das Wasser. Aber wenn sich die Menschen um das Wasser streiten, so sind sie allen andern irdischen Geschöpfen in den Kampfesmitteln überlegen. Die Menschen führen den Kampf am erbarmungslosesten gegen Tiere, Pflanzen und Nachbarn.
Das Gebäude hatte nur zwei Stockwerke, unten das Café, oben das Hotel. Nach Art der meisten Gebäude in Lateinamerika war das Haus eigentlich ein Hausblock, herumgebaut um einen Hof, in

dem tropische Pflanzen standen, die bis über den obersten Stock hinauswuchsen. Die Vorderfront nahm das Café ein; die rechte Seitenwand die Restaurationsküche, Toiletten, Waschräume und Vorratskammern; die linke Seite bildeten Bäckerei und Konditorei und der Schlafraum der Bäckereiarbeiter. In der Hinterfront waren die Wohnräume des Inhabers.

Das Hotel erstreckte sich gleichfalls in einem Viereck um den Hof herum, alle Türen und Fenster lagen nach dem Hofe hin, nur die Fenster der Vorderfront gingen auf die Straße. Dort befand sich ein Balkon, der die ganze Länge des Hotelstocks einnahm.

Auf dem Dache standen zwei große Wassertanks. Der eine war für den unteren Stock, der andre für den oberen. Jeder Tank hatte seine eigene Pumpe, die das Wasser mit motorischer Kraft in die Tanks pumpte. Wenn die trockene Jahreszeit kam, lief der Brunnen, der zur Bäckerei und zum Café gehörte, leer, während der Brunnen für das Hotel reichlich Wasser hatte. Das Café und die Bäckerei konnten ohne Wasser nicht durchkommen, und nun begann der Kampf. Señor Doux wollte jetzt das Wasser aus dem Hotelbrunnen in seinen Tank pumpen unter der wahren Behauptung, daß er ja der Besitzer beider Brunnen sei. Der Hotelpächter aber gestattete das nicht; er hatte es in seinem Kontrakt, daß ihm der Hotelbrunnen allein zustehe. Er befürchtete, wenn er dem Café erlaubte, Wasser aus seinem Brunnen zu entnehmen, daß er dann eines Tages selbst kein Wasser haben würde und den Gästen keine Bäder geben könne. Ohne Bäder ist ein Hotel in den Tropen wertlos.

Beide Brunnen waren abgeschlossen. Der Pächter hatte einen Schlüssel für seinen und Señor Doux hatte einen Schlüssel für den Cafébrunnen. Es blieb also Señor Doux nichts andres übrig, als in der Nacht den Brunnen seines Pächters aufzubrechen, die Rohre zu koppeln und die Pumpe laufen zu lassen. Wenn der Pächter die Pumpe hörte, wachte er natürlich auf, und es gab einen Mordsspektakel mitten in der Nacht. Die Hotelgäste mischten sich ein, die Cafégäste, manchmal in angeheiterter oder in kampffreudiger Laune, nahmen Partei, es flogen Flaschen, Stühle, Brote, Eisbrokken und entsetzliche Flüche und Verwünschungen durch die Luft. Die Pumpe, parteilos und absolut gleichgültig gegen das Getobe,

arbeitete allein und pumpte den Tank inzwischen voll. Dann koppelte Señor Doux die Rohre ab, der nächtliche Frieden begann und wurde am nächsten Morgen aufs neue gestört. Es begann damit, daß der Hotelpächter einen Handwerker kommen ließ, der den Brunnen besonders schwer verrammeln mußte. Dann lief Señor Doux zur Polizei, weil nach dem Gesetze niemandem das Wasser abgesperrt werden darf. Dann zeigte der Hotelpächter seinen Kontrakt, den Señor Doux eigenhändig unterschrieben hatte und der auch die vorgeschriebenen Steuermarken trug, und die Polizei zog wieder ab. In der Nacht wurde der Brunnen wieder aufgebrochen, weil Señor Doux ja Wasser haben mußte.
Es hatte also wohl seine guten Gründe, daß Señor Doux wie ein Sterbender aussah und trotzdem gut essen konnte.
Wenn Señor Doux vom Markt heimkam, gegen sechs Uhr etwa, frühstückte er erst einmal. Fisch und Braten und eine halbe Flasche Wein, hinterher Kaffee mit drei oder vier Stücken Kuchen. Inzwischen kamen schon Frühgäste. Dann mußte mit den Lieferanten verhandelt und abgerechnet werden; es lief die Post ein; nun kamen Bestellungen auf Brot, Brötchen, Kuchen, Torten, Backwaren und kandierte Früchte.
Um halb neun machte Señor Doux zweites Frühstück, an dem seine Frau teilnahm. Diesmal gab es neben einem Eiergericht noch zwei Fleischgerichte und großen Nachtisch mit Bier.
Señora Doux war eine hübsche Frau, aber sehr behäbig. Im Widerspruch mit der Auffassung, daß alle Wohlgenährten immer guter Laune seien, war Señora Doux ewig mißgelaunt. Nur wenn sehr viele Bestellungen auf Backwaren einliefen, verzog sie das Gesicht zu einem kurzen Lächeln, das jedoch nur ein paar Sekunden währte. Das Café konnte zum Brechen voll sein, die Leute mochten sich um die Sitze schlagen, Señora Doux machte trotzdem ein saures Gesicht und guckte jeden Gast an, als ob er ihr persönlich schweres Leid zugefügt und die Absicht habe, sie für ihr ferneres Leben unglücklich zu machen. Sie trug nie Schuhe oder Stiefel, sondern immer nur weiche Pantoffel. Ich glaube nicht, daß sie jemals ausging; gesehen habe ich es nie. Sie fürchtete, daß während ihrer Abwesenheit ein Kellner sie betrügen könnte. Sie hatte ihre Augen überall; es geschah nichts im ganzen Hause, was

sie nicht wußte oder worüber sie keine Kontrolle hatte. Was sie am meisten bedauerte (eigentlich bedauerte sie alles), das war, daß der Mensch, wenigstens sie, auch schlafen müsse. Denn während sie schlief, konnte ja irgend etwas geschehen, was sie nicht sah. Aus diesem Grunde betrachtete sie niemanden mit größerem Mißtrauen als die Arbeiter in der Bäckerei und Konditorei. Die arbeiteten nachts, zu der Zeit, wo Señora Doux schlafen mußte, um den ganzen Tag über, bis spät in die Nacht hinein, das Café zu überwachen. Obgleich sie schon alles am Halse hängen hatte, übernahm sie auch noch die Kasse. Eine Kassiererin würde es bei ihr auch nicht ausgehalten haben. Die Señorita hätte ehrlich sein können und unbestechlich wie der Erzengel mit dem Schwert, Señora Doux würde sie trotzdem täglich ein paarmal angeschuldigt haben, daß sie wieder zehn Pesos unterschlagen habe. Diese Geschichte mit der Kasse war eine schwere Arbeit. Señora Doux traute keinem Kellner. Sie saß an der Kasse oder wanderte im Lokal umher und beobachtete die Gäste, was sie verzehrten. Wenn der Gast ging und bezahlt hatte, so mußte der Kellner das Geld sofort zur Kasse bringen und abliefern. Denn hätte man ihm das Geld, das er während seiner Arbeitszeit eingenommen hatte und das manchmal einige hundert Pesos betrug, in der Tasche gelassen, damit er erst dann mit der Kasse abrechne, wenn er abgelöst wurde, so hätte er ja eine Viertelstunde vorher mit der ganzen Einnahme und unter Zurücklassung seines Hutes und seiner Jacke auf Nimmerwiedersehen verschwinden können. Es muß freilich zugestanden werden; daß solche Dinge vorkamen, sogar wenn der Kellner manchmal nur sechzig oder siebzig Pesos in der Tasche hatte. Aber in dem Café La Aurora des Señor Doux war das nicht durchführbar. Wenn wenig Bestellungen für die Bäckerei einkamen, hatten die Bäcker und Konditoren nichts zu lachen. Dann fegte Señora Doux mit ihnen herum, daß meist der eine oder der andre seinen Lohn verlangte und ging. Denn an solchen Tagen betrachtete sie die Ausgabe für die Bäckerei als verschwendetes Geld. Kamen am nächsten Tage die Bestellungen doppelt oder dreifach ein, so mußten die Leute drei, vier oder fünf Stunden mehr arbeiten, weil inzwischen natürlich kein neuer Bäcker oder Hilfsarbeiter eingestellt worden war.

Die Musiker im Café hatten es nicht besser, sondern noch viel schlechter. Die Bäcker schafften ja noch etwas wenigstens, aber die Musik war die unsinnigste Verschwendung, die Señor und Señora Doux sich nur denken konnten. Die Musik produzierte nicht, sie fraß nur und wollte immer Geld haben. Da aber andre Cafés Musik hatten, mußte Doux schon mitmachen, um auf der Höhe zu bleiben. Er hatte jeden Tag Krach mit der Musik. Waren wenig Gäste da, dann erklärte er den Musikern, daß sie schuld seien, weil sie saumäßig spielten. Dann packten die Musiker ihre Instrumente ein, ließen sich ihr Geld geben und gingen. Señora Doux war darüber recht zufrieden, denn nun hatte sie einen Grund, das Geld für die Musik zu sparen und den Gästen zu erklären, daß die Musiker fortgelaufen seien. Waren dann wieder die Gäste nach ein paar Tagen unzufrieden und verlangten sie Musik, dann mußte Señor Doux den Musikern nachlaufen. Oft geschah es, daß er nur einen Bandoneon- oder Gitarrespieler bekam. Die Gäste verzogen sich, und endlich brachte Doux wieder eine gute Kapelle ins Haus, bis nach einer Weile der Krach wieder da war und sich die ganze Geschichte wiederholte.
Eines Tages kam eine ganz vorzügliche Kapelle von acht Mann aus Mexico City und bot sich in den Cafés an. Sie kamen zuerst zu Señor Doux.
»Fünfzig Pesos den Tag für acht Mann? Zahle ich nicht. Auch noch das Essen? Ich bin doch nicht verrückt. Und nur wochenweise und mit dreitägiger Kündigung? Da können Sie in der ganzen Stadt herumlaufen, gibt Ihnen niemand. Fünfundzwanzig will ich zahlen und tägliche Kündigung. Ich kriege genug Leute.«
Die Kapelle ging in ein andres Café, bekam, was sie verlangte, und das Café war jeden Abend gut besetzt, obgleich die Leute sich hier wenig in Cafés oder Restaurants setzen; nur gerade so lange, bis sie ihr Eis geschluckt oder ihre Coca-Cola gesaugt haben. Dann gehen sie wieder, weil sie lieber auf den Plätzen spazierengehen oder auf den Bänken sitzen.
Aber die Kapelle hielt die Leute auch für zwei Eisgetränke oder eine Extraflasche Bier, und das um so lieber, weil der Wirt anständig genug war, keinen Preisaufschlag auf die Getränke zu nehmen. Dieses Café war nur fünf Häuser weit von der La Aurora, noch im

selben Block, und La Aurora war so leer, daß es wie ein beleuchteter Leichnam aussah. Señora Doux wollte das Licht auf die Hälfte abdrehen, weil es überflüssig brenne; aber Señor Doux widersetzte sich diesem Gedanken. Jede Stunde einnmal ging er, ohne Hut und ohne sich Jacke oder Weste anzuziehen, zum Kino, um sich die ausgestellten Plakate anzusehen. Er kannte sie auswendig. Aber in Wahrheit ging er nur, um die Gäste in der La Moderna zu zählen; denn da mußte er vorüber, wenn er zum Kino wollte. Er ging vorbei, ohne den Kopf zu wenden. So sah es aus. In Wirklichkeit aber sah er doch jeden Gast in der La Moderna, und zu seiner Trauer sah er viele, die sonst bei ihm saßen.
Ein paar Tage sah er sich das mit an. Dann stellte er sich vor die Tür seines Cafés und paßte auf, wann der erste Geiger der La-Moderna-Kapelle vorüberkam.
»Einen Augenblick, Señor!«
»Bitte?«
»Wollen Sie nicht zu mir kommen? Ich zahle Ihnen fünfzig.«
»Bedaure, wir bekommen fünfundsechzig.«
»Das bezahle ich nicht.«
»Muy bien, Señor, adios.«
Als wieder eine Woche vorbei war, fragte er den Geiger abermals.
»Gut, für fünfzig, Señor.«
»Abgemacht. Dann von Freitag an.«
Señor Doux stürmte rein zu seiner Frau: »Ich habe die Kapelle. Für fünfzig. Fein.«
Die Kapelle konnte es dafür machen, denn sie war in der La Moderna gekündigt und hatte kein anderes Engagement in der Stadt. Aber die Sahne war herunter. Die Leute hätten gern wieder einmal eine andre Kapelle gesehen. Es kamen zwar genügend Gäste nun in die La Aurora, aber doch bei weitem nicht so viele, wie in der La Moderna jeden Abend gesessen hatten. Señor Doux sagte der Kapelle, daß sie saumäßig spiele. Die Musiker ließen es sich nicht gefallen, es kam zum Krach, und sie verließen das Café. Señor Doux brauchte ihnen nicht zu kündigen und sparte das Geld.

21

Mittags gegen halb zwölf hatte Señor Doux auch seine Bücher ausgefüllt, und dann setzte er sich zum Mittagessen hin. Um zehn hatte er ein kaltes Huhn verzehrt, weil es ihm bis zum Mittagessen zu lange dauerte. Jetzt aß er zum ersten Male am Tage richtig. Dann ging er schlafen, weil, abgesehen von den Mittagsgästen, jetzt stille Zeit kam. Um fünf stand er wieder auf, wusch und rasierte sich und eilte ins Café, vom Hunger getrieben.
Von jetzt an blieb er im Café bis Schluß. Die Polizei kümmert sich hier nicht um die Sitten, um Sittlichkeit und um Gesittung der Menschen. Das überläßt sie den Leuten selbst. Wer Zeit und Geld hat, sich die ganze Nacht im Café herumzudrücken, mag es tun. Es ist sein Geld, seine Zeit und seine Gesundheit. Wenn der Wirt keine Gäste mehr hat, macht er schon von selbst zu und braucht dazu keine guten Ratschläge und Strafmandate der Polizei, denn er ist ja ein erwachsener Mensch und kein Säugling, der noch in die Windeln macht und die Milchflasche nicht allein halten kann. Und weil keine Polizeistunde ist, niemand einen Spaß darin sieht, die Polizei zu ärgern und an verbotenen Früchten zu naschen, so hat das Café um zwölf selten noch genügend Gäste, daß es sich lohnt, Licht zu verbrennen. Denn die Leute, die aus Gründen ihres Berufes nachts auf sein müssen, gehen nun nicht ins Café, sondern in die Bars, wo zu jeder Stunde des Tages oder der Nacht vollständige Mahlzeiten oder Spezialplatten zu billigeren Preisen als im Café verabreicht werden.
Zu dieser Zeit waren wir mittendrin in der dicksten Arbeit.
»Putzen Sie mal die Bleche«, sagte der Meister zu mir. »Das werden Sie ja wohl können. Wenn mal die Alte (das war Señora Doux, die keineswegs alt, sondern kaum Dreißig war) reinkommen sollte – die muß ja die Nase in jeden Dreck reinstecken –, dann putzen Sie nur immer Bleche. Dann merkt sie nicht, daß Sie nichts von der Bäckerei verstehen. Aber jetzt kommt sie nicht, jetzt ist gerade der Alte drüber; die haben ja sonst keine Zeit. Mich wundert es nur, daß sie dafür überhaupt noch Zeit und Gedanken finden. Aber

Gedanken werden sie sich dabei wohl kaum machen. Die denken dabei an uns, ob wir uns etwa keine Eier verrühren. Das wollen wir jetzt erst mal machen.« Nun wurden tüchtig Eier eingeschlagen, Butter rein und dann in den Ofen geschoben. Als die Fütterung vorüber war, lernte ich Bleche saubermachen. Das kann man nicht so ohne weiteres, wie man vorher wohl denkt. Es muß gelernt sein. Dann mußte ich Mehl abwiegen. Auch das hat seine Kniffe. Und dann mußte ich fünfhundert Eier aufschlagen, das Gelbe und das Weiße voneinander trennen. Würde man das so machen, wie es Mutter in der Küche tut, so brauchte man dazu eine Woche. Hier muß das in kaum zwanzig Minuten geschehen sein, und es darf kein Pünktchen Gelb in der Weißmasse gefunden werden, weil das allerlei Schwierigkeiten zur Folge hätte. Dann lernte ich die Teigteilmaschinen bedienen, das Feuer in Ordnung halten, Brot- und Brötchenteig ansetzen, Kleingebäck glasieren, Torten beschneiden und für die Ornamentierung vorarbeiten, Schüsseln und Geschirre reinigen, die Tische abwaschen, die Backstube ausfegen, Eis mahlen, Eismasse ansetzen und so manches andre mehr. Alles so nach und nach, alles in der Weise, wie man jedes Ding lernen kann. Es gibt überhaupt nichts, was man nicht lernen könnte.

Dann kam der Samstag.

Lohntag.

Aber Lohn gab es nicht. »Mañana, morgen«, sagte Señor Doux. Morgen war Sonntag, und wir mußten mehr arbeiten als die übrigen Tage. Hinsichtlich des Lohnzahlens aber erklärte Señor Doux, es sei Sonntag, und sonntags zahle er keinen Lohn: »Morgen.« Montag zahlte er aber auch nicht, weil er noch nicht zur Bank gewesen sei. Dienstag gab es kein Geld, weil er das Geld, das er von der Bank geholt, bereits ausgegeben habe. Mittwoch bekamen die Kellner erst mal ihr Geld, und Donnerstag hatte er überhaupt kein Geld und konnte nicht zahlen. Freitag war er nicht zu finden; immer, wenn man ihn suchte, war er gerade in seine Wohnung gegangen und wollte nicht gestört werden. Samstag waren bereits zwei Löhne fällig, aber da hatte er zu große Ausgaben, weil er für den Sonntag mit einkaufen mußte und die Banken schon mittags schlossen. »Morgen«, sagte er. Aber morgen war Sonntag,

wo er keine Löhne zahlte. »Morgen«, das war Montag, aber da war er noch nicht zur Bank gewesen.
Nach drei Wochen bekam ich das erstemal Geld von ihm, nicht für drei volle Wochen Arbeitslohn, sondern nur für eine Woche. So ging das immer durch, immer war er Wochen und Wochen mit dem Lohn im Rückstand. Wir aber durften mit der Arbeit nicht eine Viertelstunde im Rückstand sein, dann gab es Radau. Fünfzehn, sechzehn, ja einundzwanzig Stunden Arbeit am Tage hatten wir zu leisten. Das hielt er für ganz selbstverständlich, und für ebenso selbstverständlich hielt er es, daß er den Lohn zahle, wann es ihm beliebe, und nicht, wenn er fällig sei.
Aber andre Arbeit war nicht zu finden, und wäre sie zu finden gewesen, wir hatten ja keine Zeit, sie zu suchen. Wenn wir in der Backstube des Nachmittags fertig waren, dann waren die andern Werkstätten oder Bureaus, wo man nachfragen konnte, meist schon geschlossen. Man mußte eben aushalten. Wenn man leben will, muß man essen, und wenn man auf irgendeine andre Art kein Essen findet, muß man tun, wie es dem, der das Essen hat, gefällt.
Den Kellnern ging es nicht besser. Sie bekamen nur zwanzig Pesos den Monat und sollten im übrigen vom Trinkgeld leben. Aber hier ist man nicht freigebig mit dem Trinkgeld, und wenn die Gäste knapp waren, dann hatten wieder die Kellner nichts zu lachen. Dann waren sie schuld daran, daß die Gäste ausblieben, und Señora Doux gönnte ihnen nicht einmal die zwanzig Pesos Lohn. Wir wohnten im Hause, die Kellner nicht. Die hatten Familie und wohnten mit ihren Familien. Dadurch hatten sie besondere Ausgaben. Sie bekamen nicht einmal volles Essen, sondern nur so nebenbei, als Gnade oder als besondere Vergünstigung. Unser Meister hatte schon vier Monate Lohn stehen. Selbst wenn er hätte gehen wollen, er konnte nicht, weil Señor Doux ihn wochenlang vielleicht mit der Restsumme hingehalten hätte. Wir sollten jeder täglich zum Mittagessen eine Flasche Bier bekommen. Das war ausgemacht. Aber wir bekamen Bier nur dann, wenn Señora Doux bei sehr guter Laune war, wenn viele Bestellungen vorlagen und wenn wir zwanzig Stunden zu arbeiten hatten. Das Essen selbst war sehr gut. Es gab viel Fleisch, zwei oder drei Fleischgerichte zu Mittag. Aber nach einer Woche konnte man nichts mehr

essen; denn es gab jeden Tag genau dasselbe zum Essen. Da war auch nicht ein Reiskörnchen heute anders, als es gestern war, und nicht eine Fleischfaser schmeckte heute anders, als sie morgen schmecken würde.
Ein Kellner bekam Fieber und war in drei Tagen tot. Er war ein Spanier gewesen, der erst vor zwei Jahren herübergekommen war. An seiner Stelle trat ein Mexikaner ein namens Morales. Er war ein flinker, intelligenter Bursche. Wenn ich gelegentlich Backware in das Café zu bringen hatte, so sah ich beinahe jedesmal, daß Morales mit dem einen oder dem andern seiner Kollegen sprach. Sie sprachen ja natürlich immer zusammen, wenn sie nicht bedienten. Aber hier fiel mir das Sprechen doch zum ersten Male auf. Wenn sonst die Kellner zusammen miteinander sprachen, so war das immer so oberflächlich. Sie redeten über Lotterielose oder über Nebengeschäfte oder über Mädchen oder über ihre Familien. Meist lachten sie dabei oder witzelten. Wenn dagegen Morales mit einem sprach, wurde nicht gelacht, sondern immer sehr andächtig zugehört. Morales war immer der Sprecher und die übrigen immer die Zuhörenden. Ich sah es blühen. Das ›Syndikat der Restaurationsangestellten‹ arbeitete.
Die Gewerkschaften in Mexiko haben keinen schwerfälligen bürokratischen Apparat. Ihre Sekretäre fühlen sich nicht als ›Beamte‹, sondern sie sind alle junge brausende Revolutionäre. Die Gewerkschaften hier sind erst durch die Revolution der letzten zehn Jahre entstanden. Und so sind sie gleich in die allermodernste Richtung geraten. Sie haben die Erfahrung der amerikanischen Gewerkschaften, die Erfahrung der russischen Revolution, die Explosivgewalt des jungen Stürmers und Drängers und die Elastizität einer Organisation, die noch nach ihrer eignen Form sucht und noch täglich ihre Taktik wechselt.
Richtig, in der La Moderna war der Streik da. Kellnerstreik. Señor Doux lachte sich eins. Bei ihm brauchte er das nicht zu befürchten. Und nun kamen die Gäste der La Moderna alle in sein Lokal, weil sie sich in dem Café, wo der Streik war, fürchteten. Die Furcht ist berechtigt. Denn die Polizei ist in Arbeiterkämpfen neutral. Wenn einem Gast, der in ein Café geht, wo gestreikt wird, ein Stein an den Kopf fliegt, so darf er zur Sanitätspolizei gehen und sich verbinden

lassen. Im übrigen aber kümmert sich die Polizei nicht darum. Die Streikposten, die vor dem Café stehen, haben ihm ja gesagt, daß in dem Café gestreikt wird. Außerdem steht es in der Zeitung, und Flugblätter werden ihm auch genug in die Hand gedrückt. Er weiß, was ihm bevorsteht. Er braucht ja nicht in dieses Café zu gehen, er kann ja in ein andres gehen oder sich auf die Bank auf der Plaza setzen oder spazierengehen. Wer da hingeht, wo Steine in der Luft umherfliegen, dem geschieht es ganz recht, wenn er einen an den Kopf kriegt.
La Moderna bewilligte nach vier Tagen alles.

22

Drei Wochen später ging Morales zu Señor Doux und sagte: »Also achtstündige Arbeitszeit, zwölf Pesos die Woche, eine Vollmahlzeit und zweimal Kaffee mit Gebäck.«
Señor Doux, der die ganze Zeit voller Schadenfreude gewesen war, weil seinem Konkurrenten so übel mitgespielt wurde, kriegte zuerst einen Schreck. Dann sagte er: »Morales, kommen Sie zur Kasse. Da ist Ihr Lohn, und Sie können gehen, Sie sind entlassen.«
Morales drehte sich um, zog seine weiße Jacke aus, und sofort zogen die übrigen Kellner gleichfalls ihre Jacken aus und kamen zur Kasse.
Ein wenig verstört zahlte Señor Doux die Löhne, und dann ließ er die Leute gehen. Er war ganz sicher, daß er andre Leute kriegen würde. Die paar Gäste, die gerade drin waren, bediente Señora Doux. Dann verließen die Gäste auch das Café. Aber wenn andre kamen und sahen, daß keine Kellner drin waren, setzten sie sich gar nicht erst, sondern gingen gleich wieder raus. Nur einige Fremde kamen, setzten sich, bestellten etwas und betrachteten diese Art von langsamer Bedienung als die hier übliche. An diesem Abend standen keine Streikposten vor dem Café. Aber am nächsten Tage waren sie da, und es wurden eifrigst Flugblätter verteilt. Es waren wieder nur Fremde, die in das Café gingen, die die spanisch geschriebenen Flugblätter nicht lesen konnten und auch nicht verstanden, was die Streikposten zu ihnen sagten.
Aber um diese Fremden kümmerten sich die Posten nicht viel. Außerdem fühlten die Fremden, meist Amerikaner, Engländer oder Franzosen, auch immer sehr bald, daß die Luft merkwürdig schwül war, und sie verließen das Café ziemlich rasch, oft ohne ihr Eisgetränk auch nur anzurühren.
Den zweiten Tag darauf hatte Señor Doux wieder zwei Kellner, einen Deutschen und einen Ungarn. Beide waren erbärmlich zerlumpt. Señor Doux hatte ihnen weiße Jacken gegeben, einen Kragen und einen schwarzen Schlips. Aber er gab ihnen weder Hosen noch Schuhe. Und gerade diese beiden Dinge sahen bei den Bur-

schen entsetzlich aus. Sie verstanden kein Wort Spanisch und waren nicht zu gebrauchen. Aber Señor Doux wollte mit ihnen ja nur protzen vor den Streikposten.
Nach dem Mittagessen, das sie mit allerlei bösen Zwischenfällen serviert hatten, war ein wenig Ruhe im Café. Señor Doux war schlafen gegangen, und Señora Doux saß schläfrig in einer Nische. Ich brachte ein Blech Backware hinein und hörte, daß die beiden Vögel deutsch sprachen.
»Sind Sie Deutscher?« fragte ich den, der richtig Deutsch sprach.
»Ja, der hier ist ein Ungar«, antwortete er erfreut, daß jemand mit ihm deutsch sprach.
»Wissen Sie, daß die Kellner hier streiken und daß Sie hier den Streikbrecher machen?«
»Die streiken nicht«, sagte er. »Die wollen nur nicht arbeiten, die sind nicht zufrieden.«
»Was zahlt Ihnen denn der Alte?«
»Fünf Pesos die Woche, das ist ganz schönes Geld. Und das Essen und Schlafen«, gab er zur Antwort.
»Na, nun mal deutlich, lieber Freund, schämen Sie sich denn nicht, hier den Streikbrecher zu machen?«
»Streikbrecher? Das bin ich nicht. Die streiken nicht, die haben nur aufgehört, weil sie mit dem Lohn nicht zufrieden sind. Ich bin mit fünf Pesos zufrieden. Was soll ich auch machen. Ich bin ganz herunter, habe nichts zu essen und keinen ganzen Fetzen.«
»Dann gehen Sie lieber betteln«, riet ich.
»Betteln? Nein, das ist unanständig.«
»Streikbrechen ist anständiger?«
»Was will ich denn machen, wenn man Hunger hat?«
»Dann stehlen Sie, wenn Ihnen Betteln zu unanständig ist, aber Streikbrechen ist ein dreckiges Geschäft.«
»Sie haben gut reden«, platzte er nun los, »Sie arbeiten hier schön in der Konditorei, haben zu essen, haben ein Dach und kriegen Ihr Geld.«
»Das ist richtig«, erwiderte ich. »Und ich will Ihnen nun etwas sagen. Ich kann Ihnen hier keinen Vortrag darüber halten, in welchem Zusammenhang der Streik jener Leute und Ihr Hungerle-

ben stehen. Ich kann Ihnen hier so auf einen Ruck nicht klarmachen, wie durch jeden Streik, ob er gewonnen oder verloren wird, das Hungerleben der arbeitslosen Arbeiter um einen Grad seltener wird. Wenn die Leute hier die achtstündige Arbeitszeit durchsetzen, muß der Alte zwei, vielleicht gar drei arbeitslose Kellner mehr einstellen. Das ist nur gerade das Nächste und Klarste. Darüber hinaus kommen noch andre Umstände zugunsten der Arbeiter in Betracht, die viel weiter reichen als gerade bis zu dem kleinen Vorteil, den man vor der Nase sieht.«

Durch unser Gespräch wachte Señora Doux aus ihrem Nickerchen auf, und sie rief herüber: »Sie, hören Sie mal, Sie wollen wohl die beiden Deutschen da verhetzen? Scheren Sie sich in die Backstube, wo Sie hingehören, Sie haben hier gar nichts verloren!«

»Verhetzen? Ich? Die beiden Deutschen? Nein, ich lehre sie nur ein paar wichtige spanische Worte, damit sie besser im Leben zurechtkommen«, sagte ich.

»Das ist gut«, sagte Señora Doux, »das tun Sie nur, das ist sehr gut.«

»Nun will ich Ihnen noch mal was sagen«, fuhr ich fort, mich wieder an den Deutschen wendend. »Bis jetzt haben sich die Streikposten um euch noch nicht viel gekümmert. Sie wissen, daß ihr Fremde seid. Aber das geht nur ein oder zwei Tage so weiter. Morgen abend oder übermorgen seid ihr erstochen oder erschossen, damit Sie es wissen. Hier fackelt man nicht lange mit solchem Kroppzeug, wie ihr seid. Wir können hier nur anständige Leute gebrauchen.«

»Die tun uns nichts«, sagte der Mann. »Wir gehen nicht raus.«

»Keine Angst, lieber Freund. Die kommen rein und machen das hier drin ab, unter voller Kaffeehausbeleuchtung mit Musikbegleitung. Verlassen Sie sich drauf. Nebenbei bemerkt, das einzig richtige Mittel, wie man mit Streikbrechern umgehen muß. Einen Mexikaner oder einen Spanier kriegen sie hier nicht als Streikbrecher, die wissen, was es bedeutet.«

Er war ein wenig bleich geworden. Nun fragte er: »Gibt es denn hier keine Polizei?«

»Natürlich, so gut wie bei euch zu Hause«, sagte ich. »Aber die Polizei mischt sich hier nicht in Streitigkeiten zwischen Arbeiter und Unternehmer so ein wie bei euch da drüben. Die ist hier neutral. Wenn sie den Mörder erwischt, wird er mit einigen Jahren verknackst. Aber einen Mann, der einem Streikbrecher die letzte Wahrheit gesagt hat, den kriegen sie nicht. Der ist nicht unter den Streikenden. Sie suchen ihn auch gar nicht. Den Raubmörder suchen sie. Aber dem hier laufen sie nicht lange nach. Es hat euch ja niemand geheißen, in die Gefahrenzone zu gehen. Wenn ihr trotzdem geht, habt ihr auch die Verantwortung zu tragen. Als vernünftiger Mensch stellen Sie sich doch auch nicht bei einem Gewitter direkt unter einen einzelnen hohen Baum. Oder vielleicht doch? Ihre Schuld, wenn der Blitz Sie erschlägt. Da kann die Polizei gar nichts tun. Die Polizei ist hier nicht für die Kapitalisten da, sondern für die Kapitalisten und für die Arbeiter, die Betonung liegt auf dem Und. Sie steht weder dem Kapitalisten bei noch dem Arbeiter, wenn die beiden einen Handel miteinander auszufechten haben. Der Streikbrecher hat in diesem Handel gar nichts verloren.«

Der gute Mann wußte nicht, worum es ging, vielleicht wollte er es nicht einmal wissen. Er sagte: »Ich denke, das ist ein freies Land? Wo ist denn da die Freiheit, wenn man nicht arbeiten darf, wo man will?«

»Sowenig wie Sie da stehen können, wo ein andrer steht, ebensowenig können Sie an dem Platze arbeiten, wo ein andrer arbeitet. Denn die Leute haben ihren Platz nicht verlassen, sie haben nur die Arbeit unterbrochen, und sie kehren zurück, sobald der Alte Vernunft annimmt.«

»Ich finde so leicht nicht wieder Arbeit«, sagte er nun. »Ich bin froh, daß ich die hier habe. Ich bleibe hier und lasse mich auf der Straße nicht sehen.«

»Seien Sie nur ganz unbesorgt, die haben ein gutes Gedächtnis und kennen Sie auch noch nach Monaten wieder. Aber wir beide haben uns wohl von nun an nichts mehr zu erzählen. Und wagen Sie ja nicht, sich in der Backstube sehen zu lassen. So gesund, wie Sie reingekommen sind, kommen Sie nicht mehr raus, darauf können Sie sich verlassen. Sie sind für mich kein Deutscher, sondern ein Lump. Wenn Sie auch sonst nichts verstehen wollen, das werden Sie ja wohl noch verstehen.«

Jeder Mensch, der in das Café gehen wollte, mußte sich an den Streikposten vorbeidrängen, und jedem wurde gesagt, daß gestreikt wurde. Darauf kehrten die Leute regelmäßig um. Polizei war nicht zu sehen. Es war ja ganz ruhig. Niemandem geschah etwas.
Aber am Abend, es war vielleicht halb neun, da stand der Deutsche an der einen Tür. Die Türen sind ja alle offen, und man sieht von draußen alles, was drinnen vorgeht, so klar, als ob es mitten auf der Straße geschähe. Die Gäste wollen raussehen und wollen gesehen werden, und die Nichtgäste wollen reinsehen und sich daran erfreuen, wie sich andre einen angenehmen Abend machen.
Er stand da an der Tür und wippte mit der Serviette. Er schien recht stolz zu sein, daß er es zum Kellner gebracht hatte. Unter normalen Umständen hätte er vielleicht Geschirrwäscher werden können. Die Streikposten kümmerten sich gar nicht um ihn. Sie schielten nur gelegentlich zu ihm rüber.
Da kam ein junger Bursche vorbei mit einem Stück Holz in der Hand. Der Streikbrecher ging ein wenig zurück, aber der Bursche ging mit einem ruhigen Schritt die eine Stufe hoch und hieb ihm zwei gesunde Hiebe über den Schädel. Dann warf er das Holz weg und ging ruhig seiner Wege.
Der Notkellner stürzte hin und blutete. Kaum hatte Señor Doux das gesehen, da trat er vor die Tür und rief: »Polizei!« Es kam gleich einer an, seinen Knüttel in der Hand schwingend.
»Den haben sie totgeschlagen«, rief Señor Doux dem Polizisten entgegen.
»Wer?« fragte der Beamte.
»Das weiß ich nicht«, antwortete Sēnor Doux. »Wahrscheinlich die streikenden Kellner.«
Sofort sprangen zwei Streikposten hinzu und schrien: »Wenn du Hurensohn das noch mal sagst, schlagen wir dir die Knochen entzwei.«
Señor Doux verschwand sofort im Café und sagte nichts mehr.
»Haben Sie gesehen, wer den Mann hier geschlagen hat?« fragte ein zweiter Polizist, der hinzugekommen war, die Posten.
»Ja, so halb. Ein junger Bursche kam vorbei mit einem Stück Holz

– da liegt es noch – und schlug auf den Mann los«, sagte der eine Posten.
»Kennen Sie den Burschen?«
»Nein. Zu unserm Syndikat gehört er nicht.«
»Dann hat er mit dem Streik gar nichts zu tun. Wahrscheinlich eine andre Geschichte«, sagte der Polizist.
»Zweifellos«, bestätigte der Posten.
Die beiden Polizisten führten den Notkellner zur Wache, wo er verbunden und für die Nacht dabehalten wurde.
»He, du da drin, du Hurensohn«, riefen die Posten jetzt hinein zu dem Ungarn. »Wie lange bleibst du noch da drin? Du kriegst eins mit der Eisenstange, wir haben kein Holz mehr.«
Der Ungar verstand kein Wort. Jedoch er fühlte, was sie sagten. Er wurde blaß und ging zurück.
Señor Doux aber hatte es verstanden. Er lief zur Tür und rief nach der Polizei. Aber es kam keine. Nach einer Viertelstunde aber sah er einen an der Ecke stehen. Er rief ihn heran.
»Die Posten haben meinen Kellner mit dem Tode bedroht«, sagte er, als der Polizist herangekommen war.
»Welcher hat ihn mit dem Tode bedroht?« fragte der Polizist.
»Der da«, antwortete Señor Doux und zeigte dabei auf Morales.
Morales hatte gar nichts gesagt, aber ihn haßte Doux am meisten.
»Haben Sie den Kellner mit dem Tode bedroht?« fragte der Polizist.
»Nein. Fällt mir auch gar nicht ein. Dieser Bastard ist mir viel zu dreckig, als daß ich das Wort an ihn richten würde«, sagte Morales.
»Kann ich mir denken«, erwiderte der Polizist. »Wer hat ihn denn mit dem Tode bedroht?«, fragte der Polizist nun.
»Ich habe gesagt, er möge nicht so dicht zur Tür kommen, es könne ihm sonst vielleicht eine Eisenstange auf den Kopf fallen, da oben vom Balkon.« Das sagte einer der Posten.
Señor Doux stand noch in der Tür. Der Polizist drehte sich jetzt zu ihm um und sagte: »Nun, hören Sie, Señor, wie können Sie denn so etwas sagen? Es ist doch gar nicht wahr.«
»Sie haben doch den andern auch schon halb erschlagen«, verteidigte sich Doux.

»Vertragen Sie sich lieber mit Ihren Leuten«, riet jetzt der Polizist, »dann kommt so etwas nicht vor.«
»Das ist ja eine nette Geschichte hier, daß man nicht mal seinen Schutz bekommt«, rief Doux wütend.
»Ruhig!« sagte der Polizist laut. »Sonst nehme ich Sie zur Wache mit. Keine Beleidigung hier.«
»Ich zahle doch meine Steuern, und da kann ich doch verlangen . . .«
»Was Steuern?« unterbrach ihn der Polizist. »Die Kellner zahlen auch Steuern, genausogut wie Sie. Und nun lassen Sie uns in Ruhe. Machen Sie Ihre Geschäfte mit Ihren Leuten ab, aber stören Sie uns nicht immerwährend.«
Der Ungar stand eine Weile unschlüssig im Café, während draußen die Verhandlungen waren. Es hatten sich Leute angesammelt, die alle auf seiten der Kellner waren. Und zum Teil waren es deren Ausbrüche der Sympathie, die dem Polizisten, der ja auch Prolet war, das Rückgrat steiften. Er wußte ja nicht, ob nicht vielleicht Doux einen dicken Freund unter den Inspektoren habe, der ihm hätte sagen können, daß er seine Pflicht vernachlässigt habe.
Als der Polizist gegangen war, zog der Ungar seine weiße Jacke aus und ging zur Kasse, um sich seine zwei Tage Lohn geben zu lassen. Er stand jetzt da in Hemdsärmeln. Diese Hemdsärmel waren nur Fetzen und Dreck. Zwei Gäste waren im Café, und die sahen den Unglücklichen. Ihnen verging der Geschmack am Kaffee und am Gebäck, als sie bemerkten, welchen Schmutz und welche Lumpen die weiße Jacke verdeckt hatte. Sie standen auf, zahlten an der Kasse und gingen.
Señor Doux fragte den Ungarn, was los sei und warum er gehen wolle. Der konnte nicht antworten und versuchte nun, mit Gebärden, die er überreichlich verschwendete, klarzumachen, daß sein treuer Kollege etwas über den Schädel gekriegt habe und daß er wohl der nächste sein würde, der dran glauben müsse. Draußen standen die Posten und andre Leute, die diese Gebärdensprache aus fossiler Vorzeit mit Vergnügen verfolgten. Doux versuchte dem Ungarn begreiflich zu machen, daß er hier im Café durchaus sicher sei. Aber der Ungar traute dieser Zusage nicht. Wäre er mit den Sitten und Gebräuchen besser bekannt gewesen, so würde er

gewußt haben, daß er nie und nirgends sicher sei, daß er ja nicht ewig innerhalb der vier Wände bleiben könne und daß er, sobald er das Haus verließe, geliefert sei. Denn sein Gesicht kennen jetzt schon alle Arbeiter der Stadt, die brauchen keine Fotografie und keinen Steckbrief. Die vier Wände schützen ihn auch nicht. Eines Tages, morgen oder übermorgen schon, geht einer rein, tut, als ob er Eis an den Tisch gebracht haben will, und wenn der Ungar kommt, hat er das Messer sitzen oder den Spucknapf so geschickt über den Schädel gehauen, daß die Ambulanz ihn abholen muß. Ehe man drinnen weiß, was geschehen ist, ist der Strafvollziehende einige Blocks weit. Niemand, der beste Detektiv nicht, findet ihn je. Einer der Gründe, warum es hier nie Streikbrecher gibt. Man kennt die wirksamsten Mittel und scheut sich nicht eine Minute lang, sie rücksichtslos anzuwenden. Krieg ist Krieg. Und die Arbeiter sind im Kriege, bis sie endlich nicht nur eine Schlacht, sondern den ganzen Feldzug gewonnen haben. Wenn den Staaten jedes Mittel im Kriege erlaubt ist, warum nicht den Arbeitern in ihrem Kriege ebenfalls? Der Arbeiter begeht nur immer den Fehler, daß er als ein anständiger Bürger angesehen werden will. Aber dafür gibt ihm niemand etwas.
Der Ungar kam heraus, und einer der Posten nahm ihn gleich in Empfang. Sie brachten ihn zum Bureau des Syndikats, gaben ihm ein Nachtquartier und versprachen ihm, man wolle versuchen, ihm eine Stelle in einer Blechschmiede zu verschaffen.
Señor Doux hatte ihn auch noch um seinen Streikbrecherlohn betrogen, ihm nur fünfzig Centavos gegeben und vierzig Centavos für ein zerbrochenes Wasserglas berechnet.
Der Deutsche machte andre Erfahrungen, wie mir später erzählt wurde. Am folgenden Morgen wurde er dem Polizeioffizier vorgeführt. Anstatt daß man ihn gelobt hätte für seine treue Streikbrecherarbeit, fragte ihn der Offizier, wo er seinen Einwanderungsschein habe.
»Ich habe keinen«, sagte er mit Hilfe eines Dolmetschers.
»Wie sind Sie denn hier in das Land gekommen?«
»Mit einem Schiff.«
»So. Also von einem Schiff ausgerückt.«
»Nein, ich habe abgemustert.«

»Ja, diese Abmusterung kennen wir schon. Wir übergeben Sie jetzt Ihrem Konsul mit der Bedingung, daß er Sie mit dem nächsten Schiff wieder nach Deutschland zurückschickt. Wir können die Deutschen sonst sehr gut leiden, aber Sie machen dem deutschen Namen keine Ehre. Sie stiften hier nur Unfrieden, und für solche Leute haben wir hier keinen Platz.«
Zwei Polizisten brachten ihn zum Konsul.
Von nun an war der Konsul für ihn verantwortlich. Er mußte ihn verpflegen, bis ein deutsches Schiff da war, das ihn mitnahm.
»Was haben Sie denn hier ausgefressen? Gestohlen?« fragte der Konsul.
»Nein. Ich habe in der La Aurora als Kellner gearbeitet und eins über den Kopf gekriegt«, sagte der Mann.
»In der La Aurora wird doch gestreikt. Wußten Sie das nicht?«
»Freilich. Sonst hätte ich doch nicht da als Kellner arbeiten können, ich bin doch Tischler.«
»Ja, lieber Freund, Sie sind hier nicht in Deutschland. Streikbrecher sind hier nicht beliebt. Wir haben hier eine Arbeiterregierung, und zwar eine richtige Arbeiterregierung, die zu den Arbeitern hält. Wenn hier im Wasserwerk oder im Elektrizitätswerk gestreikt wird, dann gibt es keine Technische Nothilfe wie in Deutschland oder in Amerika, sondern dann gibt es eben kein Wasser und keine Elektrizität, bis die Streikenden sagen: So, nun gibt es wieder was. Hier ist die Regierung neutral in solchen Streitigkeiten. Also, Ihre Tätigkeit hier ist erschöpft. Laufen Sie mir nicht davon. Ich kriege Sie, und dann lasse ich Sie daheim verknacken. Sie stehen jetzt unter meiner Autorität; ich habe gebürgt für Sie, andernfalls müßten Sie hier im Gefängnis warten, bis ein Schiff da ist. Und das Gefängnis hier ist kein Spaß, sondern eine ernste Sache.«
Damit war nun die Frage der Streikbrecher in der La Aurora entschieden.

23

Es waren immer ein paar Gäste im Café, die von Señor und Señora Doux bedient wurden. Aber Geschäft konnte man es nicht nennen. Wir in der Bäckerei hatten auch nicht viel zu tun, nur gerade die Bestellungen, die aus dem Hause gingen.
Es war zwei Tage später und am Nachmittag. Es mochten vielleicht sechs oder acht Gäste im Lokal sein. Unter ihnen war ein Polizeiinspektor namens Lamas. Er war ständiger Gast in der La Aurora, kam am Nachmittag und kam am Abend. Er hatte bei Señor Doux eine ganz nette Rechnung stehen, die er immer ›morgen‹ bezahlen wollte. Obgleich er gut verheiratet war und zwei Kinder besaß, hatte er doch außerdem drei Geliebte, die er alle unterhalten mußte. Das kostete Geld, und das Geld mußte herangeschafft werden. Darum hatte er auch überall Schulden. Also die Gäste saßen da drin im Café und aßen ihr Eis oder tranken geeiste Erfrischungen. An einem Tisch wurde Domino gespielt und an einem andern Karten.
In den Vereinigten Staaten sind ja die Streikposten gute und fromme Bürger, die an Gesetz und Autorität glauben. Wenn sie Streikposten stehen, so tun sie das gerade so, als ob sie einem aufgebahrten Leichnam die Ehrenwache geben. Sie sagen kein Wort, und wenn die Polizisten kommen und sagen: »Sie müssen weiter zurücktreten, Sie stören den Verkehr«, so tun sie das sofort, als ob der Polizist sie bezahlte und nicht der Polizist von ihrem Gelde lebte. Dort haben die Arbeiter noch Disziplin, und sie sind gedrillt wie Soldaten.
Hier dagegen haben die Arbeiter nur wenig Disziplin, und die Sekretäre müssen tun, was die Mitglieder wollen. Und es ist merkwürdig, sie gewinnen beinahe jeden Streik.
»He, du Hurensohn da drin«, rief einer der Posten einem Gaste zu, »friß doch nicht das Eis. Das ist doch nur Wasser und Zucker. Nicht ein Löffel voll Sahne drin. Der Sauhund da will doch aus deiner Portion das herausschlagen, was er sonst verdient, wenn nicht gestreikt wird.«

Der Gast hielt es offenbar mit dem Wirt; er rief hinaus: »Bezahlst du das Eis oder ich, du Dreck.«
»Paß nur auf, du Eiterbeule, daß ich dir nicht mal reinkomme«, sagte jetzt der Posten, und seine Rede wurde mit lautem Gelächter begleitet. Einer der Gäste hatte eine Dame bei sich, die aus Strohhälmchen ihre Squeeze saugte.
»Ist sie noch eine Jungfrau?« rief jetzt ein andrer Streikposten hinein. »Mach nur schnell, Rodríguez, ehe dir ein andrer zuvorkommt.« Die Dame tat, als hätte sie nichts gehört. Aber der Herr, der bei ihr saß, rief zurück: »Dann lade ich dich ein, du Faulenzer. Für nützliche Dinge bist du ja nicht zu gebrauchen.«
»Richtig, Faulenzer«, sagte der Posten, »an wen verkaufst du sie denn heute abend? Zwanzig Centavos bezahlt einer wohl noch und ein Glas Eiswasser.«
Nun kam Señor Doux zur Tür und sagte: »Stören Sie hier meine Gäste nicht, wer nicht hergehört, fort!«
»Gäste? Sind ja alles Hurenbengel, aber keine Gäste«, schrien nun nicht nur die Streikposten, sondern auch andre Burschen, die dabeistanden. »Bezahlen Sie mal einen anständigen Lohn und geben Sie richtiges Essen. Wir sollen Ihnen wohl erst einmal das Leder abziehen. Machen Sie nur ja recht rasch. Lange warten wir nicht mehr und stehen hier auch nicht mehr lange Posten. Dazu haben wir keine Zeit. Dann werden wir mal einen andern Ton anstimmen.«
Nun kam der Inspektor Lamas zur Tür. Er mußte sich wohl für seine Schulden einsetzten. Vorige Woche hatte er auch noch eine Torte für fünfundzwanzig Pesos bekommen, mit dem schönen Namen ›Adelia‹ draufgegossen. Adelia war eine jener drei Geliebten, und die Torte war für ihren Geburtstag bestimmt. Er war noch besonders in die Backstube gekommen und hatte Rosenranken als Verzierungen gewünscht. Diese Torte war er auch noch schuldig. Er stand eine Weile in der Tür und hörte sich die Reden mit an. Dann zog er seinen Revolver und schlug dem Posten, der ihm am nächsten stand, mit dem Knauf eins über den Kopf, so daß gleich das dicke Blut herausquoll. Dann pfiff er. Es kamen zwei Polizisten, und er ließ alle Posten und einige andre Leute, die mit den Streikenden sympathisierten, zur Hauptwache führen.

Kaum waren sie abgeführt, da kam Morales, der drei Stunden abgelöst worden war und jetzt wiederkam, um seinen Posten von neuem anzutreten. Als er hörte, was geschehen war, rief er rein: »Du Hurensohn da drin«, er meinte Doux damit, »jetzt geht es dir schlecht, das sollst du mal sehen. Bis jetzt haben wir nur Spaß gemacht. Aber wenn du das nicht anders haben willst, wir können auch noch eine andre Flöte blasen.« Morales ging sofort zum Bureau des Syndikats. Zehn Minuten darauf war schon der Sekretär auf der Wache.
»Was wollen Sie?«
»Sofort her mit dem Inspektor. Mit dem werde ich jetzt mal ein Wörtchen reden. Der ist besoffen.«
Der Inspektor kam, und der Sekretär wollte seine verhafteten Leute sehen. Auch diese Leute kamen, und der Sekretär fragte nun nach dem Polizeidirektor. Auch der kam, wurde ganz aufgeregt, als er den Sekretär des Syndikats sah, und machte sich gleich an das Geschäft.
»Warum haben Sie den Mann geschlagen?« fragte der Direktor.
»Er hat die Leute im Café beschimpft.«
Der Direktor sah ihn jetzt voller Wut an: »Wo steht, daß Sie einen Mann, der jemand beschimpft und sonst nichts tut, schlagen dürfen?« Lamas wollte was sagen, aber der Direktor fiel ihm gleich ins Wort: »Kennen Ihre Instruktion nicht!« Er wandte sich zum Schreiber: »Schreiben Sie, Lamas ist in Unkenntnis über seine Instruktionen.«
Dann sagte er zu Lamas: »Das ist hier kein guter Platz für Sie. Ich werde sehen, daß ich ein Dorf für Sie kriege, wo Sie kein Unheil anrichten können. Und wenn noch mal etwas Ähnliches vorkommt, werden wir ohne Sie fertig werden müssen. Wird uns nicht schwerfallen. Warum haben Sie die Leute hier verhaftet?«
»Die haben alle Gäste und Señor Doux beschimpft«, sagte Lamas schüchtern.
»Beschimpft. Beschimpft. Was heißt das, beschimpft?«
»Sie haben Hurensohn gesagt«, verteidigte sich Lamas.
»Wenn Sie jeden verhaften wollen, der Hurensohn sagt, dann werden Sie wohl gleich um das ganze Land eine Gefängnismauer ziehen müssen. Ich glaube, Sie sind nicht ganz richtig im Kopfe.«

»Sie haben die Leute aber auch noch bedroht.«
Es klang recht kläglich, was Lamas sagte und wie er es sagte.
»Bedroht. Was verstehen Sie denn darunter?«
»Sie haben gesagt, sie wollen Señor Doux erschlagen.«
»Das haben wir nicht gesagt«, riefen die Verhafteten.
Der Direktor sah Lamas ironisch an und sagte: »Hat zu Ihnen noch nie jemand gesagt, daß er Sie erschlagen wolle? Haben Sie dann ihre Frau und ihre Freunde und Bekannten auch gleich verhaftet und dann mit dem Revolverkolben über den Kopf geschlagen?«
»Das schien aber hier sehr ernst zu sein«, sagte Lamas.
»Um Ihre Haut oder um was? Hat einer von denen, die Sie verhaftet haben, jemand geschlagen oder beraubt oder das Café des Señor Doux demoliert? Sicher nicht, denn dann würden Sie mir das gleich erzählt haben. Wir und Sie sind dazu da, um das Eigentum und die Person des Señor Doux zu schützen, aber es steht nicht in der Verfassung, daß wir dazu da seien, ihm zu helfen, Löhne zu zahlen, von denen kein Mensch leben kann, und ihm zu helfen, seine Leute jeden Tag so länge zu beschäftigen, daß sie nicht einmal mehr Zeit finden, mit ihrer Familie spazierengehen zu können. Wenn die Leute sich das gefallen lassen, das geht uns nichts an; aber wenn sie es sich nicht mehr länger gefallen lassen wollen, dann ist es nicht unsre Aufgabe, die Leute deshalb zu verhaften. Warum verträgt sich Señor Doux nicht mit seinen Leuten? Dann hätte er gleich Ruhe. Aber diese Unordnung kann nicht weitergehen. Das kann ja zu Ruhestörungen führen. Ich werde sofort anordnen, daß das Café La Aurora für zwei Monate geschlossen wird. Dann ist da Ruhe.«
Er wandte sich zum Schreiber: »Füllen Sie gleich das Schließungsdokument aus, für zwei Monate. Ich werde es unterzeichnen und beim Gouverneur verantworten. Und Sie, Señor Lamas, betrachten sich als vorläufig Ihres Dienstes enthoben, bis ich vom Gouverneur unterrichtet bin, wohin Sie versetzt werden. Die Verhafteten sind entlassen. Außerdem irgendwelche Beschwerden?«
»Nein«, erklärten die Leute.
Der Direktor stand auf, gab dem Sekretär des Syndikats, der sich verabschiedete, die Hand und sagte zu ihm: »Wir haben ja nun in

der Angelegenheit nichts mehr zu tun. Das Weitere liegt jetzt bei Ihnen. Es war gut, daß ich so schnell zu erreichen war. Es sind immer noch welche da, die nicht mitkönnen.«

»Oder die nicht mitwollen, weil sie gebunden sind«, setzte der Sekretär fort.

»Er wird einen Platz bekommen, wo er Ersparnisse machen kann, weil er keine Ausgaben hat. Ich habe schon einen Platz für ihn, eine Banditenregion. Wenn er etwas wert ist, da kann er es zeigen. Und wenn er nichts wert ist, werden wir ihn feuern. Er gehört immer noch zu dem alten Stock, die glauben, daß die Diktatur die einzig richtige Form des Regierens ist. Wir haben sie bald alle raus, und es ist ganz gut, wenn die letzten, die wir drin haben, in alte Fehler verfallen und sich uns so zu erkennen geben.«

»Ha!« rief der Sekretär aus. »In den Staaten drüben sind diese alten Fehler urmoderne Einrichtungen.«

»Weiß ich«, erwiderte der Direktor, »aber wenn wir schon vieles nachmachen, so müssen wir doch nicht alles nachmachen, und besonders müssen wir nicht das nachmachen, was in unsre Zeit nicht mehr hineinpaßt. Diese Mittel waren einmal gut, vielleicht, heute sind sie die dümmsten Mittel, die man anwenden kann. Und sie werden auch drüben nur von Eseln angewandt; und Esel haben die da drüben ja viel mehr als wir, wenn es sich um zweibeinige handelt.«

24

Die beiden Beamten mit ihren grünen Schnüren am Rock kamen zu Señor Doux und übergaben ihm das Dokument. Doux bekam einen heillosen Schreck und schrie zu seiner Frau: »Na ja, da haben wir ja die Bolschewistenregierung. Die haben mir einen netten Streich gespielt.«

»Was ist denn los?« fragte seine Frau näher kommend.

»Die haben uns geschlossen.«

»Ich habe es dir ja immer gesagt, laß uns nicht hierhergehen. Das ist ein ganz verrücktes Land, wo es weder Recht noch Gesetz gibt. Du kannst nur immer Steuern zahlen, und zwar tüchtig, aber zu sagen hast du nichts.«

»Sie müssen gleich zumachen«, sagte nun der Beamte, der das Protokoll überreicht hatte, »sonst gibt es ein Strafmandat über hundert Pesos.«

»Die Gäste werden doch wohl noch ihre Getränke austrinken dürfen?« fragte Señor Doux.

Der Beamte sah nach der Uhr und sagte: »Eine halbe Stunde, dann ist Schluß. Sie kriegen einen Wachmann her, der aufpaßt, daß Sie keine Gäste für das Lokal aufnehmen. Den Wachmann müssen Sie bezahlen. Das ist ein Beamter.«

»Ich auch noch den Wachbeamten bezahlen?«

»Sie glauben doch nicht etwa, daß wir ihn bezahlen? Wir haben kein Geld dafür, um umsonst aufzupassen, daß Sie das Protokoll auch einhalten.«

Die beiden Beamten gingen raus und stellten sich vor die Tür, um die halbe Stunde Gnadenzeit abzuwarten. Als sie um war, riefen sie hinein, und Señor Doux schloß wütend die Türen. Nur der Gang für das Hotel blieb offen, weil das Hotel ja die Ruhe und Sicherheit nicht gestört hatte. Im Lokal aber zog keine Ruhe ein, sondern es wurde lebhafter, als es je in den letzten Tagen gewesen war. Die Douxens gerieten sich in die Haare. Sie wurde wie eine Furie, jeder Centavo, der dem Geschäft verlorenging, fraß an ihrem Herzen. Sie watschelte in ihren Pantoffeln hin und her zwi-

schen den Tischen und machte dem Manne das Dasein heiß. Sie trug nur Hänger, gerade so übergeworfen. Die dicken fleischigen Waden waren frei und steckten in hellgelben seidenen Strümpfen. Nacken und der Oberteil der Brust waren auch frei, fleischig und quabbelig. Nur ihre Jugend hielt diese ausgewachsenen Massen in einer Form, die nicht gerade häßlich wirkte, sondern mehr verlokkend. Aber fünf Jahre mehr würden das Verlockende sicher auslöschen, und das Häßliche würde nicht nur bleiben, sondern verstärkt werden. Die Arme guckten ihrer ganzen Länge nach nackt aus den Ärmellöchern des Hängers. Sie hätte, nach dem Aussehen ihrer Arme zu urteilen, als Ringkämpferin auftreten können. Aber es war nur quabbeliges Fleisch, wie alles übrige ihres Körpers. Im Nacken hatte sie einen Fleischwulst, der vorläufig nur schüchtern sich hervorwagte, aber in einigen Jahren Landmarke sein würde. So wie sie jetzt herumlief, lief sie immer im Lokal herum. Wäre es ein andres Lokal gewesen, man hätte sie gut für eine Bordellmutter halten können, mit der nicht gut zu spaßen war. Die Hänger wechselte sie zuweilen. Sie hatte einen grauen, einen rosafarbenen, einen grünen, einen dunkelgelben und einen hellvioletten. Ob sie irgendein andres Kleid besaß, weiß ich nicht. Ich habe nie ein andres an ihr gesehen.
Señor Doux lief auch stets in Hemd und Hose umher. Nur wenn er zum Markt ging, setzte er einen Hut auf. Er trug immer eine schwarze Hose, die er mit einem schmalen Ledergürtel hielt, ein weißes Hemd mit Kragen und schwarzem Schlips. Sein Bauch stand spitz vor, als ob er am Aufblasen sei. Auch die Señora schien einen ähnlichen spitzen Bauch zu haben. Man konnte das nur nicht so beurteilen, weil der Hänger das ausglich. Aber was sie vorn zuviel hatte, fehlte ihr hinten. Das heißt, hinten war schon allerlei vorhanden; aber das proportionale Verhältnis zum Bauch war doch nicht kräftig genug, um der ganzen Figur eine mollige Form zu geben. Und weil vorn viel mehr war als hinten, so sah es in dem Hänger immer so aus, als ob sie hinten nur das Allernotwendigste habe und als ob selbst dieses Allernotwendigste gerade am Überlegen sei, ob es nicht auch noch nach vorn rutschen solle. Jedenfalls brauchte Señor Doux nicht verlegen zu sein, er konnte gut etwas in den Händen halten und brauchte nicht zu befürchten,

sich an Knochen wund zu stoßen. »Du bist ja rein verrückt gewesen«, schrie sie auf ihn ein, »hier in dieses wahnsinnige Land zu gehen.«
»Ich?« schrie er zurück. »Warst du es nicht, die jeden Tag mir die Ohren volljaulte, daß hier das Geld auf der Straße läge und daß man es nur aufzuschaufeln brauche?«
»Du gemeiner Lügner, du«, brüllte sie los, »du dreckiger Marseiller Zuhälter, der du bist, hast du nicht mein ganzes Geld abgehoben und mir gesagt, daß es hier tausend Prozent bringe in zwei Jahren?«
»Habe ich vielleicht nicht recht damit gehabt? Wir sind hierhergekommen mit nichts. Oder wieviel haben wir denn gehabt? Achthundert Pesos. Oder vielleicht mehr? Und jetzt haben sie mir schon achtundsechzigtausend Pesos für das Haus und Café geboten. Und ich verkaufe es nicht dafür, weil es viel mehr wert ist.«
»Mehr wert? Mehr wert?« erboste sie sich. »Nicht einen Dreck ist es wert. Wo denn? Es ist zu. Die werden dir kaum die Ziegelsteine bezahlen. Aber das habe ich dir ja schon damals gesagt, als die neue Regierung ans Ruder kam. Wie heißt denn der Hund, der Obregon, der Spitzbube! Da war es vorbei.«
»Wir haben doch erst seitdem angefangen, zu etwas zu kommen. Oder vielleicht vorher? Vorher vielleicht? Wo wir einhundert Pesos nach den andern schmieren mußten, um die Augen aufbehalten zu dürfen. Jeder hielt die offene Hand hin.«
»Und jetzt«, widersprach sie ihm, »ist es jetzt anders? Jetzt stehen die Leute immer mit der offnen Hand da. Erst die Küche, nun die Kellner, und du wirst sehen, die Bäckerei kommt auch noch hintennach. Dann können wir heimfahren, bettelarm.«
»Laß mich jetzt in Ruhe, zum Donnerwetter noch mal«, schrie er in voller Wut. »Du verdirbst alles mit deiner Habgier und mit deinem verfluchten Geiz.«
»Ich geizig? Geizig ich? Wo ich doch das ganze Geld zusammenhalten muß, weil du es sonst verhuren würdest mit den Weibsbildern. Und das nennst du geizig? Du freilich kümmerst dich nicht um die Kinder und was daraus wird. Du gehst huren, und ich habe die Kinder am Halse.«
Da hörten wir ja feine Familiengeheimnisse. Ich glaube kaum, daß

die Señora recht hatte; denn ich wüßte nicht, wann er sich Zeit genommen hätte, Seitensprünge zu machen. Aber solche Auseinandersetzung war wohl das, was man ›ein eheliches Zwiegespräch‹ nennt. Denn die beiden lebten in durchaus glücklicher Ehe und Harmonie. Diese glückliche Ehe wurde nur eben dadurch gestört, daß Arbeiter anfingen, aufzuwachen und die Gewinne derer zu überrechnen, für die sie arbeiteten. Solches Überrechnen stört zuweilen Könige und ganze Staaten. Warum soll es nicht auch die Harmonie von Ehen stören?
Diese ehelichen Zwiegespräche wurden in den nächsten Tagen nicht nur heftiger, sondern auch häufiger. Sie füllten das ganze Tagesleben der beiden Doux aus und zogen sich die ganze Nacht hin, wenn die beiden nebeneinander im Bett lagen. Dadurch lernten wir das ganze Leben der beiden kennen, von dem Tage an, wo sie geboren wurden, bis zu der Stunde, wo sie sich im Bett schlugen, Lampen und Waschschüsseln und Nachttöpfe zerhämmerten. Das alles hatte ihr Freund, der Polizeiinspektor, verursacht. Sie aber behaupteten, die junge Organisation, das ›Syndikat der Hotel- und Restaurantangestellten‹, sei schuld. Nicht schuld an den ehelichen Liebesgesprächen, wohl aber an der allmählichen Verschiebung der Machtverhältnisse im Lande.
Als sie beide jenes Stadium erreicht hatten, in dem sie mit der Absicht umging, ihm Rattengift in den Kaffee zu mischen, und er die ganze Nacht hindurch an das Rasiermesser dachte, mit dem er ihr die Kehle durchschneiden wollte, bewies er, daß der Mann der Frau überlegen ist.
Er ging zum Polizeidirektor und fragte, was zu tun sei, um die zweimonatige Schließung des Lokals aufzuheben. Der Polizeidirektor sagte ihm, daß er da gar nichts tun könne; die Schließung sei für zwei Monate angeordnet, der Gouverneur habe es bestätigt, und ehe die zwei Monate nicht vorüber seien, könne er nicht wieder öffnen.
»Dann bin ich bankrott«, sagte Señor Doux. »Und dann haben die Kellner und Bäcker keine Arbeit mehr.«
»Machen Sie sich nur darum keine Sorge, Señor«, erwiderte der Direktor, »solange Leute Brot essen wollen, so lange werden auch Leute, die Brot backen, Arbeit finden, und solange jemand im

Café sitzen und Erdbeereis löffeln will, wird man auch Kellner verlangen, die es ihm auf den Tisch stellen. Das sehen Sie ja an der ›La Moderna‹, die ist jetzt immer gut besucht. Alle Ihre Gäste sind da. Aber ich kann nichts tun. Das Lokal ist geschlossen, und es bleibt zwei Monate geschlossen.«
Am Nachmittag dieses Tages traf Señor Doux den Morales.
»Hören Sie, Morales, ich will alles bewilligen«, sagte ihm Doux in bescheidener Ansprache, »können Sie nicht dafür sorgen, daß mein Lokal wieder aufgemacht wird?«
Morales sah ihn von oben bis unten an und gab ihm zur Antwort: »Wer sind Sie denn? Ach so, Sie sind ja der Doux vom Café La Aurora. Wir haben mit Ihnen nichts zu tun. Unsre Beziehungen sind nun gelöst. Wenn Sie was wollen, gehen Sie zum Syndikat. Aber uns geht das nichts an. Adios.«
Señor Doux schrieb einen Brief an das Syndikat, daß er den Herrn Sekretär sprechen wolle, er bitte ihn höflichst, zu ihm zu kommen, um die Angelegenheit in dem Kellnerstreik mit ihm zu besprechen.
Am andern Tage erhielt Señor Doux die Antwort vom Syndikat. Es waren keine Höflichkeitsfloskeln darin enthalten, sondern nur in einem kurzen klaren Satze war gesagt: ›Wenn Sie etwas vom Syndikat wünschen, das Bureau ist: Calle Madero Nr. 18. Segundo Piso. Der Sekretär.‹
Er hielt es nicht einmal für nötig, der Sekretär, seinen Namen zu nennen. Was blieb Señor Doux übrig, er mußte gehen; denn das Rasiermesser verfolgte ihn Tag und Nacht, und selbst wenn er aß, hatte er das Gefühl, daß sein Tischmesser ein Rasiermesser sei.
»Setzen Sie sich da in den Vorraum«, sagte ein Arbeiter, der im Bureau aushalf. »Wir haben noch zu tun, eine Besprechung. Es wird nicht lange dauern.« Es dauerte aber doch über eine halbe Stunde, und Señor Doux hatte inzwischen Zeit, die Sinnsprüche, die an den Wänden hingen, auswendig zu lernen. Jeder dieser Sprüche erregte zuerst seine Wut. Je länger er sie aber studierte, desto mehr Angst bekam er vor den Dingen, die ihm hinter der Tür bevorstanden, wo er eine Schreibmaschine klappern hörte.
Endlich kam der Arbeiter und sagte: »Señor, der Sekretär will Sie sprechen.«

25

Señor Doux schluckte, als er den kleinen Raum des Sekretärs betrat. Er hatte beabsichtigt, dem Sekretär gleich fest in die Augen zu sehen; aber er kam nicht dazu. Denn hinter dem Sekretär war über die ganze Wand eine Fahne, zur Hälfte rot, zur andern Hälfte schwarz, gespannt, und darüber stand in dicken Lettern: Proletarios del mundo, unidos! (Proletarier aller Länder, vereinigt euch!) Das machte Señor Doux ganz verwirrt. Er hatte plötzlich den Eindruck, als ob da vor ihm nicht der Sekretär sitze, sondern alle Kellner der ganzen Welt ihn wütend anblickten. Seine Stimme, die so fest sein sollte, wurde ganz zaghaft, als er nun sagte: »Guten Tag, ich bin Señor Doux vom Café La Aurora.«
»Gut. Setzen Sie sich. Was wünschen Sie?« fragte der Sekretär.
»Ich möchte gern wissen, ob Sie veranlassen können, daß mein Café wieder geöffnet wird.«
»Das können wir veranlassen«, erwiderte der Sekretär. »Sie brauchen nur die Bedingungen zu erfüllen.«
»Oh, ich bin bereit, alles zu bewilligen, was die Kellner fordern.«
Der Sekretär nahm einen kleinen Zettel, warf einen Blick darauf und sagte: »Die Forderungen sind nicht mehr die gleichen, die gestellt wurden, als die Kellner Ihnen die Mitteilung machten.«
»Nicht mehr die gleichen?« schluckte Doux erschreckt.
»Nein. Es sind fünfzehn Pesos die Woche«, sagte der Sekretär geschäftsmäßig.
»Die forderten aber nur zwölf.«
»Das ist leicht möglich. Aber dann wurde gestreikt. Und Sie verlangen doch nicht etwa, daß die Leute umsonst streiken. Jetzt macht es fünfzehn. Hätten Sie gleich bewilligt, wäre es bei zwölf geblieben.«
»Gut«, erwiderte Doux, sich aufrichtend, »ich bewillige die fünfzehn Pesos.«
»Freitag ist Zahltag. Freitags für die ganze Woche. Diese unpünktlichen Zahlungen können wir nicht mehr zulassen«, sagte der Sekretär.

»Aber das kann ich nicht so ohne weiteres machen. Wir haben das immer so gemacht, daß wir zahlten, wenn wir das Geld eben gerade dazu frei hatten.«
Der Sekretär sah auf: »Was Sie immer getan haben, geht uns nichts an. Wir bestimmen, was Sie von nun an zu tun haben. Mit dieser alten Wirtschaft, wie sie Hunderte von Jahren bestanden hat, wollen wir nun endlich ein Ende machen. Da ist die Arbeit, hier ist der Lohn. Ebenso pünktlich, wie Sie die Arbeit von den Leuten verlangen, haben Sie den Lohn zu zahlen!«
»Das wird aber schwer gehen«, verteidigte Doux seine Position. »Dann fehlt mir oft das Geld für Einkäufe.«
»Das kümmert uns nichts. Löhne gehen vor, sonst fehlen den Leuten die Pesos, um ihre Einkäufe zu machen. Und wir denken, es ist besser, daß Ihnen das Geld für Einkäufe fehlt als den Arbeitern.«
Señor Doux atmete schwer. »Aber am Samstag ist doch erst die Woche um. Warum soll ich da Freitag schon den Lohn zahlen?«
»Warum? Warum? Ist Ihnen denn das nicht klar?« Der Sekretär tat ganz erstaunt. »Der Arbeiter borgt Ihnen ja sowieso schon fünf Tage Lohn. Er gibt Ihnen seine Arbeitskraft fünf volle Tage, während Sie mit dem Kapital Geschäfte machen. Wie kommt denn der Arbeiter überhaupt dazu, Ihnen fünf Tage Arbeit zu borgen? Eigentlich sollten Sie Montag früh im voraus für die ganze Woche bezahlen, das würde sich gehören. Aber so weit wollen wir nicht gehen.«
»Gut, also damit bin ich auch einverstanden. Auch mit dem einen Vollessen und dem Kaffee mit Zugebäck. Dann ist ja wohl das alles in Ordnung?« Señor Doux stand auf.
»Setzen Sie sich nur noch einen Augenblick«, lud ihn der Sekretär ein. »Da sind noch einige Nebenfragen zu erledigen. Die Streiktage müssen Sie bezahlen.«
»Ich? Die Streiktage bezahlen?« schrie Señor Doux. »Ich soll auch noch die Faulenzerei bezahlen?«
»Streik ist keine Faulenzerei. Und wenn bei Ihnen gestreikt wird, müssen Sie den vollen Lohn weiterzahlen. Streik ist auch Arbeit. Sonst könnten Sie alle, die ganzen Hotelbesitzer und Kaffeehausbesitzer, uns ja zu einem langen Streik treiben, um unsre Kassen

zu zerstören, so daß wir nie wieder streiken könnten. Nein, Señor, darauf lassen wir uns nicht ein. Der Streik wird von uns finanziert. Wir sind nur die Lehnsbank für die Arbeiter. Aber zu zahlen haben Sie den Streik. Sie haben ja Zeit, reichlich, sich zu überlegen, ob Sie es zum Streik kommen lassen wollen oder nicht. Die Kriegskosten muß der bezahlen, der den Frieden braucht, um wieder Geschäfte zu machen.«

»Das ist die größte Ungerechtigkeit, die mir je vorgekommen ist«, rief Señor Doux.

»Ich will Ihnen nicht die Ungerechtigkeiten hier vorzählen, die Sie und Ihresgleichen jahrelang verübt haben«, sagte der Sekretär.

»Es bleibt mir wohl nichts andres übrig, ich muß auch das bezahlen«, gestand Doux nun kleinlaut.

»Am besten gleich heute«, erklärte der Sekretär, »denn morgen kostet es bereits einen Tag mehr.«

»Dann werde ich noch vor fünf Uhr herkommen und alles bezahlen«, sagte Señor Doux und erhob sich abermals.

»Bringen Sie aber etwas mehr mit«, warf der Sekretär ein, während er sich gleichfalls erhob.

»Noch mehr?« fragte Señor Doux erschreckt.

»Ja, ich denke, Sie wollen das Café jetzt schon geöffnet haben und nicht erst nach zwei Monaten.«

»Ist denn das nicht damit verbunden, wenn ich alles bewillige?« Señor Doux wurde ganz nervös.

»Keineswegs«, erwiderte der Sekretär. »Das Schließen des Lokals hatte andre Gründe als den Streik. Das wissen Sie wohl recht gut. Sie haben den Inspektor aufgefordert, den Streikposten einen Denkzettel zu geben.«

»Das habe ich nicht getan«, wehrte sich Doux.

»Wir sind darüber andrer Meinung. Es ist jedenfalls in Ihrem Lokal geschehen, und Sie sind für die Vorgänge in Ihrem Lokal verantwortlich. Sie konnten es leicht verhindern, daß so etwas vorkommen konnte.«

»Dann sagen Sie doch schon, was ich noch zu tun habe«, drängte Señor Doux.

»Sie haben zehntausend Pesos in die Kasse unsres Syndikats zu

zahlen als Sühnegeld. Sobald Sie die Summe eingezahlt haben, werden wir für Sie die Garantie übernehmen, und dann kann das Café geöffnet werden, und die Siegel werden abgelöst.«
»Zehntausend Pesos soll ich zahlen?« Señor Doux war wieder in den Stuhl gefallen. Der Schweiß brach ihm aus.
»Sie brauchen es nicht zu bezahlen. Wir zwingen Sie nicht. Dann bleibt das Café zwei Monate geschlossen.« Der Sekretär wurde ganz trocken und kaufmännisch. »Natürlich haben Sie nach zwei Monaten die Löhne für die Kellner für die vollen zwei Monate nachzuzahlen. Die können doch nicht verhungern. Und wir können ihnen leider nicht erlauben, andre Arbeit anzunehmen, weil sie sich bereit halten müssen, bei Ihnen wieder anzufangen, sobald Sie öffnen. Wir können doch nicht zugeben, daß Sie eines Tages, wenn Sie öffnen wollen, keine Kellner haben und vielleicht geschäftlichen Schaden erleiden. Und damit Sie gleich im klaren sind, ein für allemal: Es ist nicht unsre Absicht, das Geschäftsleben zu vernichten oder auch nur zu stören. Durchaus nicht. Aber es ist unsre Absicht, dafür zu sorgen, daß der Arbeiter von dem, was er produziert, nicht nur einen angemessenen Anteil erhält, sondern den Anteil, der ihm zukommt bis zu der höchsten Grenze, die das Geschäft tragen kann. Und diese Grenze ist viel höher, als Sie glauben. Damit beschäftigen wir uns augenblicklich besonders eingehend, die Tragfähigkeit jedes Arbeitszweiges zu errechnen. Arbeitszweige, die dem Arbeiter nicht so viel eintragen, daß er ein Leben führen kann, wie es einem Menschen von heute zukommt, sollen zugrunde gehen. Dabei wollen wir helfen. Und wenn solche Arbeitszweige wichtig sind für die Allgemeinheit, dann werden wir dafür sorgen, daß die Allgemeinheit dem Arbeiter ein menschenwürdiges Dasein gewährleistet. Daß Ihr Café für die Allgemeinheit wichtig wäre, bestreite ich. Aber es ist nun einmal da. Und solange Sie es dazu benutzen, Ihr Vermögen zu vergrößern, bringt es auch genügend ein, um anständige Löhne zu zahlen. Wenn Sie nichts mehr verdienen können, werden Sie schon von selber zumachen. So, das habe ich Ihnen gesagt, damit Sie nicht denken, wir sind Erpresser. Nein, wir wollen nur, daß die Leute, die Ihnen ein Vermögen produzieren, den Anteil bekommen, auf den sie ein Recht haben. Für Sie bleibt noch genug übrig.«

Señor Doux hatte das sicher nur zur Hälfte verstanden. Er saß ganz verdöst da. In seinem Kopfe surrten nur immer jene zehntausend Pesos herum, die er da auf den Tisch legen sollte. Er traute sich nicht ja zu sagen aus Angst vor seiner Señora. Aber ebensowenig traute er sich, ein glattes Nein hier hinzuwerfen, gleichfalls aus Angst vor der Señora. Er wußte ja nicht, was sie vorziehen würde. Jeder Tag des Zögerns kostete Geld. Schließlich kam es auf mehr heraus als auf diese zehntausend Pesos, wenn er zwei Monate geschlossen halten mußte und dann außerdem die Löhne nachzuzahlen hatte. So arbeitete er mit den Summen in seinem Kopfe, bis er halb verrückt wurde.
Er stand auf und sagte: »Ich werde es mir überlegen.«
Er verließ das Bureau, ging die Treppe hinunter und trat auf die Straße. Er wischte sich den Schweiß und schnappte nach Luft. Dann machte er sich auf den Heimweg. Dabei kühlte er ab und fing an, die Sache ruhig zu überlegen. Er rechnete auf einem Papierstückchen hin und her und kam endlich zu der Überzeugung, daß es billiger sei, sofort alles zu bezahlen.
Nun aber Señora Doux. Ging er erst heim, so gab es die furchtbarsten Kämpfe. Sagte er ein bündiges Nein, würde sie sagen: »Warum hast du nicht ja gesagt?« Umgekehrt hätte sie gesagt: »Warum hast du nicht nein geantwortet?« Er konnte in diesem Falle tun, was er wollte, er würde es ihr nie recht machen, denn es kostete Geld, und zwar reichlich Geld. Und in allen Dingen, die Geld kosteten und nicht das Doppelte einbrachten, gab es Krakeel. Endlich aber packte ihn ein stolzer Mannesmut, einmal seinen Willen ganz allein, und ohne seine Frau zu fragen, durchzusetzen. Und er dachte das am besten in der Weise zu tun, daß er eine Entscheidung traf, die sie in die hellste Wut treiben müßte. Und das war, sofort zur Bank zu gehen, das ganze Geld, das nötig war, abzuheben und sofort wieder, ohne auch nur seine Frau zu sprechen, zum Bureau zurückzugehen und alles glatt zu bezahlen.
Eine halbe Stunde später war er im Bureau, zahlte jeden Peso, der aufgesetzt war, und dann sagte ihm der Sekretär: »Abends um sieben dürfen Sie ihr Café wieder aufmachen. Ich werde dafür sorgen, daß Ihnen bis dahin das Aufhebungsprotokoll zugestellt wird.«

Señor Doux faltete die Quittungen zusammen, nachdem die Marken draufgeklebt waren, und sagte dann: »Ich habe nur eine kleine Einwendung zu machen.«
»Ja?« fragte der Sekretär.
»Ich soll doch jetzt die Löhne freitags zahlen für die ganze Woche?«
»Allerdings«, erwiderte der Sekretär.
»Was dann aber, wenn der Mann am Samstag nicht wiederkommt? Dann hat er ja einen Tag Lohn, mit dem er fortgelaufen ist.«
»Sehen Sie mal an«, sagte der Sekretär lächelnd, »wie gut Sie rechnen können. Das hätte ich gar nicht von Ihnen erwartet. Sie sind ja bisher den Leuten manchmal sechs Wochen lang mit dem Lohn davongelaufen, nicht nur mit einem Tag, nein, mit sechs Wochen Lohn.«
»Aber die Leute haben doch dann immer ihren Lohn bekommen, und ich bin ihnen doch sicher.« Señor Doux warf sich in die Brust.
»Ob Sie so sicher sind, ist noch sehr die Frage. Sie können ja unter der Hand verkaufen und laufen davon mit den stehenden Löhnen. Aber das kommt vielleicht nicht vor. Was aber vorkommt, das ist, daß Sie immer einige Wochen lang die Löhne festhalten und mit diesem Gelde, das den Kellnern gehört, Geschäfte machen, ohne den Leuten Zinsen dafür zu zahlen. Wie kommen die Leute dazu, Ihnen Geld kostenlos vorzustrecken? Das wird nun aufhören. Sie können noch froh sein, daß wir nicht anordnen, die Löhne werden Mittwoch abend für die ganze Woche bezahlt, so daß also das Risiko auf halb und halb geht. Lassen wir es bei Freitag. Wenn Sie anständig zu den Leuten sind, läuft Ihnen schon keiner mit dem einen Tag Lohn davon. Und sollte es wirklich einmal einer tun, so werden Sie daran nicht zugrunde gehen. Also diese Frage ist nun geklärt. Besser, Sie beeilen sich, daß Sie bis um sieben mit allem fertig sind und Ihre Gäste zufriedenstellen können.«
Señor Doux verließ das Bureau und ging heim.

26

»Das ist ganz vernünftig, daß du das gemacht hast«, sagte seine Señora wider Erwarten. »Wenn es nach mir gegangen wäre, dann hätten wir das alles sparen können.«
»Nach dir?« fragte Señor Doux erstaunt. »Es ist ja alles nach dir gegangen. Du hast mir ja geraten, ich sollte die Kellner alle rausfeuern, es wären genug auf der Straße, die froh seien, wenn sie dafür arbeiten könnten.«
»Das ist doch auch richtig«, erwiderte Señora Doux. »Sie laufen uns ja das Haus ein, um Arbeit zu kriegen. Daß mit einem Male niemand kommen würde außer diesen beiden Vagabunden, hatte ich nicht gedacht. Das war mein ganzer Fehler in der Rechnung. Laß nur gut sein, wir holen das Geld schon wieder herein; die Bäckerei und die Konditorei müssen es bringen. Die sind ja anständiger als die Kellner, die sind ja keine Bolschewisten.«
So war es. Die Bäckerei und die Konditorei mußten den Schaden gutmachen. Señor Doux tat etwas für Reklame. Er ließ in den Kinos und in den Zeitungen inserieren, was für gute Brötchen er backe, wie gut seine Kuchen und Torten seien und wie vorzüglich das Kleingebäck.
Das hatte zur Folge, daß wir jeden Abend nun um elf, samstags um zehn anfangen mußten und daß es dann durchging bis zum andern Tage nachmittags um vier oder fünf. Das wurde nun schon die Regel. Wem es nicht gefiel, der hörte auf. Das war Señor Doux recht angenehm. Dann erklärte er, daß niemand wegen Arbeit nachfragen käme, und wir mußten eine Weile für den einen oder gar zwei, die aufgehört hatten, noch mitarbeiten.
In Wahrheit aber war es so, daß Señor Doux so lange wie nur irgend möglich den fehlenden Mann nicht ersetzte, um den Lohn für ihn zu sparen. Denn wir schickten ihm Leute zu, die er nicht nahm und zu denen er sagte, es sei nichts frei. Das ging dann so lange, bis wir einfach Bestellungen liegen ließen. Wenn es sich um Bestellungen handelte, die für einen Geburtstag oder einen Namenstag sein sollten, dann gab es immer Unannehmlichkeiten für

Señora Doux. Er drückte sich, und sie hatte sich mit der Kundschaft herumzuschlagen. Endlich wurde es ihr zu bunt, und sie selbst nahm einen oder zwei neue Leute an, immer die billigsten, die nichts von der Bäckerei verstanden und auch nicht genügend Intelligenz besaßen, es rasch zu begreifen.

Mit Señor Doux hatte der Meister auch jeden Tag seine Auseinandersetzungen. Den einen Tag fehlte der Zucker. Der Meister ging zu Doux und sagte ihm, daß wir zweihundert Kilo Zucker benötigten.

»Gut, gut«, erwiderte Señor Doux, »werde ich gleich bestellen.«

Aber er bestellte nicht, nur um ein paar Tage länger das Geld in der Tasche behalten zu können. Dann kam eine Stunde, in der überhaupt kein Zucker da war und wir uns mit den Kellnern herumschlugen, die in die Backstube kamen, um auch noch den letzten Rest Zucker für das Café herauszuholen, wo die Gäste vor leeren Zuckerdosen saßen. Dann sauste Señor Doux los, um rasch den Zucker heranzuschaffen. Wir konnten mit unsrer Bäckerei dann stehen und warten, konnten nicht weiterarbeiten, bis der Zucker da war, konnten aber auch nicht zu Bett gehen, weil die Ware noch fertig werden mußte und wir auf den Zucker zu warten hatten. So ging es mit den Eiern. Da waren fünfhundert Kisten bestellt. Die kamen auch. Dann, wenn wir an den letzten fünfzig Kisten arbeiteten, sagte der Meister dem Señor Doux: »Eier müssen bestellt werden.«

»Hat es nicht Zeit bis morgen?« fragte Doux.

»Ja, bis morgen hat es Zeit, aber dann müssen sie bestellt werden.«

»Gut denn«, sagte Doux, und er war recht zufrieden, daß er bis morgen warten durfte.

Am folgenden Vormittag hatte der Meister dann wieder reinzulaufen. »Es wird aber höchste Zeit, übermorgen sind wir fertig mit den Eiern.« Diesmal fragte Doux nicht, ob es Zeit habe bis morgen, sondern er wartete selbst auf eignes Risiko bis morgen. Und dann kam richtig die Stunde, wo wir umherstanden und auf die Eier zu warten hatten.

Und ebenso ging es mit dem Eis. Das Speiseeis sollte bis zwei Uhr fertig sein. Die Masse hatten wir längst fertig. Aber das Roheis kam nicht, weil Doux es zu spät bestellt hatte. Dann kam es statt

um eins um drei oder um vier, und wir hatten zu warten und umherzustehen, weil wir nicht Schluß machen konnten, ehe das Eis für das Café fertig war.
So wurde mit unsrer Zeit gewüstet. Es war nicht alles reine Arbeitszeit, nein, es war verwüstete Zeit, die wir nutzlos vergeuden mußten, nur weil Señor Doux ein paar Stunden länger sein Geld behalten wollte und weil unsre Arbeitszeit, unsre Lebenszeit ja nicht für Stunden, sondern für die ganze Woche von ihm gekauft wurde. Und jede Minute unsres Lebens gehörte ihm, nicht uns. Er bezahlte dafür.
Wenn es uns nicht gefiel, gut, wir konnten ja gehen. Wir konnten gehen und verhungern. Arbeitsgelegenheit war rar. Und die Arbeit, die zu haben war, wurde von den Eingeborenen weggeschnappt, die es für einen Lohn taten, von dem man nicht leben kann, selbst wenn man Eingeborene davon mit ihren Familien leben sieht. Was blieb einem übrig? Verhungern oder tun, was dem Herrn beliebte. Mit den Kellnern konnte er nicht mehr tun, was ihm beliebte. Wir hatten jetzt alles das mit zu übernehmen, was er an ihnen nicht verüben konnte. Wir waren Gesindel. Wenn wir gingen, zwanzig andre warteten, überselig, in eine Bäckerei zu kommen, wo es nicht nur Brot reichlich zu essen gab und Kuchen, nein, wo es sogar Mahlzeiten gab, so gut, wie sie diejenigen, die als Arbeiter für die Bäckerei in Frage kamen, nie auf ihrem Tische gesehen hatten.
Die Kellner waren Mexikaner oder Spanier, intelligente Burschen, aufgeweckt und rührig. Aber wir in der Bäckerei waren zusammengelesenes Gesindel, ohne Familie, ohne Wohnort. Einige konnten nicht einmal Spanisch sprechen. Die Arbeitsverhältnisse und Löhne boten auch nicht die geringste Anziehungskraft für Arbeiter, die Klassenstolz haben. Bürgerstolz hatten wir schon. Aber mit Bürgerstolz kann man die Lebensverhältnisse des Arbeiters nicht verbessern. Denn Bürgerstolz hat der Unternehmer selbst genug, und er weiß, wie er ihn zu seinen Gunsten zu gebrauchen hat. Das ist sein Schlachtfeld, wo er jeden Kniff kennt und jeden Angriff mit Erfolg zu parieren versteht. Wir strebten nur danach, etwas zu sparen und dann einen kleinen Handel anzufangen oder das Reisegeld zusammenzubekommen, um nach Kolum-

bien zu gehen. Wir versuchten aus dem Acker, den wir bebauten, soviel wie nur möglich herauszuholen. Ob die, die nach uns auf diesem Acker sich ansiedeln mußten, darauf verreckten, das war uns gleichgültig. Jeder ist sich selbst der Nächste. Ich grase einmal ab und ziehe auch noch die Wurzeln mit heraus, wenn das Gras nicht langt. Nach uns die Sintflut. Was gehen mich meine Mitsklaven an?
Señor Doux und alle seine Geschäftskollegen in der Stadt verstanden es schon, uns jede Möglichkeit zu nehmen, nachdenken zu lernen. Es ist ja hier Neuland. Jeder hat nur einen Gedanken: reich zu werden, recht rasch reich zu werden; ohne Rücksicht darauf, was aus dem andern wird. So machen es die Ölleute, so die Minenleute, so die Kaufleute, so die Hotelbesitzer, so die Cafeteros, so jeder, der ein paar Kröten hat, um etwas auszubeuten. Wenn er kein Ölfeld, keine Silbermine, keine Ladenkundschaft, keine Hotelgäste ausbeuten kann, so beutet er den Hunger der zerlumpten Arbeiter aus. Alles muß Geld bringen, und alles bringt Geld. In den Muskeln und Adern hungernder Arbeiter liegt das Gold genausogut aufgespeichert wie in den Goldminen. Goldminen auszubeuten erfordert oft große Kapitalien und ist häufig mit einem großen Risiko verknüpft. Die Goldminen, die hungernde Arbeiter in ihren Kadavern tragen, sind bequemer auszubeuten als unsichere Ölfelder, wo man zehnmal auf zweitausendfünfhundert Fuß bohren kann mit großen Kosten und nichts als tote Brunnen macht. Solange der Arbeiter seine Knochen rühren kann, ist er kein toter Brunnen. Da ist der Ungar Apfel. Er kam her mit einigen hundert Pesos und fand keine Arbeit. Dann mietete er sich eine kleine Baracke und kaufte bei einem Althändler Werkzeuge und bei einem andern Althändler altes Blech. Davon machte er Eimer und Wassertanks.
Eines Tages kam ein Amerikaner vorbei und fragte: »Können Sie mir nicht einen Tank machen?«
»Den kann ich machen, wenn Sie mir hundert Pesos Vorschuß geben«, erwiderte Apfel.
Er konnte ihn aber nicht machen.
Dann traf er in einer chinesischen Speisewirtschaft einen hungrigen und zerlumpten Landsmann aus Budapest, der vor der Blut-

gier des Herrn Horthy hatte fortrennen müssen. Der kam in die Wirtschaft und kam auch an den Tisch Apfels und fragte bescheiden mit seinen paar Brocken Spanisch, ob er nicht das halbe Brötchen da haben könne, das Apfel noch auf dem Teller liegen hatte und das abgeräumt werden sollte. »Nehmen Sie es«, sagte Apfel. »Was sind Sie denn für ein Landsmann?«
»Ungar«, antwortete der Mann.
Und nun sprachen sie ungarisch.
»Suchen Sie Arbeit?« fragte Apfel.
»Ja, schon lange, aber es ist nichts zu kriegen.«
»Nein, es ist nichts zu kriegen«, bestätigte Apfel. »Aber ich kann Ihnen Arbeit verschaffen.«
»Wirklich?« sagte der Mann erfreut. »Ich wäre Ihnen ja so dankbar dafür.«
»Aber es ist vierzehnstündige Arbeitszeit.«
»Das macht nichts«, erwiderte der Mann, »wenn es nur Arbeit ist und ich zu essen habe.«
»Der Lohn ist auch nicht hoch. Nur gerade zwei Pesos fünfzig.«
»Damit wäre ich schon zufrieden.«
»Dann kommen Sie nur morgen früh dorthin«, sagte Apfel und machte dem Manne klar, wo er seine Werkstatt habe. »Da arbeite ich auch, ich habe da einen kleinen Kontrakt übernommen.«
»Da bin ich ja recht froh, daß ich mit einem Landsmann zusammenarbeiten kann.«
»Das dürfen Sie auch«, sagte Apfel, »denn irgend jemand anders stellt Sie nicht ein. Es ist durchaus keine Arbeit zu haben.«
Der Mann kam und fing an zu arbeiten. Und er arbeitete tüchtig. Vierzehn Stunden am Tage. In tropischem Lande. In einer Holzbaracke unter einem Wellblechdach. Man kann eine solche Arbeit nicht beschreiben. Man kann nur dabei zusammenbrechen oder ein Skelett werden. Zwei Pesos fünfzig den Tag. Fünfzig Centavos für die Nacht in einem Bett, nein, kein Bett, ein Holzgestell, über das ein Stück Segeltuch gespannt ist. In einer Lumpenherberge, wo Wanzen und Tausende von Moskitos die Nacht zur Hölle machen. Fünfzig Centavos für Mittagessen beim Chinesen und fünfzig Centavos für Abendessen beim Chinesen. Zwanzig Centavos für ein Glas Kaffee und zehn Centavos für zwei trockene Brötchen.

Ein paar Zigaretten den Tag. Ein Glas Eiswasser für fünf Centavos oder auch zwei oder drei im Laufe des Tages. Dann geht auch das Hemd in die Brüche, die Schuhe waren schon hinüber, ehe er anfing zu arbeiten, und ein Paar neue kosten einen vollen Wochenlohn, ein Hemd zwei Tage Lohn, vorausgesetzt, man ißt nichts. Das geht zwei Wochen, das geht drei Wochen, das geht vielleicht sogar vier Wochen. Dann muß er ins Hospital gebracht werden. Als Landarmer. Vielleicht kann man den Konsul zum Zahlen bringen, vielleicht nicht. Malaria, Fieber, wer weiß was. Zwei Tage darauf kommt er in eine Holzkiste und wird verscharrt.
Apfel aber hat seinen Kontrakt erfüllt und drei neue Tanks in Auftrag bekommen. Er findet immer wieder hungernde Landsleute. Wenn es keine Ungarn sind, dann Österreicher oder Deutsche oder Polen oder Böhmen. Sie schwirren ja nur so herum. Alle sind ihm ja so dankbar dafür, daß er ihnen Arbeit gibt, jetzt nur noch zwölf Stunden den Tag, weil er modern wird und kein Ausbeuter ist. Aber zwei Pesos fünfzig und dem Antreiber drei Pesos fünfzig. Denn den Antreiber braucht er, weil er – es sind nur gerade vier Jahre, seit er den ersten Tank baute – im eignen Auto spazierenfährt und sich im amerikanischen Viertel ein schönes Haus bauen ließ. Auch die Knochen der Landsleute, denen man Wohltaten erweist und die infolge der Wohltaten, infolge der Überarbeit, infolge der Schlafhöhlen, in denen sie ihre Nächte verbringen, infolge der schlechten Ernährung dutzendweise am Fieber verrekken und als Niemand verscharrt werden, kann man zu Gold machen.
In Budapest schreiben die Zeitungen: ›Unser Bürger Apfel hat durch Tatkraft und Unternehmungsgeist da drüben in wenigen Jahren ein Riesenvermögen gemacht.‹ Möchten doch die Zeitungen immer so genau die Wahrheit drucken wie in diesem Falle. Reichtümer über Nacht werden hier gemacht! Das ist richtig. Man hat nichts weiter nötig, als die Goldminen auszubeuten.
Und die Fremden können es am leichtesten. Wenn ihnen von den Nichtlandsleuten ein Strich durch die Rechnung gemacht werden soll, dann stehen sie unter dem Schutze ihrer hohen Gesandtschaft, und das freie Amerika droht mit dem militärischen Einmarsch.

27

Wir schliefen nicht in einer Lumpenherberge, aber doch auch in einer Schlafhöhle. Haus konnte man es nicht gut nennen. Es war eine große Holzkiste mit einem Blechdach. Das Licht kam nur durch die Tür herein und durch die Fensterluken, die weder Glas noch Drahtgaze hatten. Es führte eine Holztreppe hinauf in den Raum, sechs Stufen. Unter dem Hause lagen alte Eierkisten und leere Schmalzdosen, alte Stricke und morsche Lumpen. In der Regenzeit war das alles ein wüster Schlamm und eine wundervoll ideale Brutstätte für Hunderttausende von Moskitos.
Der Raum war gerade groß genug, daß man zwischen den Klappgestellen, die man Betten nennen muß, weil sie sie vorstellen sollen, vorbeigehen und sich dazwischen ankleiden konnte. Der Raum diente nicht nur uns zum Aufenthalt, sondern auch großen Eidechsen und fingerlangen Spinnen. Außerdem trieben sich da noch immer drei Hunde herum. Einer von ihnen war immer krank und hatte die Räude oder so etwas Ähnliches. Er sah grauenerregend aus. Wenn er sich besserte, bekam der andre die Krankheit. Aber die Hunde liebten uns sehr, und darum jagten wir sie nicht fort. Sie waren oft unser einziges Vergnügen, wenn wir keine Zeit hatten, mal auf die Straße zu gucken, sondern nur gerade so auf die Segelleinwand fielen und vor Übermüdung nicht einschlafen konnten.
Hin und wieder wurde der Raum von einem von uns ausgefegt. Gescheuert wurde er nie. Da aber das Dach leckte, so bekamen wir reichlich Wasser in die Bude, wenn ein tropischer Wolkenbruch losging, was im letzten Monat der Regenzeit alle halbe Stunde geschah. Wir wurden dann natürlich auch naß, und unser Schlafen bestand dann darin, daß wir immerfort aufstehen mußten, um das Schlafgestell unter eine Stelle des Daches zu schieben, wo wir glaubten, daß da kein Regen hindurchkäme. Aber der Regen folgte uns mit beharrlicher Bosheit, wohin wir uns auch verkrochen.
Wir hatten jeder ein Moskitonetz. Aber das klaffte an einem hal-

ben Dutzend Stellen auseinander. Und die Moskitos fanden nicht nur die klaffenden Stellen sehr leicht, sondern ebenso leicht und sicher jene Stellen, wo wir glaubten, da könne kein Loch sein. Wir nähten an den Netzen herum, so gut wir konnten. Aber am nächsten Tage waren sie neben dem alten Loch wieder aufgerissen. Man darf ruhig sagen, jedes Netz bestand nur aus großen Löchern, die durch morsche Stoffetzen zusammengehalten werden, damit die Löcher auch wissen, wo sie hingehören.
Außerdem besaßen wir jeder ein sehr schmutziges Kopfkissen. Und jeder hatte eine zerlumpte Decke. An der Wand hingen ein alter Spiegel in einem Weißblechrahmen und einige Fotografien von nackten, ganz nackten Mädchen und andre Fotografien von Vorgängen, die in vielen Ländern vom Staatsanwalt geschützt werden. Diese Fotografien hier hätte keine noch so moderne Kunstkommission verteidigen können, weil sie mit Kunst absolut nichts, dagegen mit Naturvorgängen alles zu tun hatten. Aber in einem Lande, wo man solche schönen Sachen in jedem anständigen Laden kaufen kann und wo sie ein zehnjähriger Junge genauso leicht kaufen kann wie ein alter Seemann, macht niemand damit Geschäfte, weil sie niemand interessieren und weil sie niemand kauft. Nur Verbotenes interessiert. Wir sahen auch nichts Besonderes daran, wir hatten keine Zeit dazu.
Zwischen neun und zwei Uhr konnte man sich im Schlafraum nicht aufhalten, man wäre sofort Dörrfleisch geworden. Aber in dieser Zeit hatten wir ja darin nichts verloren, sondern da arbeiteten wir vor den Backöfen. Und gerade dann immer, wenn es so schön kühl zu werden begann, daß man herrlich schlafen konnte, mußte man raus.
Die Arbeit an sich war nicht schwer, das könnte ich nicht sagen. Aber fünfzehn bis achtzehn Stunden ununterbrochen auf den Beinen sein, unausgesetzt hin und her rennen, sich bücken und strekken, Dinge da hinstellen und dort forttragen macht viel mehr müde, als wenn man acht Stunden sehr schwer arbeitet und an eine Stelle gebunden ist. Dann ging es immerwährend: »Flink, flink, das Rundgebäck aus dem Ofen. Rasch, Teufel noch mal, die Bleche gefettet. Kreuzdonner, den Schläger in die Rührmaschine geschraubt, schnell, schnell, ich muß Schnee haben. Die Masse ist

versalzen, fix, fix, weg damit, neue angesetzt. Ich brauche zwei Kilo Glasur, habe ich Ihnen doch vor einer Stunde schon gesagt. Ja, Himmelelement, haben Sie denn die Zuckerlösung nicht gestern eingekocht? Jetzt sind wir aufgeschmissen! Heiliger Nepomuk, nun rutscht auch noch der José mit der Eismasse aus, und die Suppe schwimmt auf dem Zement. Danke schön, José, das geht heute wieder bis sechs, wenn solche Schweinereien gemacht werden.«

Das war ein immerwährendes Hetzen und Jagen und Kommandieren und Rennen. Ich bin sicher, daß ich täglich meine vierzig Kilometer da hin und her raste. Und dann der ewige Wechsel. Kaum war ein neuer angelernt, schon ging ein andrer wieder fort. Das Anlernen hielt am meisten auf. Señor Doux sagte dann: »Nun habt ihr zwei neue Leute bekommen, die ich bezahlen muß, und ihr schafft doch nicht mehr. Was hat es da für einen Zweck, überhaupt neue einzustellen? Es kommt ja nichts heraus dabei.«

Er hatte schon recht, aber es kam doch nie einer, der etwas vom Backen verstand. Man mußte ihnen jeden einzelnen Griff zeigen, sogar wie sie ein Blech oder den Mehllöffel anzufassen hatten. Und ehe man es ihnen zeigte, hatte man es zehnmal selbst gemacht. Manche begriffen es ja rasch. Manche aber standen ewig im Wege herum und hielten nur auf. Wir bekamen einen Konditor, der mit dem einfachsten Blätterteig nicht fertig wurde, und doch konnte er Zeugnisse vorzeigen, daß er in ersten Konditoreien gearbeitet hatte.

Es waren nur die Fremden, die ausländischen Arbeiter, an denen Señor Doux verdienen und die er ausbeuten konnte. Die mexikanischen Arbeiter ließen sich nicht so ausbeuten. Sie machten das zwei, drei, höchstens vier Wochen mit, dann sagten sie: »Das ist zuviel Arbeit«, und hörten auf. Dann hatten sie aber auch genügend Geld, daß sie einen kleinen Handel mit Zigaretten, Kaugummi, Ledergürteln, Revolvertaschen, Backwaren, Zuckerwaren, kandierten Früchten, frischem Obst oder ähnlichen Dingen anfangen konnten. Der Handel brachte ihnen vielleicht nur einen Peso durchschnittlich im Tag, aber sie richteten sich damit ein und waren freie Männer, die nicht andern Leuten ihre Knochen verkauften. Manche dieser kleinen Händler kamen immer höher rauf, bis sie sich in einer winkligen Nebengasse ein dunkles kleines Lokal mieten konnten, das sie zu einem Laden einrichteten. Wir dagegen blieben immer versklavt. Wir gaben uns mit dem Peso Reingewinn, den wir als freie Männer hätten machen können, nicht zufrieden. Wir verdienten ja auch viel mehr. Einen Peso und fünfzig Centavos den Tag und Essen und Wohnung. Und wir stellten höhere Ansprüche an das Leben. Jene Leute, die nur gerade so lange arbeiteten, bis sie genügend verdient hatten, um sich selbständig zu machen, gaben sich mit einer Zwirnhose für drei Pesos fünfzig Centavos zufrieden. Eine solche Hose war uns natürlich nicht gut genug. Unsre mußte sieben oder acht Pesos kosten. In einer andern glaubten wir uns nicht sehen lassen zu können, ohne unsre Würde als Weißer zu verlieren. Jene freien Leute kauften rohe Stiefel für sieben oder acht Pesos. In solchen Stiefeln konnten wir nicht über die Straße gehen. Wie hätte denn das ausgesehen? Schon der Mädchen wegen konnten wir das nicht tun. Unsre Stiefel kosteten nie unter sechzehn oder achtzehn Pesos. Wir waren ja auch Weiße. Und um das bleiben zu können in den Augen der übrigen Weißen, der Amerikaner, der Engländer, der Spanier, mußten wir Sklaven bleiben. Adel verpflichtet. Nirgends mehr als in tropischen Ländern, die eine eingeborene Bevölkerung haben, so groß, daß die Weißen nur einen kleinen Prozentsatz ausmachen. Freilich, wenngleich wir uns auch die größte Mühe gaben, Kaste zu behalten, wir lebten dennoch in einer merkwürdigen Schwebestellung. Die Amerikaner, Engländer und Spanier zählten uns nicht zu ihresgleichen. Für die waren wir doch nur das dreckige Proletariat, und das blieben wir auch. Zu den Mischblütigen gehörten wir auch nicht. Für die waren wir die fremden Bettler, der Schlamm, der den wohlhabenden Weißen in der ganzen Welt nachfolgt und ihnen an den Fersen haftet, wohin sie auch immer gehen. Diese Großen machen natürlich den Schlamm, aber wenn sie ihn wegräumen sollen, dann gehen sie heim.

Zu den reinblütigen Eingeborenen gehörten wir auch nicht. Auch diese wollten nichts mit uns zu tun haben. Alle diese und sieben Achtel der Halbblütigen waren Proleten wie wir, aber es trennte uns doch eine Welt voneinander, die nicht überbrückt werden

konnte. Sprache, Volksvergangenheit, Sitten, Gebräuche, Anschauungen, Ideen waren so trennend, daß sich kein gemeinsames Band zeigen konnte.
Laßt es gehen, wie es will. Laßt uns leben. Und das wollen wir.

28

Wir hatten wieder mal Lohn ausbezahlt bekommen. Osuna und ich gingen einkaufen. Er kaufte einen neuen Hut, Hemd und neue Stiefel; ich legte mir eine neue Hose und ein Paar schöne braune Schuhe zu. Wir gingen gleich nach Hause und zogen das an. Dann sagte Osuna: »Was tun wir denn mit dem Geld, das wir jetzt noch übrig haben?«

»Das möchte ich wissen«, sagte ich. »Ich habe mir auch schon Gedanken darüber gemacht. Überflüssige Sachen zulegen hat gar keinen Zweck.«

»Nein, das hat gar keinen Zweck«, bestätigte Osuna.

»Das Geld hier in der Tasche behalten, wäre eine Dummheit«, fuhr ich fort.

»Das wäre gewiß eine sehr große Dummheit«, gab Osuna zu. »Es wird einem ja doch gleich gestohlen.«

»Es auf die Bank zu tragen, halte ich auch nicht für gut«, erklärte ich.

»Wir würden uns damit nur lächerlich machen, wenn wir mit unsern paar Pesos da angerückt kommen und sagen, daß man uns damit ein Konto eröffnen soll«, sagte Osuna, und er hatte recht.

»Zweifellos würden wir uns damit unsterblich blamieren«, unterstrich ich die kluge Bemerkung Osunas. »Außerdem ist die Bank jetzt schon geschlossen. Während der Geschäftsstunden haben wir auch gar keine Zeit hinzugehen.«

»Was sollen wir nur tun mit dem Geld? Auf Tequila habe ich gar keinen Appetit.« Das sagte Osuna.

»Ich kann ihn nicht riechen.« Das sagte ich.

»Wissen Sie, was wir tun könnten?« fragte Osuna.

»Ja?«

»Wir könnten runtergehen zu den Señoritas.«

»Das Beste, was wir tun können«, antwortete ich. »Dann wissen wir wenigstens, wo unser Geld geblieben ist, und wir können es auch gar nicht besser anlegen.«

»Richtig«, sagte Osuna. »Da sprechen Sie die Wahrheit. Wir se-

hen ja jetzt ganz anständig aus und können uns da sehen lassen. Immer die Backstube vor Augen oder die Kammer, da wird man noch ganz verrückt.«
»Ja«, sagte ich, »und die Fotografien tun es auch nicht für immer. Ich glaube überhaupt, wir müssen uns mal nach einigen neuen Fotografien umsehen. Ich kann diese Frauenzimmer nun bald nicht mehr angucken.«
»Ich auch nicht«, gab Osuna zu. »Es ist beinahe so, als ob man mit ihnen verheiratet wäre. Sie mischen sich bereits in alles rein, und sie scheinen sich in der Tat um alles zu kümmern, was wir tun. Ich bin es nun leid. Man kennt sie schon zu gut, und ich will mal andre Gesichter sehen.«
Osuna stand auf von dem Rand des Bettgestells, ging zur Wand und riß die ganzen schönen nackten Frauen herunter. Dann legten wir jeder einen Peso beiseite, versteckten die beiden Pesos in einem alten Schuh und machten aus, daß wir morgen nachmittag neue Frauen und neue ›Vorgänge‹ kaufen würden, um unsre einsamen Kammerwände damit zu zieren und unsre Phantasie nicht verhungern zu lassen. Um auch die richtige Auswahl treffen zu können und zu wissen, was am eindrucksvollsten auf unsre Phantasie wirken könne, machten wir uns jetzt elegant und suchten nach den Wirklichkeiten des Lebens, wo es nicht nüchtern, sondern schön ist, ohne der Betäubung durch den Tequila zu bedürfen.
Es war bereits Abend geworden. Wir hatten ziemlich weit zu gehen, denn die Señoritas wohnten am Rande der Stadt. Sie bewohnten ein ganzes Viertel für sich allein. Das war ihnen ebenso lieb wie den Männern, die nach der Schönheit des Lebens suchten, ohne Verpflichtungen dafür übernehmen zu müssen, wenn sie die Schönheiten genießen dürfen.
Es tönte uns gleich Musik entgegen und frohes Lachen. Mit jedem Schritt, den wir näher kamen, vergaßen wir mehr und mehr die Trockenheit und die Stumpfheit des Lebens. Die entsetzliche Nüchternheit des Lebens kann man auch im Tequila vergessen, aber doch nicht so. Es bleibt immer ein wüster Strudel im Kopf zurück und ein dickes dreckiges Gefühl im Munde. Nein, Schönheit ist, wo Musik ist und rotbemalte Mädchenlippen lachen.
An den Häusern entlang waren zementierte Fußwege, kaum zwei

Schritte breit. Die Straße lag einen Meter oder zuweilen noch viel mehr tiefer als die Fußsteige. Es führten keine Stufen hinunter, sondern wenn man auf die Straße wollte, mußte man einen gewagten Sprung machen. Diese Straßen waren lehmige Moraste, Schlamm und große Wasserlachen füllten das Straßenbett. Und dieser Morast und die Wasserlachen waren dick und stinkig. Große Steine und irgendwo abgebrochene Zementbrocken lagen wahllos umher. Tiefe Löcher machten die Straßen so gut wie unpassierbar. Trotzdem arbeiteten sich Autos und Droschken durch diese Straßen, um Gäste zu bringen, zu erwarten oder abzuholen. Zuweilen blieben die Autos in den morastigen Löchern stecken. Und mit furchtbarem Geknatter, Heulen, Schießen, Knallen, Keuchen und Stampfen arbeiteten sie sich wieder heraus und weiter. Aber die Autoführer und die Droschkenkutscher schimpften nicht. Sie lachten nur und nahmen das alles als einen Spaß, der mit dazugehöre und ohne den das Viertel hier nicht das sein könnte, was es wirklich ist.
An Straßenecken standen kleine Musikkapellen, die sehr gut spielten, viel besser spielten als die Straßenkapellen in der Stadt, wo sie so dick herumwimmelten, daß sie sich die Füße gegenseitig abtraten. Jede dieser Kapellen hatte eine Geige, eine Baßgeige, eine Klarinette und eine Flöte. Manche hatten keine Flöte, sondern dafür eine Trompete. Andre wieder hatten nur Geige, Baßgeige und Gitarre. Die waren beinahe immer die Besten. Wenn sie gespielt hatten, gingen sie einsammeln. Es gab selten jemand etwas. Meist gaben eigentlich nur die Señoritas den Musikern etwas Geld. Aber dann gingen die Kapellen auch wieder in die Restaurants und spielten dort. Dort bekamen sie schon eher etwas, häufig aber auch nichts. Das Dasein der Künstler. Dem die Musik am besten gefiel, dem sie am meisten sagte und am meisten gab, hatte kein Geld, um sie zu bezahlen. Und die andern, die zahlen konnten und es auch manchmal taten, sagten, es seien Bettelmusikanten, und sie sollten doch lieber ›It ain't goin' rain' no' mo' –‹ spielen, statt diese blöden Opern. Es waren aber keine Opern, sondern es waren altmexikanische Lieder und Gesänge, die so süß klangen und doch so voller Kraft waren.
Eigentlich war die Musik ja überflüssig. Aber hier konnte nicht

genug Musik sein. Schönheit und Liebe war doch überall herum. In jedem Lokal wurde getanzt. Jedes Lokal hatte seine Señoritas, die mit den Herren lächeln und tanzen und trinken mußten und deren Aufgabe es war, den Herrn zu veranlassen, daß er Geld ausgebe. Dafür bekamen die Señoritas auch je einen Raum im Hinterhause des Restaurants, wo sie sich mit ihrem Herrn ungestört vergnügen konnten, und sie brauchten für den Raum keine Miete zu bezahlen, und die Wäsche wurde ihnen auch noch gestellt. Denn Wäsche wird viel gebraucht.
Und überall wurde getanzt. Jeder durfte tanzen, wie er wollte. Und jedes Paar durfte tanzen, wie es wollte. Es war kein Tanzordner da, und die Leutchen durften sich im Tanz alles sagen, was sie auf dem Herzen hatten, ohne sich der Sprache zu bedienen. Niemand hinderte sie daran, so zu tanzen, daß eigentlich, wenn es gerecht zuginge, jeder von ihnen zwanzig Jahre Zuchthaus bekommen müßte. Aber es ging ja eben nicht gerecht zu, und darum tanzten alle so, daß ihnen die Engel im Himmel hätten zuschauen dürfen, ohne zu erröten.
Zuweilen tanzte aber doch ein Paar in der Weise, daß des Satans Großmutter ihr Gesicht in der Schürze verbergen mußte, wenn sie es sah. Aber sie sah es ja nicht, und andre Leute kümmerten sich nicht darum, und die vorbeipatrouillierenden Polizisten steckten sich eine Zigarette an und sahen lächelnd zu oder gingen weiter, weil es sie langweilte. Das Paar langweilte es nach einer Runde selbst, und es tanzte wieder den Engeln zur Freude, weil es schöner war und das andre niemandem zum Ärgernis wurde.
Eine Negerin aus Virginia trat auf in der Casa Roja, wo wir gerade vorbeikamen. Sie tanzte mitten im Lokal. Bauchtanz. Aber der wahre Bauchtanz, der echte und unverfälschte. Der Bauchtanz war es, den Eva erfand, als sie das Paradies los war und sich frei bewegen konnte. Nicht nur alle Herren, sondern auch alle Señoritas, die im Lokal waren, standen auf, um dieses Kunstwerk zu sehen und Gesten zu lernen, die ihnen von Nutzen sein konnten, wenn sie nicht allein schliefen. Und in alle Türen drängten die Herren und die Señoritas, die auf der Straße waren; denn die Türen waren offen. Kunst ist das, was unsre Seele jubeln macht. Und der Bauchtanz der Negerin aus Virginia war reife und vollen-

dete Kunst. Auch sie war eine Señorita und hatte ihr Haus hier, um darin mit Herren zu plaudern. Aber keiner der Herren, der sie eben tanzen gesehen hatte, wagte, sie anzusprechen. Sie war himmelhoch über alle die Señoritas hier emporgeflogen. Sie war gottbegnadete Künstlerin, und keiner der Herren glaubte so viele Pesos in seiner Tasche zu haben, daß er es wagen dürfe, mit ihr zu gehen. Ein tosender Beifall brach aus, als sie geendet hatte und niedergesunken war auf den Fußboden. Dort kniete sie, die Arme zurückgeworfen, den Leib mit den quellenden Brüsten drehend und schiebend wie in einem letzten aushauchenden Seufzer, der dem letzten müden Tropfen einer sterbenden Bergquelle folgt. Dann, mit einem kurzen, schmerzhaften Ruck, zog sie den Unterleib zurück und ließ den Kopf matt und müde sinken, bis die Stirn den Boden berührte. Nun sprang sie auf mit einem jubelnden Schrei gesunder und vollbefriedigter Freude, stand schlank und gerade im Saal, die linke Hand in die Hüfte gepreßt, den rechten Arm in runder weicher Geste hochgeworfen. Ihre Augen blitzten, und ihre weißen Zähne leuchteten zwischen den vollen Lippen hervor. Und sie lachte ein sieghaftes Lachen, streckte ihren Leib hervor mit einer Geste, als ob sie einen Kontinent einladen wolle, sich mit ihr zu vereinen, und sie rief: »El amor y la alegría, Señores míos!«
Es folgte ein kurzes Schweigen, dann donnerte der Beifall aufs neue los, und die Musik setzte mit einem Schmettern ein, das einige Takte dauerte, während die Negerin, ihr dünnes Kleid zupfend und sich das Haar zurückstreichend, zu ihrem Platze ging, wo sie eine Flasche Bier und ein Glas stehen hatte. Alle Herren betrachteten sie mit einer scheuen Bewunderung, ohne sich ihr zu nähern und sie zu dem einsetzenden Foxtrott aufzufordern. Sie gingen zu den andern Señoritas, die sich bescheidener benahmen und nicht Orkane erwarten ließen, die den gewandtesten Mann mit einer Fingerbewegung aus dem Sattel zu heben drohten. Die Señoritas betrachteten die Negerin nicht als eine Nebenbuhlerin, die sich eines unlauteren Wettbewerbes bediente. Durchaus nicht. Sie gab dem Geschäft einen ganz ungeheuerlichen Schwung, der zehn Minuten vorher nicht zu spüren war. Die Herren hatten Feuer in den Augen, während sie bisher ziemlich gleichgültig und

interesselos dreingeschaut hatten. Und die Señoritas versuchten jetzt beim Tanzen einige der Bewegungen, die sie soeben gesehen hatten, nachzuahmen. Aber es sah häßlich aus und widerlich. Sie preßten sich hart an die Männer und spielten mit ihren hinteren Partien. Aber die Herren reagierten nur sehr schwach darauf und hielten sich auffallend steif zurück, bis die Señoritas anfingen, die Gesten, die bei ihnen so aussahen, als ob ein kleiner Gemüsekrämer plötzlich die Reklame eines großen Warenhauses nachmachen möchte, aufzugeben und immer mehr zu lassen und in normaler Weise zu tanzen. Ja, nun benahmen sie sich wie die sogenannten anständigen Damen. Das gefiel den Herren viel besser und erinnerte sie sicher an ihre Bräute oder Frauen oder an begehrte Mädchen und brachte sie in die Stimmung, die allein für das Geschäft nutzbringend war.
Sie luden ihre Tänzerinnen ein, sich mit ihnen zu einer Flasche Bier oder einem Whisky an einen Tisch zu setzen. Sekt trinkt man nur, wo den Kleinen alles verboten und den Großen mehr erlaubt ist, als sie in normaler Weise leisten und genießen können. Wo Sekt getrunken werden muß, um lachen zu dürfen und sich der Schönheiten des Lebens zu erfreuen, artet die Unterhaltung häufig zur Schweinerei aus. Und an diesen Ausartungen mißt der Zensor seine Normalmeterstäbe ab, mit denen er den Kleinen die Länge des Vergnügens zumißt, die er ihnen zubilligt. Immer nur da, wo die Röcke nicht hochgehoben werden dürfen, begeht man Verbrechen und tut den törichten Unsinn, nachzusehen, was unter den Röcken ist.

29

Die Straßen waren voll von Händlern. Da waren Tische, wo es heiße Enchiladas gab. An andern gab es Kaffee. Wieder an andern kaltes Huhn oder gebratenen Fisch oder Roastbeef mit Brötchen oder mit Tortillas. Man konnte Salat kaufen oder Bananen, Papayas, Äpfel, Weintrauben, Apfelsinen. Kleine Buden verkauften Zigaretten, Zigarren und Tabak. Andre Zeitungen und Zeitschriften. An vielen Tischen gab es Eiswasser in fünf oder sechs verschiedenen Sorten, Lemones, Hochata, Jamaica, Tamarindo, Pinja, Naranja, Papaya und was nicht noch. Dazwischen liefen Jungen und Frauen herum mit Körben oder Zigarrenkistchen. Sie verkauften Kaugummi, Süßigkeiten, getrocknete Kalavasaskerne, Peanuts, Obst und Blumen. Andre liefen herum mit Eimern mit Eiswasser, das sie glasweise abgaben. Hundert Menschen, wenn nicht mehr, fanden hier ihren Lebensunterhalt. Frauen trugen ihre Säuglinge auf den Armen oder führten kleine Kinder an der Hand, während sie ihrem Handel nachgingen. Weder die Sittlichkeit der halbwüchsigen Jungen, die ihre Zeitungen oder Zigaretten ausriefen, noch die der ehrbaren Handelsfrauen oder deren Kinder wurde vernichtet in dieser Umgebung. Wer Sittlichkeit hat, der verliert sie nicht, wenn er etwas sieht, was als Unsittlichkeit anzusehen ihn niemand gelehrt hat.
Hunderte von ehrbaren Frauen und Mädchen und Kindern und ganzen Familien hatten den ganzen Tag hindurch das Quartier der Señoritas zu passieren, um zu ihren Wohnungen zu gelangen. Sie fühlten sich nicht gefährdet. Sie konnten einen andern Weg wählen, wenn sie wollten; aber der Weg durch das Quartier war kürzer. Und wenn man mit einer Frau, die etwas vom Leben verstand, darüber sprach, so sagte sie: »Einen Mann zu gewinnen und zu behalten ist nicht so schwer; aber jeden Tag ein halbes Dutzend Männer zu gewinnen, ist eine Kunst. Warum soll ich mit Entrüstung auf die Señoritas sehen? Ich glaube, die Entrüstung und das Ärgernis bei vielen ehrbaren Frauen kommt nur daher, daß es ihnen nie gelänge, sich auf diese Art ihren Lebensunterhalt

zu verdienen. Die Herren wollen für ihr Geld etwas haben, und die Mehrzahl der ehrbaren Frauen ist zu langweilig, zu dumm, zu häßlich, um den Herren das geben zu können, wofür die Herren zahlen. Um ihre Nachteile zu verschleiern, nennen sie sich anständig, und sie haben große Mühe, ihrem eignen Manne zu gefallen.«
Und die Dame, die das sagte, war die ehrbar angetraute Frau eines wohlsituierten Kaufmannes in der Stadt, der einem vornehmen Klub als Mitglied angehörte. Und sie war eine schöne Frau, die sich gut und geschmackvoll zu kleiden verstand und sicher nie einem andern Manne als dem ihrigen auch nur die kleinste Gunstbezeigung erwiesen hatte. Aber sie war ja auch keine Puritanerin, sondern eine Tochter aus alter spanisch-mexikanischer Familie. In puritanischer Umgebung können solche Anschauungen nicht wachsen, und wenn sie auftauchen, sind sie widerwärtig. Es kam ein junger Amerikaner eines Tags hierher. Er hatte eine sehr hübsche junge Frau und drei niedliche Kinderchen. Ich wurde bei ihm zum Dinner eingeladen. Vor Tisch und nach Tisch betete er, und sonntags vergaß er nicht, mit seiner Frau die amerikanische Kirche zu besuchen. Als er mich bat, ihm die Stadt zu zeigen, sagte er: »Ich habe gehört, hier in diesen Ländern gibt es das und das. Wo ist denn das?« Ich zeigte es ihm, und er besuchte mehr als eine der Señoritas. Als er dann wieder zurückreiste, sagte er mir: »Das ist doch ein schrecklich unsittliches Land. Dem Himmel sei Dank, daß so etwas bei uns nicht gestattet ist.«
Da log er zum zweitenmal. Es war gestattet. Wie alles gestattet ist, was gegen die natürlichen Triebe des Menschen gerichtet ist. Es wurde gestattet durch Vergewaltigung von Frauen und Kindern, durch Verheiratung elfjähriger Mädchen an fünfzigjährige reiche Männer, die sich nach acht Wochen wieder scheiden ließen. Es wurde gestattet durch das Herumschleichen von Frauen und Mädchen in den Seitengassen zur Abend- und Nachtzeit. Es wurde gestattet dadurch, daß von hundert Männern wenigstens fünfzehn und von hundert Frauen und Mädchen achtzehn an üblen Krankheiten litten, die in den dunklen Seitengassen wucherten und wuchsen. Dann werden Millionen und Abermillionen von Dollar ausgegeben, um diesen Krankheiten, von denen zu sprechen schamlos ist, Einhalt zu gebieten, während hunderttau-

send Dollar genügten, sie auf das kleinste Maß zu beschränken, dadurch, daß man den Leutchen Gelegenheit gibt, sich innerhalb beleuchteter vier Wände guten Abend zu sagen, Wasser und Seife zur Hand zu haben und die ganze Sache ebenso als Geschäft zu betrachten wie die bezahlte Krankenpflege, das Dampfbad oder das Massieren. Aber wenn das von diesem natürlichen und gesunden Standpunkt aus betrachtet würde, hätten ja die alten Betschwestern, die kastrierten Traktätchenschreiber und die sabbernden Verkünder Goldner Regeln nichts mehr zu tun. Wohin mit ihnen so schnell? Man kann sie doch nicht eingraben. Sie würden ja nicht einmal Dung machen, weil sie zu trocken, zu ledern und zu saftlos sind.
Die Señoritas sprachen alle mehrere Sprachen. Die nur Spanisch sprechen konnten, hatten wenig Erfolg. Sie mußten sich mit den Peones begnügen, und diese armen Teufel konnten nur gerade den denkbar kleinsten Betrag in diesen Spekulationen anlegen. Diese ungebildeten Señoritas wohnten in den abgelegensten Teilen des Quartiers, wo die Zimmer am billigsten waren, am einfachsten möbliert und wo die Musikkapellen nur so gelegentlich hinkamen, wenn in den andern Sektionen die Konkurrenz zu groß war. Hier in dieser Sektion trugen die Señoritas Kleider, so einfach, daß sie mit ihnen sofort zur Stadt hätten gehen können, ohne aufzufallen. Die Einnahmen reichten kaum zur Schminke und zum Puder; aber Wasser, Seife, antiseptische Lösung, für jeden Besucher reine Tücher mußten sie haben. Denn der Gast, der da vorbeikam, konnte ganz gut der Inspektor der Gesundheitskommission sein, der plötzlich das Zimmer betrat, nach dem Gesundheitspaß fragte und sich die Materialien für die Sauberkeit ansehen wollte. Puder, Schminke und Parfüm brauchten nicht in Ordnung zu sein, aber die andern Materialien mußten in vorschriftsmäßiger Verfassung sein, sonst gab es Quarantäne, und die war kostspielig und war mehr gefürchtet als Geldstrafe oder Gefängnis.
Es gab keine Sklaverei. Jede Señorita war frei. Sie durfte morgen oder sofort das Haus verlassen. Keine alte Hökerin, kein Faulenzer hielt sie unter irgendeiner Form von Pfand für Mietschulden, Kostgeld oder Wäscherechnungen. Die Miete mußte eine Woche im voraus bezahlt werden. Wer nicht bezahlen konnte, mußte das

Quartier verlassen. Wer auf der Straße zu Geschäftszwecken angetroffen wurde, kam in Quarantäne. Für Privatzwecke durfte sie aber auf den öffentlichen Straßen spazierengehen, soviel sie wollte und wann sie wollte. In der Goldnen Sektion, die am Eingang des Quartiers war, wo alles im strahlenden Lichte der Tanzsalons lag, wohnten die Französinnen. Sie sprachen ein rasend schnelles Französisch, und sie alle schworen, daß sie aus Paris seien. Aber mehr als die Hälfte hatten Paris nie gesehen, sondern kamen aus London, aus Berlin, aus Warschau, aus Budapest, aus Petersburg oder aus Städten noch viel ferner von Paris. Keine von ihnen konnte die Erlaubnis erhalten, hier in dieses Land zu kommen, weil Damen, die sich diesem ehrenwerten Geschäft widmen oder widmen wollen, die Einreise nicht erlaubt ist. Aber sie waren alle hier und waren alle eingereist. Jede mit Hilfe eines andern Tricks. Die Pariserinnen waren die Elegantesten; das mußten sie schon sein, um in dieser Sektion bestehen zu können. Sobald die Einnahmen für die notwendige Aufmachung nicht mehr ausreichten, was sehr rasch geschehen konnte und sehr häufig vorkam, mußte die Señorita der drückenden Konkurrenz wegen in die nächstbilligere Sektion verziehen. Und so kam es vor, daß manch eine, die das Geschäft nicht verstand und die Kunst nicht lernte, um es mit den Meisterinnen aufzunehmen, immer weiter von der Goldnen Sektion abrücken mußte, bis sie in dem dunkelsten Teil endlich landete, wo nur die Peones hingingen, die um fünfzig Centavos handelten.
Hier aber in der Goldnen Sektion erschienen die, die das Geld nicht ansehen, wenn sie herkommen. Die Ölleute, die sechs oder acht Monate im Busch oder im Dschungel gelebt hatten, wo sie nichts ausgeben konnten, und jetzt zweitausend Dollar in der Tasche hatten, von denen sie nur zwanzig auszugeben gedachten, von denen sie aber am Ende der Nacht nur noch so wenig hatten, daß sie sich einen Peso von einem Landsmann betteln mußten, um das Auto zu bezahlen, mit dem sie zum Hotel fahren wollten. Da kamen die Schiffskapitäne, die ein gutes Nebengeschäft am Tage gemacht hatten; die Spekulanten, die einigen Grünlingen Aktien für Ölfelder verkauft hatten, in denen man nur Öl sah, wenn man eine Kanne voll hinbrachte. Da waren die Riggers, die ihren Kon-

trakt gestern fertiggebracht und heute das Geld kassiert hatten. Diese Geldstrotzenden gingen von Haus zu Haus, von Señorita zu Señorita, augenscheinlich ausgestattet mit unverwüstlicher und unerschöpflicher Lebenskraft. Aber sie gingen ja zu Meisterinnen ihrer Kunst, die es wohl verstehen, aus dem trockensten Baumstamm eine muntere Quelle rieseln zu lassen, sicherer noch als der heiligste indische Fakir.

Die Häuser waren meist aus Holz gebaut. Jedes Haus hatte nur einen Raum. Ein Haus sah genauso aus wie das andre, und jedes Haus war dicht an das Nachbarhaus geklebt. Der Raum hatte nur eine Tür, die unmittelbar von der Straße in das Zimmer führte. Und jeder Raum hatte nur ein Fenster, das keine Glasscheiben hatte, manchmal jedoch statt der Scheiben Moskitodrahtgaze.

Auf der Fahrstraße konnte man nicht gehen, man mußte auf dem schmalen zementierten Wege gehen, der an der Häuserreihe entlangführte. Die Señoritas saßen alle vor der offenen Tür auf einem Stuhl, oder sie standen herum, allein oder in kleinen Gruppen, schwatzend und lachend. An keiner Tür konnte man vorbeigehen, ohne daß man von der Señorita, der diese Tür gehörte, festgehalten und mit den süßesten Worten eingeladen worden wäre, hereinzukommen und sich mit ihr zu unterhalten. Dabei machte sie so gewagte Versprechungen, daß die Versprechungen allein genügten, die eisernste Widerstandskraft und die teuersten Gelübde spielend über den Haufen zu werfen. Erreichte man das nächste Haus, ließ einen die Señorita sofort los, denn das nächste Haus war der Bereich der Nachbarin, wo nur die das Recht besaß, Versprechungen zu machen, die noch um einige Grade weitergingen als die der eben verlassenen Dame.

Man konnte sich nur durch eine einzige Ausrede vor diesen fortgesetzten Angriffen retten: ›Ich habe kein Geld!‹ Dann war man sofort frei, vorausgesetzt, daß die Señorita es glaubte. Meist glaubte sie es nicht und fühlte einem dann die Taschen ab. Aber keine hätte den Versuch gemacht, einem auch nur fünfzig Centavos wegzunehmen.

Ihre Menschenkenntnis bewiesen sie dadurch, daß sie ehrbare Bürger, die das Quartier zu passieren hatten, um zu ihren eignen Wohnungen zu gelangen, nie belästigten oder nur in ganz beschei-

dener, unaufdringlicher Weise. Viele suchten sich ihre Gesellschaft recht sorgfältig aus und berührten keineswegs jeden, der vorbeikam. Andre weigerten sich entschieden und ließen sich selbst durch überbotene Beträge nicht gewinnen, wenn ihnen der Herr aus irgendeinem Grunde nicht gefiel. Manche sahen keinen Chinesen an, andre keinen Neger, viele keinen Indianer. Und doch, wenn schlechte Geschäftstage kamen, wenn es zum Ende des Monats ging, zwang sich manche, jemandem zuzulächeln, den sie zu Anfang des Monats oder noch drei Tage vorher entrüstet angesehen hätte, wenn er sie nur angetippt haben würde.
Die Großen des Reiches sprachen nicht nur fließend Französisch, sondern auch sehr geläufig Englisch, Spanisch, Deutsch. Manche Unterhaltungen bereiten nur dann Vergnügen, wenn die Begleitmusik die Muttersprache ist. Und gewisse Empfindungen kommen nur dann voll zur Entfaltung, wenn sie mit Worten erweckt werden, die bestimmte Gefühlsnerven treffen, die eine angelernte Sprache niemals treffen kann. Denn solche Worte bringen die Erinnerung an das erste Schamgefühl, die Erinnerung an das erste Mädchen, das man begehrte, die Erinnerung an die mysteriösen Stunden des ersten Reifegefühls zurück. Die Meisterinnen der Kunst wissen das recht wohl. Darum kommen die Stümperinnen, die nur eine Sprache kennen, nicht voran; sie bleiben immer die Centavokrämer in den dunklen Sektionen.
Aber die Bajadere Goethes sucht man vergebens. Zeit ist Geld. Und zum süßen Tändeln, zum zarten Spielen, zum stundenlangen Heransehnen an die Erfüllung fehlt diesen Meisterinnen das, was man die Liebe einer angebeteten Frau nennt. Hier ist hohe und höchste Kunst, nichts mehr. Aber die bekommt man voll, und man wird für sein Geld nicht betrogen. Der Rest ist: die süße heilige Sehnsucht nach der Geliebten. Hier wird der unbezahlbare Wert der geliebten Frau bestätigt. Das wissen die Künstlerinnen auch, und sie machen kein Hehl daraus. Darum verkaufen sie eben nur das, was die Herren wünschen. Mehr wird nicht verlangt für das Geld. Diese Künstlerinnen sind gute Kaufleute, die es verstehen, Kundschaft heranzuziehen und zu halten.

30

»Wenn Sie es gerne hören, kann ich auch deutsch sprechen«, sagte Jeannette. »Ich bin ja aus Charlottenburg.«
»Ich habe geglaubt, aus Paris.«
Darüber fühlte sie sich sehr geschmeichelt; denn die echten Französinnen riefen ihr ›Boche‹ entgegen, wenn sie sich zankten. Und die Señoritas zankten sich gern und häufig. Wenn der Zank vorüber war – er war nicht immer wegen der Kundschaft, sondern häufiger wegen Preisdrückerei –, dann war Jeannette wieder ›meine Teure aus Straßburg‹, für die sie ein Mitleid empfanden, das auf patriotischer Grundlage beruhte, ein Mitleid, das daheim in Frankreich bereits anfängt, andern Gefühlen Platz zu machen. Aber davon wußte man hier nichts; denn die Französinnen hatten Frankreich schon eine Reihe von Jahren nicht mehr gesehen.
Jeannette, die in Charlottenburg vielleicht Olga hieß, in ihrem Gesundheitspaß aber Jeannette genannt wurde – und dieser Name war durch Fotografie beglaubigt –, hatte sich während des Krieges in Buenos Aires aufgehalten. Auch dort war sie sehr tätig in ihrem Beruf gewesen und war zu einem Vermögen gekommen.
»Ich bekam plötzlich Lust, einmal nach Hause zu fahren und zu sehen, wie es dort aussieht«, sagte sie.
Sie fand Vater und Mutter in den elendesten Verhältnissen. Der Vater war in Friedenszeiten ein geachteter Bürger gewesen, Fabrikportier bei einer großen Berliner Firma. Nach dem Kriege war er entlassen worden, weil ein Kriegsinvalide, den das Vaterland nicht unterhalten wollte, untergebracht werden mußte.
Die Leute hatten ihr ganzes Leben lang sich nichts gegönnt, immer nur gespart und gespart, um auf ihre alten Tage etwas zu haben. Sie hatten ihr Geld auf einer mündelsicheren Sparkasse. Als aber dann der Staat durch die Entwertung des Geldes die Mündel, die Dienstmädchen und die alten ehrbaren Leutchen, um ihre kleinen Spargüter so gewissenlos betrog, wie es kein Privatmensch je hätte wagen dürfen, ohne daß die Menschen ihn in

Stücke gerissen hätten, verwandelte sich das Goldgeld der Familie Bartels – Jeannette sagte mir, das sei ihr deutscher Name, aber ich glaube es nicht – in Papierschnitzel, die so wertlos waren, daß man sie nicht einmal auf verschwiegenem Ort mit Erfolg verwenden konnte. Die Bartels beschlossen, sich mit Gas zu vergiften; aber von irgendeiner Wohltätigkeitsvereinigung bekamen sie für zwei Wochen Graupen, Reis, Trockengemüse und eine Büchse Corned Beef. Damit hielten sie sich weitere vier Wochen am Leben, und da fuhr eines schönen Nachmittags Jeannette vor, die soeben von Hamburg und von Buenos Aires gekommen war, ohne sich vorher anzukündigen. Sie brachte so viel Geld mit, daß sie eine ganze Straße in Charlottenburg hätte kaufen können; denn sie hatte Dollars.
»Mädel, Mädel, wie kommst du nur zu so viel Geld?« hatte die Mutter nur immer wieder gefragt.
»Ich habe einen Viehherdenbesitzer in Argentinien geheiratet, der zwei Millionen Stück Rindvieh hatte. Der ist nun gestorben und hat mir sein ganzes Vermögen hinterlassen.«
»Wer hätte das gedacht, Mädel, daß du einmal solches Glück im Leben haben würdest!« sagte die Mutter, und Jeannette wurde in der Straße bald bekannt als die ›argentinische Millionenwitwe‹. Das klang besser als die Olga Bartels, die in Argentinien einen Millionär geheiratet hat. Mit ›argentinischer Millionenwitwe‹ konnten die Verwandtschaft, die Bekanntschaft und die Nachbarschaft besser prunken und mehr Geschwätz machen als mit Olga Bartels. Eine Olga Bartels in der Familie oder in der Nachbarschaft zu haben, das konnte jeder, eine argentinische Millionenwitwe zu kennen, das umgab einen mit einem Glorienschein.
Mit einer Handvoll Dollar kaufte Jeannette ihren Eltern ein Etagenhaus, das im Frieden wenigstens dreihunderttausend Mark wert gewesen war. Sie ließ es auf ihren Namen schreiben – so geschäftstüchtig war sie, das lernt man draußen –, aber alle Einkünfte aus dem Hause ließ sie den Eltern. Dann kaufte sie ihnen noch eine gute Anzahl solider Aktien, die den Kurs immer mitmachen mußten, und hinterlegte sie bei einer guten Bank mit der Anordnung, daß die Dividenden gleichfalls ihren Eltern an den Fälligkeitstagen ausgezahlt werden sollten.

Und dann machte sich Jeannette einige gute Wochen. Die hatte sie auch nach den anstrengenden Jahren ehrlich verdient.
Zum richtigen Genuß dieser guten Wochen gehörte natürlich auch die Mitwirkung des andern Geschlechts. Das gehört immer dazu, sonst kann man schwerlich von einem guten Leben oder von Vergnügen sprechen. Aber Jeannette machte kein Geschäft daraus, und sie suchte sich die Herren aus, mit denen sie sich erfreuen wollte.
Die Familie war in das große Haus gezogen und hatte, mit hoher obrigkeitlicher Genehmigung des Wohnungsamtes, die Mansardenwohnung einnehmen dürfen, die Jeannette auf ihre Kosten zuvor einbauen ließ. Eines Morgens, als der Vater zu ihr in das Schlafzimmer kam, das sie sich eingerichtet hatte, fand er einen Herrn in ihrem Bett. Die beiden Bettgäste hatten lange in einem Restaurant gesessen, reichlich Sekt getrunken, und so war es geschehen, daß der Herr nicht rechtzeitig erwacht war, um sich zu anständiger Stunde angemessen und schweigend zu empfehlen. Der Vater wollte den Herrn verprügeln oder erschießen oder sonst irgend etwas Grauenhaftes mit ihm anstellen. Der Herr hatte Takt, war gut erzogen, und mit äußerster Geschicklichkeit gelang es ihm, sich trotz der Angriffe des Vaters anzukleiden und dann mit Hilfe Jeannettes die Tür und die Treppe zu erreichen.
Damit war er in Sicherheit. Nicht so Jeannette, die nun allein den Angriffen ihres Vaters, der seine Kräfte nicht mehr nach zwei Fronten zu verausgaben brauchte, ausgesetzt war. Die Mutter sprang ihr bei.
Die guten, wohlsituierten Familien, die dort im Hause wohnten, würden von den Ereignissen gar nichts gehört haben, wenn nicht der Vater in seiner gekränkten und schwer beleidigten Bürgerehre sich so blöde betragen hätte, daß die Leute es erfahren mußten, auch wenn sie vielleicht gar kein Interesse daran gehabt hätten, ob Jeannette lieber allein oder in Gesellschaft schlafe.
»Bist du dazu hergekommen, du Hure, daß du uns solche Schande hier vor den Leuten antust?« brüllte der alte Bartels auf Jeannette ein. »Da wollte ich doch lieber, daß ich mich hier anständig vergiftet hätte, als solche Schmach an meiner eignen Tochter zu erleben. Eine Hure bist du, nichts weiter. Ich verfluche dich, ich sage mich

los von dir, ich verstoße dich aus meinem Hause.« Die Mutter wollte schlichten, aber der Alte wurde dadurch nur noch verrückter. Die Ehre des Fabrikportiers war für ewig in den Kot getreten. In Ehren war er grau geworden, wie er hundertmal versicherte, und nun, während er schon mit einem Fuße im Grabe stand, mußte er noch so etwas mit seiner Tochter erleben, die er wie einen Engel im Paradiese angesehen hatte.
Jeannette hörte sich das alles an, ohne zu antworten. Es kam ihr so fern vor, so fremd, so lächerlich und so unsagbar dumm zugleich. Es war ihr, als ob das irgendwo auf einer Theaterbühne geschehe, wo sie Zuschauerin sei, und sie fand das Stück herzlich abgeschmackt und unmodern.
Erst als der Vater zum dritten Male wiederholte: »Ich verstoße dich aus meinem Hause. Du bist nicht mehr meine Tochter!«, da begriff sie, daß sie selbst gemeint sei. Und nun legte sie los, und sie sprach viel weniger aufgeregt als der Vater. Sie regte sich überhaupt nicht auf dabei, sondern sagte es in Form einer erregten Unterhaltung: »Deine Tochter? Das Leben hast du mir allerdings gegeben. Aber ich habe dich nicht darum ersucht, und ob ich gerade dich gewählt haben würde, wenn ich gefragt worden wäre, das glaube ich kaum. Denn mit deiner mickrigen Ehrlichkeit und Wohlanständigkeit ist es nicht weit her, wenn sie dir nicht einmal einen Lebensabend verbürgt, wo du wenigstens satt zu essen hast. Dann schon lieber Schneppe, das sage ich dir ganz frei ins Gesicht, oder Bandit oder Einbrecher. – Mit welchem Recht willst du mich denn überhaupt verstoßen? Vielleicht mit dem Rechte meines zufälligen Vaters? Ein schöner Vater bist du mir. Noch niemals in meinem Leben hat jemand Hure zu mir gesagt. Ich hätte ihm das Gesicht zerfleischt. Aber es hat auch nie jemand gewagt, das zu mir zu sagen. Das konntest nur du fertigbringen. Und damit wir nun gleich ganz klar miteinander sind: Du hast recht, ich bin, was du sagst. Aber wovon lebst du denn? Womit habe ich dir das Leben gerettet? Mit Hurengeld.«
Der Vater sagte nichts darauf. Er starrte sie nur an. Die Mutter hatte sich auf einen Stuhl gesetzt und weinte leise vor sich hin. Sie als Frau mit dem feineren Empfinden, das Männern meist versagt ist, hatte wohl schon ein wenig von der Wahrheit geahnt. Aber eine

schlichte Lebensklugkeit, gewonnen in einem mühseligen arbeitsreichen Leben, hatte sie geleitet, die Dinge nicht unnötig anzutasten, die umfallen können. Die bestimmte Wahrheit nicht zu kennen und nicht zu erforschen, hielt sie für weise und für zweckmäßig. Das Leben ließ sich dann leichter ertragen. Jeannette war im Zuge, ganze Arbeit zu machen und volle Klarheit zu verbreiten. Dieser Nimbus als Millionärswitwe hatte ihr von Anfang an nicht recht gefallen. Sie hatte es eigentlich auch nicht selbst erfunden, sondern es war so beim Ausfragen nach der Herkunft ihres Reichtums in sie hineingeredet worden. Und sie hatte es gehen lassen damit. Sie dachte sich, wozu große Trommeln rühren für die kurze Zeit, die sie hier auf Besuch war.
»Jawohl, mit Hurengeld«, wiederholte sie mit Nachdruck. »Jede zwei, drei, vier oder fünf Dollar bedeuten einen Mann, der bei mir war. Jetzt kannst du dir ja ausrechnen, wie viele ich hatte und wie viele ich haben mußte, um dich vor der Gasvergiftung zu retten und deinen ehrlichen Namen zu schützen, damit du und Mutter nicht im Skandalanzeiger und in der Morgenpost als Selbstmörder erschient. Das hätte dein langes, in Ehren verbrachtes Leben mit einem Schlage verdreckt, denn als Selbstmörder verrecken ist keine große Ehre. Aber von allen den Männern, die mich besucht haben, hat keiner jemals Hure zu mir gesagt, weder Betrunkene noch halb verrückte und halb tierische Seeleute, die von langer Fahrt kamen und wie die jungen Stiere sich benahmen. Alle sagten sie einen freundlichen und höflichen guten Abend zu mir, wenn sie mich verließen, und die meisten sagten sogar ein höfliches und ernstgemeintes ›Herzlichen Dank, Señorita!‹ Und warum? Weil ich nie jemand betrog. Das, was du vielleicht Ehre nennst, ist nicht meine Ehre. Meine Ehre und mein Stolz sind, daß jeder, der bei mir war, für sein gutes und oft schwer verdientes Geld gute und echte Ware bekam. Ich war das Geld immer wert und bin es heute mit meiner reichen Erfahrung erst recht wert. Und das ist mein Stolz, und das ist meine Ehre, nie jemand zu betrügen.
Na gut, ich bin eine Hure. Aber ich habe Geld, und du mit deinen Ehren hast keins. Heute aber gibt dir niemand etwas für deine Ehre, noch nicht einmal eine gutbezahlte Vertrauensstellung; selbst da mußt du noch Kaution stellen, und wenn ich die nicht

vorstrecke, kannst du hier den ganzen Tag in der Bude hocken und Muttern das Leben zur Hölle machen mit deinem ewigen Herumlamentieren. Wenn es dir Vergnügen macht, kannst du ruhig auf die Straße gehen und allen Leuten erzählen, daß die argentinische Millionenwitwe eine Schneppe ist. Ich mache mir nicht so viel daraus, nicht so viel. Ich habe bereits mein Visum. Ich wollte erst in drei Wochen reisen, aber nun fahre ich in einer Stunde schon. Mache mir noch ein paar schöne Wochen in Scheveningen und Ostende – ich kann es mir ja erlauben –, und dann geht es wieder los. Um mein Ziel zu erreichen, brauche ich nämlich noch fünfzehntausend Dollar. Und nun bitte, laß mich allein, ich ziehe mich an und packe meine Koffer.«
Der Vater verließ das Zimmer wie ein Automat; die Mutter blieb noch eine Weile. Aber als die Tochter zu ihr sagte: »Sieh nach dem Vater, laß ihn nicht allein. Er macht vielleicht Dummheiten. Er begreift ja so langsam, daß es in der Welt verschiedene Wege gibt, um sein Leben zu fristen«, da ging die Mutter auch, und Jeannette packte so rasch, daß sie in kaum einer halben Stunde angezogen und mit ihren beiden gepackten und verschlossenen Koffern in dem kleinen Korridor stand. Dann sprang sie rasch zur vierten Etage hinunter, wo sie bat, das Telefon benutzen zu dürfen, um ein Auto zu bestellen.
Ehe die Alten überhaupt recht zur Besinnung kamen, was eigentlich los war, tutete unten das Auto, Jeannette rief den Chauffeur herauf, die Koffer zu holen, und als die Koffer heraus waren, öffnete sie ihre Handtasche, legte zweihundert Dollar auf den Tisch, umarmte und küßte ihre Mutter, dann nahm sie, ohne zu fragen, ihren Vater beim Schlafittchen, küßte ihn ab und sagte: »Na, lieber Vater, lebe wohl. Nimm es mir nicht so übel und sei nicht so tragisch. Ich wäre sonst am Typhus gestorben. Und um das Hospital bezahlen zu können und die Injektionen, brauchte ich Geld, und so fing es an. Und als ich raus kam, war ich zu schwach, um arbeiten zu können, und weil ich so abgezehrt aussah, gab mir auch niemand Arbeit, und so ging es dann weiter. Es hat mir das Leben gerettet und dir und Muttern. So, nun weißt du alles und kannst dir den Rest zusammenreimen. Na, lebe wohl. Wer weiß, ob ich dich noch einmal lebend wiedersehe.«

Da fing der Alte an zu weinen, nahm sie in seine Arme, küßte sie und sagte: »Leb wohl, Kind. Ich bin halt alt. Das ist alles. Es ist schon gut. Du mußt das besser wissen. Schreibe manchmal. Mutter und ich, wir werden uns immer freuen, wenn wir etwas von dir hören.«
Dann töffte sie ab. Die Alten haben sich mit der Zeit mit dem Hurengelde völlig abgefunden. Jeannette sendet vierteljährlich eine schöne Summe rüber, und die Annahme wird nie verweigert. Ehre entwickelt sich nur und erhält sich nur, wenn man nicht zu hungern braucht; denn das Ehrgefühl richtet sich nach den Mahlzeiten, die man hat, nach denen, die man sich wünscht, und nach denen, die man nicht hat. Darum gibt es drei Hauptklassen und drei verschiedene Ehrbegriffe.
»Und dann«, erzählte mir Jeannette weiter, »bin ich nach Santiago gekommen, darauf nach Lima und endlich hierher. Man muß schon etwas können und muß schon gute Männerkenntnisse haben, wenn man hier Geschäfte machen will. Die Konkurrenz ist groß.«
»Das können Sie doch nicht für immer betreiben, dieses Geschäft«, sagte ich.
»Natürlich nicht«, erwiderte Jeannette. »Das Traurigste unter diesem Himmel ist eine alte Dame, die hier vor der Tür sitzen oder auf und ab wandern muß und sich zu Dingen hergeben muß, die wir mit energischer Handbewegung ablehnen. Ich mache mit, bis ich sechsunddreißig bin, und dann wird Schluß gemacht. Ich habe gespart und habe nie gelumpt. Wollen Sie wissen, wie hoch mein Bankguthaben hier auf der amerikanischen Bank ist? Sie würden es ja doch nicht glauben, und es tut ja auch nichts zur Sache. Dann kaufe ich mir ein Gut in Deutschland oder eine Farm in Kanada, und dann wird geheiratet.«
»Geheiratet?« fragte ich.
»Was dachten Sie denn? Natürlich. Mit sechsunddreißig. Dann fängt doch die Freude am Leben erst an. Und ich werde schon etwas aus meinem Leben und aus meiner Ehe machen. Ich habe ja die Erfahrung und die Männerkenntnis, ich verstehe schon, meinem Manne ein Leben und ein Bett zu bereiten, daß er den Wert seines Schatzes erkennt.«

»Aber das ist doch etwas viel gewagt. Die Welt ist klein, sehr klein. Und es kann doch gelegentlich eine Begegnung mit einer, nun sagen wir es ruhig, mit einer Zwei- oder Fünf-Dollar-Bekanntschaft stattfinden, die das paradiesische Eheleben zerschmettert.«
Jeannette lachte und sagte: »Nicht mit mir. Da kennen Sie mich nicht. Ein solches Höllenleben führe ich nicht. Das überlasse ich den dummen Frauenzimmern. Ich habe damals meinem Vater gesagt: Meine Ehre ist, daß ich niemals jemand betrogen habe und daß ich niemals jemand betrügen werde. Also vor allen Dingen nicht meinen Mann. Bevor wir zu ernsten Abmachungen kommen, werde ich ihm ohne irgendeine Einschränkung sagen, wo ich mein Geld herhabe. Steht er über dieser Angelegenheit, dann werde ich ihm sagen: Gut, wir heiraten unter folgender Bedingung: Du wirfst mir niemals vor, wie ich zu meinem Vermögen kam, und ich werfe dir niemals vor, daß du von diesem Gelde ein angenehmes Leben führen darfst. Denn das Geld behalte ich in der Hand, und er kriegt genug, daß er mich nicht anzubetteln braucht. Ich werde ihn mir vorher schon gut genug ansehen, daß ich nicht in den falschen Hut greife, wenn ich mein Los ziehe.«
Der Mann, der sie bekam, durfte dem Schicksal vielleicht dankbar sein. Denn wenn er kein Spaßverderber war, würde er nach einer Woche erfahren, daß Jeannette das Fünffache ihres Vermögens wert sei, weil sie die Ehe sicher nicht langweilig werden läßt. Sie gewißlich ließ keine Wünsche unerfüllt.

31

»Da sind Sie ja, Osuna«, rief ich ihm entgegen. »Ich habe Sie schon lange gesucht, glaubte, Sie seien bereits heimgegangen.«
»Nein«, sagte er, »an Heimgehen dachte ich gerade nicht. Aber wir könnten jetzt einmal ein wenig zusammenbleiben und in den Pacífico Saloon gehen.«
»Gut, gehen wir, vámonos!«
Es war ein sehr großer weiter Raum, weiß, mit Gold verziert. An der einen Seite waren Nischen. In jeder Nische ein kleiner Tisch und drei gepolsterte Bänke herum. An der andern Seite, den Eingangstüren gegenüber, waren gepolsterte Bänke die ganze Front entlang. An der Seite, die der Wand mit den Nischen gegenüberlag, war das Büfett mit hohen Sitzen für die Gäste. In der Ecke war eine Jazzkapelle, die auf einem Podium saß. Die Wände waren mit Gemälden geschmückt. Diese Gemälde waren recht gut gemalt. Es waren die Darstellungen nackter Frauen in Lebensgröße. Diese schönen Frauen gebrauchten keine Feigenblätter, um jemand daran zu erinnern, daß es etwas zu verbergen gäbe, dessen Vorhandensein jedem Menschen bekannt ist und das nur darum auf Gemälden und Statuen heuchlerischerweise abgelogen und abgeleugnet wird, damit man nicht vergessen soll, daß es unanständig ist. Und immer nur dann, wenn es unter einem Feigenblatt verborgen wird, bückt man sich, um nachzusehen, was darunter ist, weil man bei seiner Schwester oder bei seinem Bruder, wenn man mit ihnen in der Badewanne saß, nie bemerkt hatte, daß da ein Blatt aus dem Bauche wächst. Hier freilich wäre es lächerlich gewesen, den Leuten, ob sie nun Männer oder Frauen waren, einzureden, daß die Menschen am untern Ende des Bauches eingewachsene oder festgewachsene Blätter hätten. Sie würden es nicht geglaubt haben. Woanders glaubt man es offenbar oder hält wenigstens die Menschen für dumm genug, daß sie es glauben. Denn wären die Blätter nicht, würden die Menschen nie wissen, daß sich dieser Teil des menschlichen Körpers von den übrigen Teilen in irgendeiner Weise unterscheidet. Das aber muß den Menschen gelehrt

werden, damit sie wissen, was Sünde ist, und damit sie die bezahlen und in Ehren halten, die behaupten, daß sie das Recht hätten, die Sünden vergeben zu dürfen. Was würden wir armen Menschen tun, wenn wir nicht wüßten, was Sünde ist! Das so schön aufgebaute Gebäude würde zusammenbrechen. Denn es ist ja nur auf Suggestion aufgebaut.

Auf der langen gepolsterten Bank saßen die Señoritas und warteten auf ihre Tänzer. Die Herren saßen entweder an der Bar oder in den Nischen. Zwei oder drei der Herren hatten eine oder zwei der Señoritas bei sich, mit denen sie sich sehr anständig unterhielten, ebenso geistvoll wie in einem Ballsaal der Oberen Zweitausend von New York. Es war nur interessanter, weil man, wenn man wollte, auch das sagen durfte, was man auf dem Herzen hatte, während man das bei jenen Zweitausend nur sagen darf, wenn angenommen wird, daß man die Landessprache nicht genügend versteht, um den wahren Sinn der Worte zu begreifen. Ein Onestep rasselte vom Podium herunter. Aber die Herren waren recht tranig. Nur da, wo alles verboten ist, weiß man immer, was man tun will, um sich zu amüsieren. Hier, wo alles erlaubt ist, was man sich nur denken kann, sind die Herren immer verlegen und schüchtern, und wenn die Señoritas nicht gar so freundlich und aufmunternd herüberlächeln würden, kämen die Herren nicht zum Tanzen. Und trotz des schönen Lächelns: die Señoritas müssen meist mit ihresgleichen tanzen, weil die Herren ihre Verlegenheit und Schüchternheit dadurch zu verbergen suchen, daß sie an der Bar sitzen und trinken und trinken, mehr trinken, als sie wollen. Durch das Trinken wollen sie den Señoritas beweisen, daß sie Männer seien; es ihnen auf andere Weise zu zeigen, dazu fehlt ihnen in dieser ungezwungenen Umgebung der Mut. Und sie trinken, um hierbleiben zu können, in der Nähe der Señoritas, deren Lächeln sie lieben und deren schöne Gesichter sie gern sehen.

Dann aber raffen sich doch einige auf und bitten die Señoritas um einen Tanz. Es ist zum Lachen. Sie tanzen überformell, die Herren. Und die Señoritas, um es den Herren zu erleichtern, schmiegen sich ihrer ganzen Länge nach an ihre schüchternen Tänzer. Es ist fruchtlos. Und die Señoritas tanzen nun ebenso formell wie die braven Herren. Aber das gefällt nun den Herren nicht, und jetzt

beginnen sie, etwas schmiegsamer zu werden. Die Señoritas lächeln ihr schönstes Lächeln. Aber die Herren drucksen und wissen nicht, was sie zu den Damen sagen sollen. Es ist wie in einer Tanzschule. Die Señoritas, die mit ihresgleichen tanzen, tanzen zuweilen in der überdeutlichsten Weise, um die Herren auf sich zu lenken. Aber merkwürdig, es zieht nicht. Sie erreichen ihre Absichten viel leichter, wenn sie elegant tanzen, ohne Wackelagen und Schmiegelagen. Die Künstlerinnen unter ihnen, die Weisen, wissen, daß sie die meisten Erfolge haben, wenn sie die Herren an deren Bräute oder deren Freundinnen aus der Gesellschaft erinnern können. Aus diesem Grunde sitzen auch viele der Señoritas vor ihren Türen und häkeln feine Spitzen oder sticken feine Tücher. Es ist ein Trick, der seine Wirkung nicht verfehlt. Er erinnert die Herren, die hier in fremdem Lande sind, wochen- oder monatelang auf See, im Dschungel, im Busch waren, an traute Häuslichkeit der heimatlichen Erde.
Manchmal führen die Herren ihre Señoritas wieder zurück zu ihren Plätzen, während sie selbst wieder an die Bar gehen oder sich einen Platz in den Nischen nehmen. Dann aber lädt auch ein Herr eine oder zwei oder – besonders wenn er sich nicht recht traut, mit einer allein zu sitzen – drei oder vier Señoritas an seinen Tisch.
»Was trinken Sie, Señorita?«
»Ich einen Whisky und Soda. Ich einen Jugo de Naranja, einen Apfelsinensaft. Ich eine Flasche Bier. Ich möchte ein Paketchen Zigaretten.« Keine bestellt Sekt oder einen teuren Wein. Sie neppen nicht. Wenn freilich der Herr protzen will oder er will durchaus seine vier Monate Arbeitslohn in einer Nacht verhauen, dann bestellt er Sekt und wer weiß was sonst noch und lädt mit einemmal sämtliche Señoritas, die anwesend sind, zwanzig oder fünfundzwanzig, ein, an dem großen Gelage, das nun beginnt, teilzunehmen. Dann wird es lustig. Es ist nichts verboten, und Polizeistunde gibt es nicht. Der Saloonbesitzer hat seinen Stempelbogen mit den Steuermarken im Lokal hängen und hat das Recht, sein Geschäft so zu betreiben, daß es keinen Schaden leidet. Wo geneppt wird, geht morgen niemand mehr hin, die ganze Stadt weiß es in zwölf Stunden. Der Besitzer muß zumachen. Um das Neppen zu verhüten, hat er große Plakate im Saloon hängen: ›Jedes Ge-

tränk ein Peso‹ oder: ›Jedes Getränk fünfzig Centavos‹. Sie brauchen keine Polizeivorschriften. Gäste und Restaurateure regeln das selbst durch die Freiheit von Angebot und Nachfrage, durch die Freiheit der Konkurrenz und durch das Fehlen von Konzessionsverpflichtungen. Wenn zu viele einen Saloon aufmachen, braucht keine Behörde einzugreifen, die überflüssigen gehen von selbst pleite. Nur die Nichtnepper, nur die, die für gutes Geld gute Ware liefern, überleben. Vier Polizisten und ein Inspektor halten in diesem großen Viertel die Wache, und sie haben so selten etwas zu tun, daß es auffällt, wenn sie einmal eingreifen müssen. Sie brauchen nur ganz selten einen Betrunkenen in Sicherheit zu bringen, weil selten ein Betrunkener zu sehen ist. Und wenn man doch einen sieht, so ist es ein indianischer Arbeiter oder ein heruntergekommenes Halbblut. Im Streitfalle mit den Señoritas und den Herren sind sie auf seiten der Schwächeren, der Señoritas. Und nur, wenn der Herr zweifelsfrei im Recht ist, dann wird ihm beigestanden.
Zwei oder drei Detektive mischen sich unter die Leute. Sie suchen nach den Opium- und Kokainverkäufern, die hier in diesem Viertel ihre Kundschaft finden.
Osuna und ich, wir setzten uns an einen Tisch und bestellten Bier. Dann tanzten wir mit zwei Señoritas und luden sie ein, sich zu uns zu setzen. Sie tranken ein Gläschen Whisky. Wir wußten nicht, was wir mit ihnen reden sollten. Und es tat mir leid um die Señoritas, die sich die größte Mühe gaben, eine Unterhaltung in Gang zu bringen. Ich war immer froh, wenn wieder ein Tanz einsetzte, weil man mit den Füßen leichter fortkonnte als mit der Zunge.
Um überhaupt zu reden, fragten wir die Señoritas nach allen möglichen dummen Sachen. Ob sie jede Woche den Arzt sehen müßten oder nur alle zwei Wochen. Ob diejenigen, die nicht in den Saloons tanzten, für ihre Häuser hundertfünfzig oder zweihundert Pesos im Monat zu zahlen hätten. Wieviel sie durchschnittlich verdienten.
Sie hielten uns sicher für außerordentlich stupid, daß wir so blöde geschäftliche Fragen an sie richteten, statt von den mehr interessanten Dingen des Lebens zu sprechen. Aber sie verloren ihre gute Laune nicht. Das konnten sie auch nicht gut, weil sie keine Launen

hatten. Die durften sie nicht haben, weil es dem Geschäft hinderlich werden könnte. Und weil sie keine Launen hatten, fühlten sich viele Herren, die Familie hatten, hier wohler als in ihrem Hause; denn es gibt nur wenige Männer, die launische und zänkische Frauen lieben. Die Erholung hier war für solche Herren die Geldausgabe wert. Hier waren die Herren immer vergnügt. Und ich glaube sicher, wenn sie zu Hause stets ebenso vergnügt wären wie hier, würden manche keine zänkischen und launischen Frauen daheim vorfinden. Endlich sagte Osuna: »Es ist elf, ich glaube, wir gehen.«
»Gut«, sagte ich, »gehen wir.«

32

Wir kamen heim um halb zwölf. Um zu der Kammer zu gelangen, wo wir unsre Arbeitshose anziehen wollten, mußten wir an der Backstube vorüber. Sie waren feste am Arbeiten da drin. Wir guckten durch die Tür, und der Meister sah uns.
Er zog seine Uhr und sagte: »Es ist gleich zwölf.«
»Das weiß ich«, erwiderte ich, »wir haben es eben an der Kathedrale gesehen. Und überhaupt, ich höre auf.«
»Wann?« fragte der Meister. »Jetzt«, sagte ich.
»Dann sagen Sie es dem Alten. Er ist vorn im Café.«
»Das habe ich gesehen. Das brauchen Sie mir nicht zu sagen. Ich bin ja durch das Café gekommen.«
»Ich höre auch auf«, sagte nun Osuna.
»Warum wollt ihr denn beide aufhören?« fragte der Meister.
»Wir sind doch keine Blödhammel, daß wir hier jeden Tag fünfzehn und achtzehn Stunden arbeiten«, sagte Osuna.
»Ihr habt wohl getrunken?« fragte der Meister.
Osuna ging gleich auf ihn zu: »Was sagen Sie?«
»Ich werde doch wohl noch sagen dürfen, daß es gleich zwölf ist«, rechtfertigte sich der Meister, »wenn wir hier schon seit zehn arbeiten und so viel zu tun ist.«
»Sie können sagen, was sie wollen«, meinte ich, »aber nicht mehr zu uns. Sie sind nicht mehr unser Meister.«
»Gut«, sagte der Meister darauf, »dann geht aber auch gleich. Dann braucht ihr hier auch nicht mehr zu schlafen, und morgen früh noch das Frühstück mitnehmen gibt es auch nicht.«
»Darum haben wir Sie gar nicht gefragt«, erwiderte Osuna, »und wenn wir das wollten, würden wir gerade Sie nicht darum anbetteln.«
Wir gingen in die Kammer, packten unsre Arbeitslumpen jeder in einen leeren Zuckersack und gingen. Mit einemmal sagte Osuna: »Wir haben ja unsre zwei Pesos in den alten Schuhen gelassen, nur gleich geholt. Wenn die Bilder haben wollen, dann mögen sie sich selber welche kaufen.«

Wir nahmen unsre zwei Pesos und kamen wieder vorbei an der Backstube.
»Wer hat denn die Bilder da zerrissen?« fragte der Tscheche.
»Wir«, antwortete Osuna. »Vielleicht was dagegen? Nur sagen. Wir sind gerade in der Stimmung. Ich denke doch, daß wir mit unsern Bildern machen können, was wir wollen.«
»Das habe ich nicht gewußt, daß das eure Bilder waren. Die hättet ihr doch nicht zu zerreißen brauchen«, sagte ein andrer.
»Solche unanständigen Bilder mag ich nicht leiden«, antwortete Osuna. »Wenn ihr so etwas vor Augen haben wollt, kauft sie euch. Wir brauchen keine Bilder, was, Gales?«
»Nein, wir haben solche Bilder nicht nötig, glücklicherweise nicht«, unterstützte ich Osuna. Und ich tat es mit voller Überzeugung.
Dann gingen wir zu Señor Doux und verlangten unser Geld, das wir noch zu kriegen hatten. Er gab es uns nicht und sagte, wir sollten morgen wiederkommen.
»Ihr Morgen kennen wir reichlich«, gab ich ihm zur Antwort.
Osuna stellte seinen Sack auf den Boden, lehnte sich ein wenig über das Büfett, hinter dem Señor Doux stand, und sagte ziemlich laut: »Wollen Sie uns jetzt sofort unser Geld geben oder nicht? Oder soll ich erst die Polizei hereinholen, daß Sie uns unsern verdienten Lohn auszahlen?«
»Schreien Sie doch nicht so, daß die Gäste aufmerksam werden«, sagte Señor Doux leise und griff in die Hosentasche, um das Geld herauszunehmen. »Ich zahle Ihnen ja, ich bin Ihnen doch nie einen Centavo Lohn schuldig geblieben. Wollen Sie noch eine Flasche Bier trinken?«
»Können wir machen«, erwiderte Osuna. »Wir sind nicht zu stolz dazu.« Wir setzten uns an einen Tisch, und ein Kellner brachte uns zwei Flaschen Bier.
»Das Bier wollen wir ihm nicht schenken, diesem Geizkragen«, sagte ich. »Er hat sicher geglaubt, wir würden nein sagen, sonst hätte er es uns nicht angeboten.«
»Sicher nicht«, meinte Osuna, »deshalb habe ich ja auch ja gesagt. Ich habe gar keinen Appetit darauf.«
Warum wir gingen, danach fragte Señor Doux nicht. Solche plötz-

lichen Abschiede kamen bei ihm zu häufig vor, als daß er sich darüber aufgeregt hätte. Ebensowenig fragte er uns, ob wir nicht bleiben möchten. Er wußte wohl, daß es bei uns ebenso erfolglos gewesen wäre wie bei früheren Abschieden.
Er ging zur Kasse, wo seine Frau stand, und holte das Geld für uns. Dann brachte er es an unsern Tisch, legte es hin und verschwand wieder hinter dem Büfett, ohne noch etwas zu sagen und ohne nochmals zu uns rüberzusehen.
Dann gingen wir zu einem indianischen Kaffeestand, wo wir ein Glas Kaffee tranken und die Frau fragten, ob wir nicht unsre Säcke hier bis zum Morgen unterstellen könnten. Dann würden wir wiederkommen, bei ihr frühstücken und die Säcke abholen.
Danach gingen wir wieder zu den Señoritas, wo es angenehmer war als in der Backstube.
Am nächsten Tage, nachdem wir den Vormittag über uns auf den Bänken der Plaza herumgedrückt hatten, gingen wir zu einer Casa de Huespedes, wo wir jeder ein Bett belegten für fünfzig Centavos und unsre Säcke in dem Kofferraum abgaben.
Bett ist ja nun auf keinen Fall richtig. Einzelne jener Betten waren von dem Muster unsrer Bäckerbetten, also Hängematten aus Segelleinen, die in einem Scherengestell aufgespannt waren. Wir aber bekamen bessere Betten. Das waren Drahtmatratzen, die durchgelegen waren, so daß man immer in einer Höhle lag, wo man so zusammengepreßt war, daß man kaum atmen konnte. Die Unterlage war so dünn und zerschlissen, daß man den Draht fühlte, und da man ja nicht viel Fleisch am Körper hatte, kerbte sich der Draht in die Knochen. Und das war ein recht angenehmes Gefühl. Diese Betten könnten in einer Folterkammer gute Dienste leisten.
Da war ein weiß überzogenes Kopfkissen und ein weißes Leinenlaken in jedem Bett. Aber da diese weiße Leinenwäsche nur jede Woche oder alle drei Wochen gewechselt wurde, während der Bettgast jeden Tag wechselte, so waren die Sachen eigentlich nicht weiß, sondern fettig, fleckig und streifig. Außerdem gehörte zu jedem Bett eine Decke, die sicher nie gewaschen und nie geklopft wurde. Es wurde nicht gelaust, und niemand wurde untersucht, ob er krank sei. Wer sein Bett bezahlte, durfte darin schlafen, ob er

von den Läusen bald aufgefressen wurde, ob er Syphilis, Tuberkulose, Malaria, Leprose, Krätze, schwarze Pocken oder sonst etwas hatte.
Die Schlafräume lagen zu ebener Erde. Türen hatten sie nicht, oder es waren nur noch die Reste ehemaliger Türen vorhanden. Man trat vom Hofe unmittelbar in den Schlafraum. Jeder Schlafraum hatte sechs bis acht Betten. Die Betten standen kreuz und quer im Raum, gerade so, wie sie am besten Platz fanden. Ein Raum lag neben dem andern, so daß die Räume eine lange Reihe bildeten. Am Ende der Reihe schloß sich im rechten Winkel wieder eine Reihe an und an diese wieder eine Reihe, so daß also der ganze viereckige Hof mit Schlafräumen eingezäunt war. Die Vorderfront bildete ein großes zweistöckiges gemauertes Haus mit der stolzen Inschrift ›Continental-Hotel. – Bäder zu jeder Tages- und Nachtzeit‹. Hier in diesem Vordergebäude waren die Zimmer für einen Peso; in jedem Raume standen zwei Betten. Diese Betten hatten Moskitonetze, während die billigen keine hatten.
Viel wert waren die Netze nicht, weil sie große Löcher hatten. Außerdem war in dem Gewebe der Atem von Tausenden von verschiedenen Menschen aufbewahrt.
Bäder konnte man in der Tat zu jeder Nachtzeit bekommen. Es waren Brausebäder, und jedes Bad kostete fünfundzwanzig Centavos. Dafür bekam man Seife und Handtuch und einen Bastwisch zum Abreiben dazugeliefert. In diesen Baderäumen wimmelte es von riesengroßen Schaben. An der Wasserrohrleitung war kein Hahn, den man einstellen konnte, so daß das Wasser laufen konnte. Man hatte eine Kette zu ergreifen und daran zu ziehen. Beim Baden konnte man also nur immer eine Hand zum Waschen gebrauchen, während man mit der andern an der Kette ziehen mußte. Wusch und seifte man sich mit beiden, so mußte man die Kette loslassen, und das Wasser hörte auf zu laufen. Das wurde getan, um Wasser zu sparen; denn Wasser ist hier ein kostbarer Artikel. In den billigen Schlafräumen gab es alles erdenkliche Ungeziefer und alle möglichen Insekten der Tropen, alles natürlich in tropischen Ausmaßen, nur die Moskitos waren klein. Die großen widerlichen Schaben liefen in den Betten umher und an den Wänden auf und ab, als ob ihnen die Räume gehörten.

Die Reihen der billigen Schlafräume waren alle aus dünnen Brettern erbaut, die halb verfault waren. Die Dächer waren aus Wellblech und bei manchen Räumen aus Pappe. Ob sie aus Blech oder aus Pappe waren, alle leckten, wenn es regnete, so fürchterlich, daß an ein Schlafen nicht zu denken war.
Die Gäste alle rauchten. Und da es ja nicht ihr Haus war, so flogen die ganze Nacht hindurch die glühenden Zigarettenstummel und brennenden Zündhölzer in den Räumen herum. Die Zündhölzer hier sind aus Wachs und brennen schön weiter, wenn man sie weggeworfen hat. Aber trotzdem sind Feuer sehr selten. Wenn sie ausbrechen, brennt alles nieder, weil die Feuerwehr zwar die modernsten Löschmaschinen besitzt und sehr gut gedrillt ist, aber kein Wasser hat. Nur gerade so viel Wasser, wie in den fahrbaren Maschinen mitgeführt wird. Die Fußböden waren alle zertreten und morsch und faul. Ratten und Mäuse hatten ideale Heime und trugen die Beulenpest umher.
Die billigen Schlafräume waren immer voll besetzt, die teuren für einen Peso standen immer zur Hälfte leer. Wir kamen, gaben einen Namen an, der eingeschrieben wurde, und erhielten unsre Raum- und unsre Bettnummer. Dann legten wir uns schlafen, nachdem wir ein Brausebad genommen hatten.
Gegen acht Uhr abends standen wir auf und gingen wieder in die Stadt. Das Bett gehörte uns noch für die kommende Nacht, und wir brauchten nicht noch einmal dafür zu bezahlen.
Bedürfnisanstalten gibt es hier nicht, dafür müssen alle Wirtschaften, die darauf eingerichtet sind, jedem, auch wenn er nichts verzehrt, die Benutzung gestatten. Aber manche Wirtschaften haben selbst keine Einrichtung dafür, weil sie keinen überflüssigen Raum haben. Dann muß sogar der Besitzer in ein Nachbarrestaurant gehen.
Das war der Grund, daß ich in eine Bar kam. Ein Riese von einem Mann stand an dem Büfett und trank Tequila. Er hatte hohe Reitstiefel an mit Sporen. Sein Gesicht war sehr roh, und er trug einen mächtigen Hindenburgbart.
»Hallo!« rief er, als ich wieder hinausgehen wollte. »Suchen Sie Arbeit?«
»Ja. Was für welche? Wo?«

»Baumwolle pflücken. In Concordia. Mr. G. Mason. Zahlt den üblichen Pflückerlohn. Bahnstation. Kostet drei Pesos sechzig.«
»Sind Sie beauftragt, Leute anzunehmen?«
»Natürlich, sonst würde ich es Ihnen doch nicht sagen.«
»Gut, geben Sie mir einen Zettel.«
Er ließ sich ein Stück Papier von dem Wirt geben, nahm ein Bleistiftstümmelchen aus seiner Hemdtasche und schrieb den Zettel aus.
Ich las den Zettel: Mr. G. Mason, Concordia. Dieser Mann kommt zum Pflücken. L. Wood.
Als ich später Osuna traf und ihn fragte, sagte er mir, daß er nicht mitkäme. Am nächsten Morgen fuhr ich ab. Ich kam an und fand Mr. Mason. Auf dem Felde waren viele Pflücker tätig, und die Arbeit hatte schon tüchtig angefangen.
Als Mr. Mason meinen Zettel sah, sagte er: »Mr. L. Wood? Kenne ich nicht. Hat keinen Auftrag von mir, Pflücker anzunehmen. Kann gar keine brauchen. Habe genug.«
»Sie sind doch Mr. G. Mason?« fragte ich.
»Nein, ich bin W. Mason.«
»Wohnt hier in der Nähe ein Mr. G. Mason?« fragte ich.
»Nein«, antwortete der Farmer.
»Dann sind Sie doch damit gemeint«, sagte ich. »Das mit dem G. ist dann nur ein kleiner Irrtum. Sie pflücken doch. Wie kann denn Mr. Wood oder ganz gleich wie er heißt wissen, daß hier ein Mr. Mason wohnt, der Baumwolle baut und jetzt gerade mit dem Pflücken beginnt?«
Der Farmer machte ein unbestimmtes Gesicht und sagte dann: »Das weiß ich auch nicht. Jedenfalls kenne ich keinen Mann namens Wood, und mein Vorname ist nicht G., sondern W.«
»Schöne Sache«, sagte ich, »einem so das Geld aus der Tasche zu lotsen für die Eisenbahnfahrt, wenn man schon so gut wie nichts hat. Ich will Ihnen etwas sagen, Mr. Mason, etwas stimmt hier nicht, und es ist an dieser Stelle hier schwer herauszukriegen, wer der verfluchte Gauner ist, der einen um seine Zeit und sein Geld betrügt.«
»Wenn Sie wollen, können Sie ja hier anfangen zu pflücken«, lenkte Mr. Mason nun ein, »aber Sie kommen nicht aufs Geld. Ich habe

nur Eingeborene zum Pflücken, und die tun es billig. Sie können auch hier nirgends wohnen.«
»Verstehe auch ohne Hörrohr, was los ist«, sagte ich.
»Haben Sie schon einmal als Zimmermann gearbeitet?« fragte nun Mr. Mason.
»Ja, das habe ich, ich bin ein geübter Zimmermann.«
Wenn man hier nicht verhungern will, muß man alles sein können, auch wenn man nie eine Axt oder ein Zieheisen in der Hand gehabt hat. Ich jedenfalls hatte keine blasse Ahnung von der Zimmerei. Aber ich dachte, wenn ich erst einmal vor der Arbeit stehe und mir eine Axt gegeben wird, dann geht das übrige schon von selbst. Es kann jemand in England oder in Frankreich oder in Deutschland vier oder fünf Jahre Buchbinder oder Gelbgießer oder sonst was gelernt haben und ein Meister in seinem Fache sein. Das ist hier gar nichts wert, weil selten oder nie ein Buchbinder oder Gelbgießer verlangt wird. Wer bei seinem Handwerk bleiben will wie der Schuster bei seinem Leisten, der bekommt hier nicht einmal verschimmeltes Brot in den Magen. Heute ein Auto reparieren, morgen einen guten Maurer machen, übermorgen Stiefel besohlen, die folgende Woche ein Bohnenfeld pflügen, dann Tomaten in Blechbüchsen konservieren und verlöten, hierauf Werkzeuge schmieden und Drillmaschinen in Ordnung bringen auf den Ölfeldern, dann ein Kanu, mit Papayas gefüllt bis zum Sinken, über Stromschnellen und Sandbänke, zwischen Alligatorenherden und durch undurchdringliches Dornengestrüpp tagereisenweit die Flüsse hinunterpaddeln: wenn man das nicht alles nebenbei kann, ist das so mühevoll gelernte Handwerk und das lange Studium des Ingenieurs oder des Arztes nicht so viel wert, daß man sich fünfzig Centavos für ein chinesisches Mittagessen verdienen kann.
»Wenn Sie Zimmermann sind, kann ich Ihnen Arbeit besorgen«, erläuterte Mr. Mason. »Da baut ein Farmer ein neues Haus, und er wird nicht gut damit fertig, weil er nichts von Holzarbeit versteht. Ich gebe Ihnen einen Zettel mit. Es ist nur eine Stunde von der Bahnstation entfernt.«
Ich bin alt genug und lange genug aus den Windeln, um zu wissen, daß niemand einen Zimmermann brauchte und daß Mr. Mason

nur nach einer Gelegenheit suchte, mich recht rasch loszuwerden, damit ich nicht etwa das Reisegeld von ihm verlangte. Denn es war kein Zweifel, daß er den Mr. Wood beauftragt hatte, sich nach Pflückern umzusehen. Inzwischen aber hatte er indianische Pflücker angeworben, die es billiger machten, weil sie von Frijoles und Tortillas leben konnten. Das ist der Trick, den sie mit den Arbeitslosen spielen. Überall wird angeworben, weil sie nicht wissen, wer kommt und wer nicht kommt. Überallhin, wo sie einen Bekannten haben, schreiben sie Briefe, daß sie Pflücker brauchen, und von überallher finden sich immmer wieder Gutgläubige und Verhungernde ein, die den letzten Peso für die Bahnfahrt wagen. Der Farmer hat dann die Auswahl, sich die Billigsten auszusuchen und den Pflückerlohn zu pressen, weil der arme Teufel nicht mehr fortkann; er muß pflücken, und wenn ihm nur drei Centavos für das Kilo geboten werden. Es war zwecklos, sich mit dem Manne lange herumzustreiten. Die einzige Abrechnung wäre gewesen, ihm ein paar in die Fresse zu hauen. Aber er hatte den Revolver in der hinteren Tasche, und Fausthiebe, auch wenn sie noch so gut gezielt sind, bleiben gegen Revolverkugeln zu sehr im Nachteil, als daß es sich lohnte, es mit der nackten Faust gegen nickelplattierte Bleikerne aufzunehmen.
Zur Station mußte ich sowieso zurück. Da konnte ich ja gut bei jenem Farmer einmal vorsprechen. Es war aber schon so, wie ich vermutet hatte. Der Farmer brauchte keinen Zimmermann, er war selbst Zimmermann genug, um mit drei Peones sein Haus wunderschön und dauerhaft aufzubauen. Immerhin, die Nachfrage nach Arbeit brachte mir ein gutes Essen ein. Und der Farmer bestätigte mir auch, daß Mr. Mason ein ganz niederträchtiger Lump sei und jedes Jahr diesen Trick mit der Anwerbung von Pflückern vollführe, um durch die arbeitsuchenden weißen Arbeiter noch mehr auf die Pflückerlöhne der Indianer zu pressen. Denn diese armen Teufel, die kaum eine andre Einnahme an Geld das ganze Jahr hindurch haben, werden ganz klein und duldsam gegenüber den Lohnpressungen, wenn sie selbst Weiße um diese Arbeit betteln gehen sehen.

33

Als ich zur Stadt zurückkam, waren mir von meiner monatelangen Arbeit in der Bäckerei gerade zwei Pesos übriggeblieben.
Was tun?
Ich ging zur Casa, wo ich hoffte, Osuna zu finden. Aber er war nicht da. Vor zwölf ging er nicht zu Bett. Abends war ja das Leben am schönsten, wenn es kühl war und die hübschen Mädchen auf den Plazas promenierten, während die Musikbands spielten.
Auf keiner der Plazas sah ich Osuna. Also konnte er nur im Spielsaal sein. Der Spielsaal war im oberen Stockwerke eines großen Hauses, das zu ebener Erde eine Bar hatte. Im Spielsaal selbst wurden keine Getränke verabreicht. Es gab nur Eiswasser, das man umsonst erhielt. Gesellschaftskleidung war nicht vorgeschrieben. Ich ging hin, gerade wie ich war, ohne Jacke und ohne Weste. Den Leitern der Spielbank kam es nicht darauf an, was die Besucher auf dem Leib hatten, sondern was sie in den Taschen hatten, und der, der ohne Jacke und Weste erschien, konnte drei oder sechs oder gar neun Monate Drillerlohn in der Tasche haben. Je verölter und verspritzter seine Hosen, sein Hemd und sein Hut, je verlehmter seine Stiefel waren, desto wahrscheinlicher war es, daß er zwei- oder dreitausend Pesos lose in der Hosentasche trug und zur Spielbank kam, um diese Summe zu verdoppeln.
Auf dem Treppenabsatz war ein kleines Tischchen, wo zwei Männer saßen, die jeden, der hinaufging, beobachteten. Sie kannten jeden Besucher, und sie hatten ein feines Gedächtnis für die, denen der Besuch untersagt war, weil sie sich nicht zu benehmen verstanden. Es kam vor, daß jemand behauptete, der Bankhalter habe ihn übervorteilt. Ohne zu streiten, zahlte der Bankhalter die fünf, zehn oder zwanzig Pesos, um die der Streit ging, sofort aus, auch wenn die Bank durchaus im Recht war. Aber der Mann durfte nie wieder den Saal betreten. Die Bank betrog nicht. Es waren nur immer die Gäste, die zu betrügen versuchten. Die Bank wußte, daß sie bessere Geschäfte machte, wenn sie grundehrlich spielte, Karten und Würfel wechselte, sobald ein Spieler nur den leisesten

Zweifel äußerte, als wenn sie versucht hätte, durch geschickte Manipulationen den Spielern das Geld aus der Tasche zu holen. Der Saal war gedrängt voll. Und wären nicht die vielen Ventilatoren gewesen, würde eine unerträgliche Hitze den Aufenthalt unmöglich gemacht haben. Es waren Tische da, an denen Roulette gespielt wurde, an andern wurde gepokert, wieder an andern gab es ›Meine Tante – deine Tante‹, oder man konnte sein Glück mit ›Siebzehnundvier‹ wagen. Eine Bank wurde von einem Chinesen gehalten, der Vorstandsmitglied des Jockeiklubs war. Die Spielbank arbeitete unter dem Namen Jockeiklub, und sie war nur Mitgliedern des Jockeiklubs zugänglich. Mitglied des Jockeiklubs war man, sobald man den Saal betrat. Die Regierung schrieb zwar vor, daß jeder Besucher eine ausgeschriebene, auf seinen Namen lautende Mitgliedskarte haben müsse. Aber nach dieser Karte wurde nie jemand gefragt, jedenfalls nie ein Weißer. Nur von den Indianern verlangte man Karten zu sehen, aber die hatten keine, und deshalb wurde ihnen der Zutritt nicht erlaubt. Die farbige Rasse war durch die Chinesen reichlich vertreten, und zwar so reichlich, daß an manchen Abenden die Chinesen die Hälfte der Gäste ausmachten.
Ich hatte schon richtig vermutet. Osuna war anwesend. Er stand an der Würfelbank, wo ein Locker spielte, der von der Bank angestellt und bezahlt wird, um an den Banktischen zu spielen, wo augenblicklich keine Gäste sind. Durch sein Spielen, bei dem er nach jedem Wurf den Einsatz erhöht und endlich Einsätze von fünfundzwanzig Pesos macht, lenkt er die Aufmerksamkeit von Spielgästen, die sich an andern Tischen drängen, zu dieser Bank. Der hohe Einsatz macht die Leute aufgeregt, sie kommen näher, umdrängen den Tisch, um den waghalsigen Spieler zu beobachten. Natürlich gewinnt der Spieler und verliert, genau nach den Gesetzen des Spielerglücks. Aber es ist ja nicht sein Geld, es ist das Geld der Bank, das er setzt. Und die Gäste wissen nicht, daß er zur Bank gehört und nur Anreizspiele macht. Aber es dauert nur wenige Minuten, und der Tisch ist von einem Dutzend erregter Männer belagert, die das Fallen der Würfel belauern und in ihrem Innern sofort die Kombinationen ausrechnen, in welchen Intervallen die Zahlen wiederkehren. Sobald sie glauben, die Kombi-

nation errechnet zu haben, fangen sie zu setzen an und spielen. Die Würfelbank, die vor kaum zehn Minuten nicht einen Spieler hatte, sondern müßig lag, nur mit dem Bankhalter hinter dem Tisch, ist jetzt der Mittelpunkt des Spielsaales. Jedes Feld ist drei- und viermal besetzt.
Dadurch wurde die Bank mit ›Meine Tante – deine Tante‹ müßig, und der Bankhalter konnte abrechnen, die Chips auswechseln und die neuen Kartenpacke aufschichten. Wenn er fertig war und der Bankhalter bei den Würfeln vor den Strömen des Schweißes zu keuchen begann, setzten bei der Tanten-Bank zwei Locker ein. Und allmählich ging der Würfelkorb immer langsamer, weil immer langsamer und seltener hier gesetzt wurde, während bei der ›Tante‹ das Gedränge unheimlich wurde.
In einer Ecke wurde jetzt eine Bank versteigert. Sie wurde angeboten mit fünf Pesos, überboten mit zehn, und sie ging endlich fort mit sechzig Pesos. Ich sah rüber zu dem, der sie gekauft hatte.
»Hölle noch mal, Leary, Mann, wo kommen Sie denn her?« rief ich hinüber. Es war in der Tat Leary, mit dem ich in Campeche in einem Ölcamp gearbeitet hatte. »Ich drücke den Daumen für Sie, Leary, bis auf dreihundert gegen zwanzig. Einverstanden?« rief ich ihm zu.
»Einverstanden, Gales«, rief er zurück.
Die Amerikaner, die anwesend waren und es gehört hatten, lachten und kamen alle zu dem Tisch, wo Leary sich jetzt niedersetzte, um die Bank zu übernehmen, die er ersteigert hatte.
Es wurde losgespielt. Leary mußte bluten. Hundert, zweihundert, dreihundert. Er packte das Gold nur immer so raus und schob es fort. Seine Chips waren längst zu Ende.
»Verflucht noch mal, Gales, drücken Sie denn auch, oder was ist?«
»Nur keine Angst, Leary, hauen Sie nur drauf, alles, was Sie haben.«
»Gut, mache ich«, rief Leary herüber. »Aber ich schneide ihn ab, wenn Sie mich abflattern lassen.«
»Gehen Sie drauf! Ich stehe Ihnen mit dreihundert gegen Gentlemanagreement, drauf!« Ich hatte zwei Pesos in der Tasche.
Und Leary ging los. Vierhundert, fünfhundert, sechshundert, siebenhundert. Sein Gesicht wurde rot wie eine Tomate, und es sah

aus, als ob es jeden Augenblick platzen wolle. Er zog ein Tuch aus der Tasche und wischte sich den Schweiß ab. Aufgeregt war er nicht. Es war nur die Emsigkeit der Arbeit, die ihn so stark mitnahm.
Siebenhundertfünfzig.
Die Karten fielen. Die Bank gewann.
Die Karten fielen abermals. Die Bank gewann.
Ich quetschte den Daumen. Die Bank gewann. Leary stand auf: »Ich gebe die Bank ab. Versteigere.«
»Wieviel haben Sie gemacht, Leary?« fragte ich ihn, als er zu mir kam, um mir die Hand zu geben. Denn wir hatten uns ja nur über den Tisch und über das Gedränge hinweg begrüßt.
»Gemacht? Wieviel? Ich weiß nicht ganz genau. Aber da, nehmen Sie. Gehört Ihnen.« Er gab mir zweihundert Pesos.
Ich hatte sie ehrlich verdient. Aber er sagte mir nicht, wieviel er gemacht hatte. Für zwanzig hatte er sich verbürgt, falls er gewänne; wenn er mir nun zweihundert geben konnte, so hatte er einen hübschen Haufen in der Hosentasche.
Man nimmt das Geld und fragt nicht, woher es kommt. Man kann doch nicht verhungern. Verhungern ist Selbstmord. Und Selbstmord ist eine Sünde. Aber Sünden soll man nicht begehen, das wird einem schon in der Jugend gelehrt.
Leicht gewonnenes Geld ist rasch ausgegeben. Aber diese zweihundert Pesos waren keineswegs leicht verdient, und ich hielt sie gut zusammen. Ich borgte Osuna fünfzehn Pesos, und er mietete sich einen kleinen Zigarettenstand. Er zahlte für das Tischchen, das mit einem Stück gestreiftem Segeltuch überspannt war, um die Sonnenstrahlen abzuhalten, neun Pesos Miete den Monat.
Jeden Tag einmal kam der städtische Steuereinnehmer vorbei, der den Standtribut einforderte, fünfzehn Centavos. Dafür bekam Osuna ein Zettelchen, das er vorzeigte, wenn der Beamte nachmittags wieder vorbeikam, um bei denen einzukassieren, die am Vormittag nicht bezahlt hatten. Diese Bezahlung des täglichen Tributs war alles, was man mit den Behörden zu tun hatte, wenn man ein Geschäft auf der Straße errichtete. Wenn das Geschäft mal an einem Tage sehr schlecht ging, dann sagte Osuna zu dem Beamten: »Ich habe heute kaum ein Mittagessen verdient«, dann

schenkte ihm der Beamte für diesen Tag die Steuer. Es wird dem Händler geglaubt, wenn er sagt, daß er kein Geschäft gemacht hat; dafür glaubt er auch bei einer andern Gelegenheit wieder der Behörde, wenn die etwas sagt. Vertrauen gegen Vertrauen.
Viel verdiente Osuna nicht. Manchen Tag einen Peso, manchen zwei Pesos. Über zwei Pesos kam er selten. Aber es war leichter als in der Bäckerei. Die Arbeitszeit war freilich die gleiche. Von frühmorgens um fünf bis nachts um zwölf oder eins stand er an seinem Tisch. Ich holte mir jeden Tag ein oder zwei Pakete Zigaretten bei ihm und verringerte so seine Schuldsumme. Es ging sehr langsam; denn jedes Paketchen kostete nur zehn Centavos, und in jedem Paketchen waren vierzehn Zigaretten. In manchen Paketen war sogar noch ein Gutschein für zehn, zwanzig oder fünfzig Centavos, die Osuna freilich von der Fabrik ersetzt bekam, die er aber doch erst einmal auszulegen hatte. Die Fabrik zahlte ihm für diese ausgeliehene Summe fünf Prozent.
Eines Nachmittags, als ich bei ihm saß und auf der kleinen Kiste hockte, die sein Stuhl war, fragte ich ihn: »Warum sind Sie denn damals nicht mit zum Baumwollpflücken gekommen? Sie hatten doch das Reisegeld so gut wie ich.«
»Eben darum, weil ich das Reisegeld hatte, bin ich nicht mitgekommen. Ich hatte Sie gewarnt, aber Sie wollten mir ja nicht glauben. So leicht werden Sie nun wohl nicht mehr darauf hereinfallen.«
»Man kann nie im voraus wissen, ob es stimmt oder ob es nicht stimmt. Im vorigen Jahre stimmte es«, erwiderte ich.
»Natürlich kann es auch mal stimmen und wirklich Arbeit dasein und richtiger Pflückerlohn«, bestätigte er mir. »Aber ich habe reichlich Erfahrung. Vor drei Jahren war ich pflücken, bei einem Amerikaner. Wissen Sie, wie es mir ergangen ist?«
»Nein, wie?«
»Als die erste Woche herum war, wollten wir unsern Lohn haben. Da sagte der Farmer, er könne nur jedem einen Peso geben. Wenn wir Ware brauchten, so könnten wir sie aus seinem Laden beziehen. Da nahmen wir auch Ware, weil wir sie brauchten. Von dem Tage an gab er uns überhaupt kein Geld mehr, sondern immer nur Bons für seinen Laden. Und da setzte er uns Preise an, doppelt so

hoch als in der Stadt. Tabak, den wir in der Stadt für achtzig Centavos kauften, berechnete er uns mit einem Peso vierzig. Ein Hemd, das in der Stadt drei Pesos kostete, berechnete er mit fünf Pesos. So ging das mit Mehl, mit Bohnen, mit Kaffee, na, kurz, mit allem. Als wir dann mit der Ernte fertig waren, wollten wir abrechnen und unser Geld haben. Da sagte er ganz trocken, er hätte selber kein Geld, wir könnten für das ganze Geld, das uns noch zustände, Ware haben. Was sollten wir aber mit der Ware machen? Geld brauchten wir vor allem, um wieder zur Stadt zurückkommen zu können.«

»Und bekamt ihr das Geld?«

»Nein, wir mußten laufen. Er blieb uns den ganzen Lohn schuldig. Er sagte, wir sollten unsre Adresse einschicken, dann wolle er uns das Geld im Oktober schicken. Er hat nie einen Centavo geschickt, ist den Lohn heute noch schuldig. Wir haben gerade für das lausige Essen die acht Wochen gepflückt. Und was für Essen! Sie wissen ja, was man sich da kocht und was man ißt. Sie haben ja gepflückt.«

»Da läßt sich auch gar nichts dagegen tun«, sagte ich.

»Nein, die kriegen immer wieder Leute. Immer wieder andre. Immer wieder andre Dumme, immer wieder andre, die in der Stadt vor dem Verhungern stehen und die ehrlich arbeiten wollen. Wir haben ja nun in einigen Staaten sehr tüchtige Gouverneure, die von den Arbeitern gewählt wurden, von den Sozialisten und von den Syndikaten. In San Luis Potosi und in Tamaulipas. Die Gouverneure haben nun vor kurzem in den Arbeiterversammlungen gesprochen und zugesagt, daß sie hier energisch eingreifen wollen. Der Gouverneur von Tamaulipas arbeitet ein Dekret aus, daß jeder Baumwollfarmer fünfundzwanzig Pesos hinterlegen muß für jeden Pflücker und daß er für jeden Pflücker das Bahngeld für die Hin- und Rückreise bezahlen muß. Das ist wenigstens ein Anfang. Bis jetzt konnten die mit den armen Teufeln machen, was sie gerade wollten. Wenn sie dann keine Pflücker kriegen und überall herumschreien, daß ihnen die Ernte verfault, dann sagen sie, das Landarbeitersyndikat sei schuld, und das müßte ausgerottet werden. Dann reden sie von den faulen Indianern und den Peones, die lieber als Banditen leben, als daß sie anständig arbei-

ten wollen. Mich fängt keiner mit dem Schwindel. Baumwollpflücken? Ich? Ich denke nicht, daß Sie mich für einen solchen Dummkopf halten. Lieber stehlen oder krepieren. Haben Sie schon einmal hier einen armen Farmer gesehen? Ich nicht. In den ersten drei Jahren vielleicht, da geht es ihm etwas hart. Aber wenn er das Land erst einmal durch hat, dann ist es sicherer als eine Goldmine. Dann aber wollen sie auch gleich noch Diamantminen daraus machen dadurch, daß sie die Arbeiter um den Lohn betrügen. Cabrones!«
Ich denke, daß Osuna durchaus recht hatte. Und ich nahm mir vor, meine Laufbahn als Baumwollpflücker für immer abzuschließen. Es kam nichts dabei heraus. Und es war so zwecklos. Was kümmerte mich denn der Baumwollbedarf Europas? Wenn sie Baumwolle da drüben haben wollen, so mögen sie herüberkommen und sie sich selber abpflücken, damit sie einmal erfahren, was es heißt, Baumwolle pflücken. Mit dieser neuerkämpften Lebensweisheit belastet, verließ ich Osuna und ging rüber zu der Kaffeebar, um Kaffee zu trinken und zwei Hörnchen zu essen.
Neben mir saß ein Amerikaner, ein älterer Mann, sicher Farmer.
»Suchen Sie nach was?« fragte er, als ich über die Bar hin und her guckte.
»Ja, nach dem Zucker«, sagte ich. Er reichte mir die emaillierte Zuckerbüchse.
»Das meinte ich eigentlich nicht, als ich fragte«, sagte der Mann lächelnd. »Ich meinte vielmehr, ob Sie etwas verdienen wollen?«
»Das will ich immer«, erwiderte ich.
»Haben Sie schon mal Rinderherden blockiert?« fragte er jetzt.
»Ich bin auf einer Viehfarm groß geworden.«
»Dann habe ich Arbeit für Sie.«
»Ja?«
»Eine Herde von tausend Köpfen, achtzig Stiere darunter, dreihundertfünfzig Meilen über Land bringen. Abgemacht?«
»Abgemacht!« Ich schlug in seine Hand. »Wo sehe ich Sie?«
»Hotel Palacio. Um fünf. In der Halle.«

34

Einfach mit der Bahn können Viehherden nicht befördert werden. Das Land ist groß, die Strecken sind so weit, daß die Frachten die Herden auffressen. Das Füttern und Tränken hat gleichfalls seine Schwierigkeiten. Es muß herangeschafft werden zu den Stationen, Futterleute müssen angenommen werden. Durch den langen Transport geht das Vieh auch herunter. Es kann am Ende so kommen, daß der Viehzüchter noch draufzahlen darf, wenn die Reste der Herde am Bestimmungsmarkte angelangt sind.
So bleibt nichts andres übrig, als die Herden über Land zu treiben. In den europäischen Ländern ist das eine ziemlich einfache Sache. Aber hier gibt es keine Straßen. Es müssen Gebirge überstiegen werden, Sümpfe umgangen, Flüsse gekreuzt werden. Man muß stets Wasser zu finden verstehen, weil die Herden sonst zugrunde gehen, und man muß täglich Weidegründe erreichen.
»Was, dreihundertfünfzig Meilen?« fragte ich Mr. Pratt, als wir uns zur Verhandlung niedergesetzt hatten. »Luftlinie?«
»Ja, Luftlinie.«
»Verflucht. Das können dann sechshundert Meilen werden.«
»Das glaube ich nicht«, erwiderte Mr. Pratt. »Soweit ich Erkundigungen einziehen konnte, läßt es sich nahe an der Luftlinie halten.«
»Was ist mit der Bezahlung?« fragte ich.
»Sechs Pesos den Tag. Ich stelle Pferd und Sattelzeug. Beköstigen müssen Sie sich selbst. Ich gebe Ihnen sechs von meinen Leuten mit, Indianer. Der Vormann, ein Halbblut, geht auch mit. Er ist ein ganz tüchtiger Mann. Verläßlich. Ich könnte ihm die Herde vielleicht anvertrauen. Aber besser nicht. Wenn er alles unterwegs verkauft und wegrennt, kann ich nichts machen. Seine Frau und seine Kinder wohnen bei mir auf dem Rancho. Aber das ist keine Sicherheit. Suchen Sie mal hier jemand im Lande. Und ich möchte ihm auch nicht soviel Geld mitgeben. Ohne Geld kann ich ihn nicht abschicken; da sind so viele Ausgaben unterwegs. Es ist nicht gut, die Leute zu verführen. Selber kann ich nicht so lange fortblei-

ben vom Rancho. Wenn man es weiß, dauert es nicht lange, und die Banditen sind herum. Nun hätte ich gern einen weißen Mann, der den Zug übernimmt.«
»Ob ich so ehrlich bin, wie Sie denken, das weiß ich nicht. Noch nicht«, sagte ich lachend. »Ich verstehe es auch, mit einer Herde durchzubrennen. Sie haben mich doch gerade hier auf der Straße aufgegriffen.«
»Ich sehe den Leuten ins Gesicht«, sagte Mr. Pratt. »Aber, um ganz ehrlich zu sein: So auf gut Glück gehe ich ja nun auch nicht. Ich kenne Sie.«
»Sie mich? Ich wüßte nicht woher.«
»Haben Sie denn nicht bei einem Farmer mit Namen Shine gearbeitet?«
»Allerdings«, bestätigte ich.
»Da habe ich Sie gesehen. Sie gingen dann zu den Ölleuten zur Ablösung eines Drillers. Na?«
»Stimmt. Ich erinnere mich aber nicht, daß ich Sie gesehen hätte.«
»Tut nichts. Aber Sie sehen, daß ich Sie kenne. Und Mr. Shines Wort, daß ich mich auf Sie verlassen kann, obwohl Sie sich immer um Streiksachen kümmern –«
»Ich? Fällt mir gar nicht ein. Was kann ich denn dafür, daß immer zufällig da, wo ich bin, die Hölle losgeht. Ich mische mich nie rein.«
»Lassen wir das beiseite. Bei mir haben Sie keine Gelegenheit. Sie haben den Kontrakt und sind kein Arbeiter. Sie übernehmen es, die Herde zu transportieren, und ich übernehme es, Ihnen das Geld vorzustrecken und Ihnen Tagesdiäten zu zahlen.«
»Kontrakt? Ganz gut. Aber was ist mit der Kontraktprämie?« fragte ich.
Mr. Pratt schwieg eine Weile, dann nahm er sein Notizbuch, rechnete und sagte: »Ich habe zwei Meilen vom Markt, wo ich sie zum Verkauf bringen will, eine Weide gepachtet. Sie ist aufgezäunt. Wenn ich die Herde in der Weide halten kann, brauche ich nicht die Preise zu nehmen, sondern kann meinen Vorteil wahrnehmen, bis man mir kommt. Wahrscheinlich kriege ich mehrere Schiffsladungen in Auftrag. Andernfalls verkaufe ich dutzendweise. Macht besseren Preis, als wenn ich die ganze Herde auf einmal

losschlagen muß. Ich werde mal sehen. Ich habe einen guten Kommissionär da, der schon jahrelang mit mir arbeitet und immer gute Preise geholt hat.«
»Das ist alles ganz gut«, flocht ich ein, »aber das alles hat nichts mit meinem Kontrakt und meiner Prämie zu tun.«
»Well, für jeden Kopf, den Sie gesund durchkriegen, bezahle ich Ihnen extra sechzig Centavos. Wenn Sie weniger als zwei Prozent Verlust haben, noch einmal hundert Pesos.«
»Und das Risiko?«
»Was Sie mehr verlieren als zwei Prozent, dafür ziehe ich Ihnen pro Kopf verlorenes Vieh fünfundzwanzig Pesos ab«, sagte Mr. Pratt.
»Warten Sie einen Augenblick«, sagte ich. Ich rechnete rasch auf einem Zeitungsrand und antwortete dann: »Abgemacht. Einverstanden. Geben Sie mir den Kontraktzettel.« Er riß ein Blatt aus seinem Büchlein aus, schrieb mit Bleistift die soeben vereinbarten Bedingungen auf, unterschrieb den Zettel und gab ihn mir.
»Ihre Adresse?« fragte er.
»Meine Adresse?« sagte ich. »Ja, meine Adresse, das ist so eine Sache. Sagen wir hier, sagen wir: Hotel Palacio.«
»Gut.«
»Wie ist denn das? Ist der Transport schon ausblockiert?« fragte ich.
»Nein, es ist noch nicht ein Kopf ausblockiert. Wir nehmen einen kleinen Prozentsatz Einjährige und in der Masse Zwei- und Dreijährige. Vierjährige habe ich nicht viel. Ein paar können Sie mithaben. Beim Ausblockieren helfe ich Ihnen.«
»Ist alles gebrannt mit Ihrem Zeichen?«
»Alles, damit haben wir nichts zu tun.«
»Was ist mit den Leitstieren?«
»Das ist die Sache. Da müssen Sie zusehen, wie Sie die kriegen.«
»Ist recht. Werden wir schon einangeln.«
Mr. Pratt stand auf: »Nun wollen wir erst einen gießen, und dann lade ich Sie zum Abendessen ein. Nachher habe ich Privatgeschäfte.«
Diese Privatgeschäfte kümmerten mich nicht. Als wir uns nach dem Abendessen trennten, fragte Mr. Pratt, wieviel ich Vorschuß haben wolle. Ich sagte ihm, daß ich nichts brauche.

»Was, Sie brauchen keinen Vorschuß?« fragte er erstaunt. »Das kommt mir aber doch recht merkwürdig vor. Wo haben Sie denn das Geld gemacht?«
»In der Spielbank.«
»Da werde ich heute abend später auch mal hingehen, vielleicht gewinne ich Ihren Lohn und Ihre Prämie.«
»Von mir aber nicht«, sagte ich, »denn ich komme nicht. Ich halte, was ich habe.«
»Von Ihnen wollte ich es auch nicht holen. Den andern will ich es abnehmen. Da sind immer so verrückte Kerle drin, die aus den Camps hereinkommen, die können es nicht schnell genug hergeben. Ich mache Solotisch mit zweien oder dreien dieser Vögel. Wenn Sie lernen wollen, wie das gemacht wird, dann kommen Sie hin und sehen Sie zu«, riet er mir.
»Ich habe kein Interesse«, sagte ich und ging meiner Wege.

35

Am nächsten Morgen früh um fünf reisten wir ab. Wir hatten sechzehn Stunden mit dem Schnellzug zu fahren. Die Züge haben nur erste und zweite Klasse, weil man hier nicht so viele Kastenunterschiede macht wie in vierklassigen Ländern. Die erste Klasse kostet wenig mehr als das Doppelte der zweiten. Man reist aber in der zweiten ebenso rasch wie in der ersten und keineswegs sehr unbequem. In der ersten Klasse sind die Sitze an den Längsseiten, aber man sitzt quer zur Zugrichtung. In der Mitte ist der Gang, der durch den ganzen Zug führt. In der zweiten Klasse, wo die eingeborene ärmere Bevölkerung reist, sind an beiden Längsseiten durchgehende Bänke, und man sitzt mit dem Rücken gegen die Wand des Abteils. In der Mitte sind Quersitze, und an jeder Seite zwischen den langen Bänken und den Quersitzen führt der Gang entlang. Die Lokomotiven, gigantische Maschinen, werden nur mit Öl geheizt. Hinter dem Tender folgt der Expreßgutwagen und ferner der Gepäckwagen mit der Post. Dann folgen zwei lange Wagen zweiter Klasse, dann ein langer Wagen erster Klasse und endlich der Pullmanwagen für die Schlafgäste.
Im ersten Wagen zweiter Klasse sitzt in jedem Zuge eine Abteilung Soldaten von etwa zwölf bis achtzehn Mann mit geladenen Gewehren, geführt von einem Offizier. Wegen der Banditenüberfälle auf Züge sind die Soldaten notwendig. Es kommt trotzdem vor, daß die Züge von Banditen überfallen werden. Dann entwikkelt sich zwischen den Soldaten und den Banditen eine Schlacht, die einige Stunden dauert und eine gute Anzahl Tote kostet.
Bei diesen Überfällen werden die Reisenden ausgeraubt, jedoch nie getötet, es sei denn, daß sie bewaffneten Widerstand leisten. Abgesperrte Bahnübergänge, Bahnwärter und so etwas gibt es nicht.
Die Züge sausen mit rasender Geschwindigkeit durch das unübersehbare Land, durch Dschungel und Busch, über Prärien und über Gebirge, die mit ewigem Schnee bedeckt sind. Über weite Schluchten sind Brücken gezogen, vierzig, fünfzig, sechzig Meter

hoch, viele Kilometer lang. Und die Brücken sind nur aus Holz, und der Zug rast in schwindelnder Höhe darüber hinweg.
Die Bahnstrecke ist nicht abgezäunt. Rinderherden, Pferde, Esel, Maultiere und Wild treiben sich in der Nähe der Bahnstrecke herum und weiden oder ruhen mitten auf dem Geleise. Dann heult der Zug schauerlich, um die Tiere zu verscheuchen. Manchmal stehen sie auf und rennen davon; manchmal rühren sie sich nicht, und der Zug muß halten, und ein Zugbeamter steinigt die Tiere hinweg. Dann wieder laufen die Tiere direkt in den rasenden Zug, oder sie werden übersehen. An der ganzen langen Zugstrecke sieht man zu beiden Seiten der Geleise die Skelette der Tiere liegen. Verwundete Tiere, denen die Füße abgefahren sind oder der Leib aufgerissen wurde, liegen verdurstend, den Tod erwartend in der tropischen Sonnenglut. Niemand, der vorbeikommt, tötet sie und erlöst sie von ihren Qualen, weil der Besitzer vielleicht irgendwo lauert; denn wenn man das Tier tötet, muß man ihm das Tier bezahlen, als ob es lebend wäre, und er darf einen außerdem noch zum Gericht schleppen, wo man wegen unerlaubter Tötung eines Tieres mit fünfzig oder hundert Pesos oder gar mehr bestraft wird. Wenn man annimmt, daß man nicht beobachtet wird, hält man dem armen Tier den Revolver ans Ohr. Dann aber muß man laufen. Mitleid an Tieren üben ist kostspielig. Ich habe einmal einem Esel, der neben dem Bahngeleise im Busch lag und dem der eine Huf abgefahren war, eine Schüssel mit Wasser gebracht, als die Sonne im Mittag stand. Die dankbaren Augen des Tieres sind mir unvergeßlich. Aber ob ich es ein zweites Mal tun werde, wenn Hütten nicht weit entfernt sind, weiß ich nicht. Am Abend, als die Sonne unterging, starb das Tier. Es hatte auch noch innere Verwundungen. Ich stand in der Tienda und trank eine Limonade. Da kam ein Halbblut rein und sagte zu mir: »Der Esel da drüben am Geleise gehört mir. Sie haben ihm heute mittag vergiftetes Wasser gegeben. Der Esel ist jetzt tot. Sie werden mir den Esel bezahlen. Sie haben ihn vergiftet. Sie haben ja hier den ganzen Nachmittag den Leuten herumerzählt, es sei eine Schmach, daß man dem Tier nicht einen Erlösungsschuß gebe.« Das Wasser war natürlich nicht vergiftet, denn ich hatte es aus dem Trinkwassertank der Familie des Tiendabesitzers genommen. Und der Besit-

zer der Tienda bestätigte das auch dem Halbblut. Dieser Bursche wußte natürlich recht gut, daß ich dem armen Tier kein Gift gegeben hatte. Schließlich einigten wir uns, daß ich ihm fünf Pesos für seinen Esel bezahlte und eine Flasche Bier und ein Päckchen Tabak. Wenn nicht der Tiendamann und einige Indianer, die in der Kantine waren, mir beigestanden hätten, wäre mein angewandtes Mitleid eine teure Sache geworden.

Entlang den Geleisen hocken die Geier in Schwärmen und warten auf die Beute. Sie begnügen sich auch mit Katzen, Hunden, Schweinen. Weite Strecken dient das Bett der Eisenbahn ganzen Maultier- und Eselskarawanen als Straße, weil die Straße, die nebenherführt, oft nicht mehr zu finden ist, denn der Dschungel oder der Busch hat sie verschlungen.

Die Bahn hat nur ein Geleise. Etwa je fünfzig Kilometer voneinander entfernt sind große Wassertanks errichtet, wo die Lokomotiven wieder frisch aufgefüllt werden können. An vielen Stationen wird kaum gehalten, besonders wenn keine Reisenden aussteigen oder einsteigen. Dann fliegt nur der Postsack heraus, und der andre wird hineingepfeffert. Auch die Eisblöcke, die in Säcke eingenäht sind und festumpackt mit Hobelspänen und Sägespänen, um das Eis vor dem Zerschmelzen zu schützen, werden einfach hinausgefeuert. Der Empfänger wird sich schon darum kümmern. Die Fahrkarten kann man auf den Stationen kaufen oder im Zuge. Kauft man sie im Zuge, muß man fünfundzwanzig Prozent mehr zahlen. Diesen Aufschlag braucht man nicht zu zahlen, wenn die Station keinen Fahrkartenverkauf hat. Viele Stationen brauchen nach fünf Uhr abends keine Karten zu verkaufen, damit sie nach Eintreten der Dunkelheit kein Geld im Gebäude haben, was den Agenten das Leben kosten kann. Auch in diesem Falle wird im Zuge nur der Normalpreis erhoben. Die Karte wird einem nach einer Weile im Zuge wieder abgenommen, und der Schaffner steckt einem ein kleines Kärtchen in das Hutband, auf das er die Kilometerzahl geschrieben hat. So hat er seine Gäste alle unter schöner Kontrolle.

Die Soldaten sitzen meist mit ihren Lesefibeln da, in denen sie buchstabieren. Sie sind ausschließlich Indianer und können nur in ganz seltenen Fällen lesen und schreiben. Aber sie haben einen

brennenden Ehrgeiz, es zu lernen. Einer hilft dem andern, und wenn der eine nur gerade gelernt hat, wie man ›eso‹ schreibt, so ist er ganz aufgeregt, es seine Kameraden auch zu lehren.
Um acht oder halb neun wird zum Frühstück gehalten auf einer Station, die schon eine belebte Stadt genannt werden darf. Wir stiegen aus und gingen in das Bahnhofslokal. Natürlich wieder ein Chinese. Wenn man doch endlich mal ein Restaurant finden möchte, das keinem Chinesen gehört.
»Da wundern sich die Leute noch«, sagte Mr. Pratt, während uns chinesische Kellner den Kaffee und die gebackenen Eier mit Schinken hinstellten, »daß die Anti-China-Bewegung hier in dem Lande, wo man sonst keinen Rassenhaß kennt, immer größeren Umfang annimmt. Aber jedes Restaurant, das sie nur ergattern können, erwerben sie, und gierig warten sie auf jeden Neuen, der Pleite machen muß, weil er sich gegen sie nicht halten kann. Sie nisten sich ein wie Ungeziefer. Sollen sich nicht wundern, wenn das mal eine blutige Nacht gibt.«
»An der Pazifikküste habe ich eine erlebt«, erzählte ich ihm. »Kostete achtundzwanzig Chincs das Leben. Und niemand wußte, wer es getan hat. Aber sie sind nicht gegangen. Sie übernehmen das Risiko.«
»Das ist es ja eben«, erwiderte Mr. Pratt, »was ich mit Ungeziefer sagen wollte. Sie sind wie die Läuse.«
Wir standen auf, zahlten und gingen ein wenig auf dem Bahnsteig spazieren. Dutzende von Händlern liefen herum und boten alles mögliche an, von dem man nicht glauben möchte, daß es auf Bahnsteigen angeboten werden könnte: Papageien, junge Tigerkatzen, Jaguarfelle, lebende Rieseneidechsen, Blumen, Singvögel, Apfelsinen, Tomaten, Bananen, Mangos, Ananas, Zuckerrohr, kandierte Früchte, zerbröckelnde Schokolade, Tortillas, gebratene Hühnchen, geröstete Fische, gekochte Riesenkrebse, die in ihrer runden, spinnenähnlichen Gestalt grauenerregend aussehen, aber sehr gut schmecken, Flaschen mit Kaffee, mit Zitronenwasser, mit Pulque. Zerlumpte und barfüßige Indianermädchen liefen am Zuge entlang und boten sich als Dienstmädchen und Köchinnen an. Es ist für die zwanzig oder dreißig Minuten, während der Zug hier steht, ein Leben auf der Station wie auf dem

tollsten Jahrmarkt. Der Gegenzug kommt meist am Abend hier vorbei, aber da warten die Gäste schon auf die nahe Großstadt und sind müde und abgespannt von der Fahrt. Während der übrigen Zeit des Tages ist eine solche Station, die augenblicklich sinnverwirrend erscheint, totenstill. Sie glüht müde in der Sonne. Nur die Güterzüge bringen ein wenig Bewegung unter die Beamten; aber alles ist träge und schläfrig. Das Leben ist konzentriert auf die zwanzig Minuten am Morgen. Wer in diesen zwanzig Minuten sein Geschäft nicht gemacht hat, muß diesen Tag aus seinem Leben als einen erfolglosen Tag streichen. Mittags kamen wir in eine größere Station, wo der Zug etwa vierzig Minuten zum Mittagessen hielt. In der Bahnhofswirtschaft – richtig, wieder Chinesen – standen an mehreren großen Tischen schon dreißig Gedecke bereit. Die halbe Anzahl Teller war schon mit Suppe gefüllt. Mit einem raschen Blick hatte der Inhaber heraus, auf wieviel Gäste er rechnen könne. Manche aßen kein Dinner, sondern sie ließen sich nach der Karte bedienen. Sie kamen schlechter dabei weg. Die Portionen waren weder größer noch besser, aber teurer, als wenn sie im Dinner gingen.

Dann kam der lange, der ermüdend lange Nachmittag der Fahrt. Der Zug sauste immer durch die gleiche Landschaft. Dschungel, Prärie, Busch. Der Gegenzug, der hier an der Mittagsstation kreuzte, hatte die Morgenzeitungen der entgegengesetzten Stadt mitgebracht. Sie wurden im Zuge verkauft. Man konnte sonst noch alles mögliche im Zuge haben: Bier, Wein, Limonade, Schokolade, Früchte, Süßigkeiten, Zigaretten, Zigarren. Alle Getränke waren geeist, und wer kein Geld hatte, bekam Eiswasser umsonst, das er sich selbst holte.

Abends um neun stiegen wir auf einer kleinen Station aus. Es war die Heimatstation des Mr. Pratt. Wir gingen in die Cantina, die gleichzeitig das Hauptpostamt war. Mr. Pratt begrüßte den Cantinabesitzer, einen Señor Gómez, und stellte mich ihm vor.

Na, zu essen, was man woanders essen nennen würde, gibt es in solchen Cantinas nicht. Aber man kann nicht verhungern. Man kann sich das schönste Essen zusammenstellen. Wir nahmen eine Büchse Vancouver-Salm, einige Büchsen spanische Ölsardinen, einige Büchsen Wiener Würstchen (gemacht in Chikago), eine

Büchse Kraftkäse (die Marke heißt Kraft, aber der Käse ist trotzdem gut und kräftig, wenn auch teuer wie ein Stück Gold), und endlich nahmen wir noch ein Paket Crackers, weil es Brot oder Brötchen nicht gibt. Was sollte man damit auch auf dem Lande anfangen? Den Tag darauf ist es wie Stein oder völlig verschimmelt oder innen und außen voll von kleinen roten Ameisen. Diese Crakkers sind viereckige Biskuits, so groß wie eine Handfläche, und ich habe den Fabrikanten sehr stark im Verdacht, daß er mit diesen Crackers die Christen an den Geschmack der Matze gewöhnen will. Als mir mal jemand Matze zu kosten gab, sagte ich zu ihm: »Schwindeln Sie mich doch nicht an, das ist ja ein Klotz-Cracker.« Ja, also so schmeckt das Zeug. Entsetzlich nüchtern und nichtssagend. Aber was andres gibt es nicht. Und wenn man nicht zu den indianischen Tortillas hält, sind diese Crackers wohl das gesündeste Brot in den Tropen; denn europäisches oder gar deutsches Brot würde einem hier den Magen umdrehen und einen in einer Woche auf den Cementerio bringen. Der Cementerio ist der Platz, wo man hier die Toten begräbt, ein Platz, den man woanders Friedhof nennt.

Aber an Friedhof dachten wir nicht, denn wir machten uns mit dem Señor Gómez über seinen Bier- und Tequilavorrat her. Wir waren zwar nach einer angemessenen Frist dann auch tot, jedoch nicht reif zum Begraben. Wir wickelten uns in unsre Decken und legten uns auf den Boden des Billardraumes in der Cantina. Señor Gómez hatte es besser. Er ging zu seiner Frau und lag weicher als wir.

36

Mit diesem Gedanken an eine Frau oder an die Frau im allgemeinen – so genau weiß ich das nicht mehr – schlief ich ein, und mit dem Gedanken an eine bestimmte Frau wurde ich am nächsten Morgen geweckt. Diese Frau war Mrs. Pratt. Sie war vom Rancho mit dem Ford gekommen, um in der Cantina einiges einzukaufen. Bei dieser Gelegenheit fand sie ihren Ehegatten, den sie noch nicht erwartet hatte, und sie fand ihn in einer Verfassung, die sie am allerwenigsten erwartet hätte.
Wie das immer so geht, solange die Welt aufgebaut ist, es ist stets der Unschuldige, der leiden muß. Ich war der Unschuldige, und ich mußte infolgedessen leiden. Mr. Pratt war das Muster eines Ehemannes, und ich, den er irgendwo im Schlamm aufgelesen hatte, war der nichtswürdige Bube, der ihn verlockt, verführt und ihn in den Sumpf geworfen hatte. Denn er, der brave Mr. Pratt, tat so etwas nie.
Als wir gingen, gab Mr. Pratt Señor Gómez einen Wink. Männer verstehen den Wink sofort, besonders wenn die beiden, zwischen denen der Wink ausgemacht wird, Ehemänner sind, die mit ihren Frauen gern in Frieden leben.
»Sie hatten also so viele Ölsardinen und dann noch das und das und –«. Der Wink kam wieder.
»– und Sie hatten zwei kleine Flaschen Bier, und hier der Mr. Gales hatte vier. Ja, das ist alles. Ich habe die Flaschen genau angekreuzt.«
Mrs. Pratt war zufrieden mit ihrem Gatten. Er konnte ja später das Schock Flaschen bezahlen, das da leer in der Ecke lag. Er war dem Señor Gómez ja gut. Aber ich kriegte einen Blick von Mrs. Pratt, der mich das Schlimmste befürchten ließ, und ich überlegte ernsthaft, ob es nicht besser sei, Mr. Pratt gleich hier zu sagen, daß ich auf den Kontrakt doch lieber verzichten wolle. Denn ich hatte ja etwa zwei Wochen, wenn nicht länger, im Hause der Mrs. Pratt zu leben. So lange konnte es dauern, bis der Transport ausblockiert war. Und was konnte mir diese Dame in jener langen Zeit alles

antun! Man denke, ich hatte ihren nüchternen, braven Ehegatten in eine Verfassung gebracht, daß er selbst jetzt, nach einigen Stunden Schlaf, noch kaum auf den Füßen stehen konnte und mit verglasten Augen in die Welt guckte. Man soll sich mit verheirateten Männern nicht einlassen. Das tut nie gut. Das ist eine ganz andre Rasse. Ich würde mich nicht wundern, wenn ich Señora Gómez auch noch auf den Hals kriege. Dann aber laufe ich, das ist sicher; denn gegen eine Señora läßt es sich schwerer ankommen als gegen eine Missis. Deren Zungenbänder sind viel geläufiger als die anglosächsischen, und die Señoras arbeiten viel intensiver und viel unvorsichtiger mit den Fingernägeln.
Ich war deshalb recht froh, daß Mrs. Pratt ihren sonst so Nüchternen in den Ford bugsierte, sich an das Steuerrad setzte, einschaltete und abrasselte. Daß ich mitsollte und mitwollte, darum kümmerte sie sich nicht. Ich konnte ja laufen, die vierzehn Meilen, die der Rancho von der Station entfernt war. Aber der Gedanke daran gab mir eine ungeheuere Schwungkraft, und mit dieser Schwungkraft setzte ich dem Ford nach, als Mrs. Pratt in die Kurve einbog, um auf den Weg zu kommen. Ich rasselte in die offene Klappe, Kopf zuerst. Die Schwungkraft hatte nicht ausgereicht, auch die Beine mit hineinzukriegen. Deshalb hingen die Beine lang heraus. Ich bin überzeugt, daß die Indianer, denen wir unterwegs begegneten, sicher glaubten, ich sei eine Anprobierpuppe, die Mrs. Pratt von der Bahn geholt habe. Vielleicht glaubten sie noch ganz andre Dinge, vielleicht, daß Mrs. Pratt mich überfahren habe und mich nun rasch nach dem Rancho schleppe, um mich dort einzuscharren.
Wir kamen auf dem Rancho an. Aber niemand kümmerte sich um mich. Mrs. Pratt fuhr das Auto unter ein Strohdach und ließ es dort stehen. Ich hing noch immer in dieser unglücklichen Stellung in der Klappe. Endlich aber wurde mir diese Lage doch zu unbequem. Ich zerrte mich heraus und setzte mich in die Polster.
Als ich erwachte, stand die Sonne tief. Ob sie aufgehend oder untergehend war, wußte ich nicht, weil ich ja hier fremd war und die Himmelsgegenden nicht kannte.
»Hallo, Sie da unten, haben Sie jetzt Ihren Suff ausgeschlafen?« rief da Mrs. Pratt von der Veranda des Ranchohauses herunter.

»Sie scheinen mir ja gerade das richtige Hühnchen zu sein, das mein alter Esel da auf der Straße aufgelesen hat. Sie werden wohl mit der Herde am Panamakanal landen, Sie Trunkenbold. Dem Himmel sei Dank, daß da der Kanal ist, sonst könnten wir der Herde bis nach Brasilien nachlaufen. Wer weiß, wo Sie mit ihr hingeraten. Kommen Sie rein zum Essen.«
Zum Essen. War das nun Frühstück oder Abendessen? Ich sah nach meiner Uhr. Stehengeblieben. Natürlich. Wenn man so ein verfluchtes Ding mal wirklich braucht, dann steht sie. Am liebsten möchte ich sie gleich gegen die Wand pfeffern. Was tue ich mit einer Uhr, die stehenbleibt, wenn man mal eine Flasche Bier trinkt und lustig ist und singt! Also rauf zum Essen. Nur um die gute Frau nicht noch mehr zu ärgern, aß ich von allem etwas. Mr. Pratt saß gleichfalls am Tisch und pickte in seinen Tellern herum. Er sah nicht auf, und er tat, als ob er mich gar nicht kenne. Wenn ich das Wort an ihn richtete, brummte er nur. Ich kannte den Schwindel schon. Er hatte seiner Frau erzählt, daß ich ihn verführt hätte und daß er fertig mit mir sei, aber da er doch schon die Kosten der Fahrt für mich bezahlt habe, wolle er mich mit der Herde losschicken und dann nie wiedersehn.
Als Mrs. Pratt einmal aufstand, um zur Küche zu gehen, sagte Mr. Pratt: »Hallo, Boy, machen Sie das Konzert ein wenig mit. Morgen ist es verraucht. Sie ist gar nicht so. Eine prächtige Seele. Nur mit dem Trinken kann sie sich nicht befreunden.« Nun änderte er den Ton: »Es war unanständig von Ihnen, daß Sie mich immerfort aufforderten, auf die Gesundheit des Präsidenten, auf die Fahne, auf das Vieh zu trinken. Ich hatte Ihnen im voraus gesagt, daß ich trocken bin und nie trinke. Aber wenn Sie mit Gesundheittrinken kommen, das ist ein unfaires Spiel.«
Nanu? Was war denn das mit einem Male? Ach so, Mrs. Pratt war wieder hereingekommen, und er hatte das Konzert zu machen. Er verstand es. Er hatte die letzten Sätze so hinausgedonnert, daß Mrs. Pratt sich ganz aufrecht auf ihren Stuhl setzte, als ob sie damit sagen wollte: Da können Sie sehen, was für einen anständigen Mann ich habe; er tut es nur aus Patriotismus, während Sie es aus Verkommenheit tun.
Nach dem Essen wurden wir in Gnaden entlassen. Mir wurde

meine Stube gezeigt, und ich legte mich schlafen. Am folgenden Morgen, gleich nach dem Frühstück, sattelten wir auf und ritten erst einmal nach der Pferdeprärie hinaus, damit ich mir ein Pferd aussuchen möge. Die Pferde werden draußen auf der Prärie gezeugt und geboren. Sie kommen nie in einen Stall und wachsen völlig wild auf. Ställe gibt es überhaupt nicht. Pferde und Vieh sind Sommer und Winter im Freien. Die Pferde werden durchaus menschenscheu und fliehen, wenn sie nur einen Menschen in der Nähe riechen.
Zweimal oder dreimal im Jahr werden die Pferde, die man nicht gebraucht, eingefangen und in einen Korral, eine kleine Umzäunung in der Nähe des Hauses, gebracht. Hier werden sie gefüttert, damit sie sich des Menschen nicht ganz entwöhnen, werden angebunden, werden geduldig aufgezäumt, aufgesattelt, endlich wird aufgesessen, und dann werden sie wieder entlassen. Hier wird das alles mit großer Geduld getan, um den Charakter des Pferdes nicht zu brechen, seinen Stolz nicht zu verletzen, sein natürliches Feuer nicht auszulöschen.
In Amerika geschieht das Brechen der wild aufgewachsenen Pferde mitleidloser. Sie werden in den Korral gebracht, sehr fest gezäumt, fest gesattelt, und gleich springt ein Mann rauf, den das Pferd nicht mehr abwerfen kann, weil der Mann in dem Stocksattel sehr fest sitzt. Dann wird das Tier gepeitscht, und es rast nun herum, bis es schäumend und in Schweiß gebadet, keuchend und völlig ermattet zusammenbricht. Dann zittert es tagelang nachher noch, wenn es nur den Sattel spürt. Aber es wehrt sich nicht mehr. Es ist zahm. Man kann es nun reiten. Aber es ist nicht mehr ›das Pferd‹, es ist nur ›ein Pferd‹. Ein Pferd unter tausend gleichen Pferden.
Ich suchte mir ein Pferd aus, von dem ich glaubte, daß es die anstrengende Reise aushalten könne. Wir umzingelten es, lassoten es ein und brachten es zurück zum Rancho. Ich band es an einen Baum und ließ es ganz in Ruhe. Dann etwas später warf ich ihm Mais vor, den es nicht nahm. Dann Gras, das es auch nicht fraß. Hierauf ließ ich es den Rest des Tages und die Nacht hungern und dursten. Am Morgen gab ich ihm Gras. Es lief fort, soweit die Leine reichte. Dann stellte ich ihm Wasser hin, das es umschüttete,

weil es nicht gewöhnt war, aus einem Eimer zu trinken. Es hatte immer nur am Teich getrunken.
Mit der Zeit brachte ich es, oder richtiger: sein eigner Hunger brachte es zum Essen und Trinken. Und da es sein Essen und Trinken nur bekam, wenn ich dabeistand, verband es das Essen mit meiner Gegenwart, und nach zwei Tagen bereits kannte es mich, und ich durfte ihm nahe kommen und es ganz leicht auf den Nacken klopfen. Es zitterte zwar ein wenig, aber bald verschwand auch das Zittern.
Natürlich konnte ich mich nicht die ganze Zeit über mit dem Pferde beschäftigen, sondern eben nur, wenn ich zum Essen zum Rancho kam, weil wir den ganzen Tag mit dem Blockieren zu tun hatten.
Als es sich an mich noch besser gewöhnt hatte, zäumte ich es auf ohne Maulknebel, nur mit Riemenzaum, der außen um das Maul gelegt wird. Man kann die Pferde, wenn sie nicht durch falsche Behandlung verdorben sind, gut ohne eisernen Maulknebel reiten. Sie gehen wundervoll dabei; denn es ist eine irrige Annahme, daß man ein Pferd nur meistern könne, wenn man seine Mundwinkel aufreißt oder wundscheuert. Das ist lediglich die Folge falscher Behandlung. Kühen steckt man ja auch keine Eisenknebel ins Maul.
Dann sattelte ich es, und jedesmal, wenn ich zum Essen hereinkam, zog ich die Gurte fester. Jedesmal drückte ich fest auf den Sattel, als ob ich mich aufschwingen wolle. Dann ließ ich die Steigbügel hängen und ließ sie baumeln, so daß sie gegen die Weichen schlugen. Erst leise, dann immer ein wenig mehr. Beim ersten Male schlug das Pferd aus. Aber auch an dieses Baumeln und Schlagen der Steigbügel gewöhnte es sich nach zwei Tagen völlig. Dann hüpfte ich halb auf den Sattel und ließ mich sofort wieder heruntergleiten.
Während der ganzen Zeit war das Pferd angebunden. Bald sehr lang, bald sehr kurz. Endlich wagte ich das Aufsitzen. Ich verband ihm die Augen und sprang auf. Es stand und zitterte am ganzen Leibe. Sofort war ich wieder herunter. Ich klopfte es auf den Nakken, auf den Rücken und sprach unausgesetzt mit ihm. Wieder sprang ich auf. Es drehte sich und wendete sich, sprang aber nur

wenig. Bald ließ es auch das Springen sein, nachdem es sich gegen den Baum gestoßen hatte. Nun blieb ich im Sattel sitzen und schlug mit den Füßen in den Bügeln gegen die Weichen. Nur beim ersten Male wurde es unruhig, dann wußte es, daß es davon nicht stürbe. Endlich band ich das Tuch los. Das Pferd guckte sich um. Ich, oben sitzend, sprach beruhigend auf das Tier ein, klopfte es, und wieder fühlte es, daß ihm nichts Böses geschehe. Dann kam der Prüfungstag, ob es überhaupt zum Reiten zu gebrauchen sei. Ich hatte schon immer mit der Gerte hinten ein wenig aufgeklopft, damit es sich auch an dieses Signal gewöhne. Nun saß ich wieder auf und ließ losbinden. Es stand ganz ruhig, denn es wußte ja nicht, was es tun solle. Ich gab ihm einen Klaps mit der Gerte, aber es reagierte nicht. Nun bekam es einen unerwarteten tüchtigen Hieb, und da setzte es los. Ich hatte es gut in der Hand, und es war Platz genug zum Auslaufen. Ich ließ es nun erst einmal rennen, hielt aber mehr und mehr zurück, bis es das Gefühl bekam, daß dies ein Signal sei zum Halten oder zum Fallen in eine andre Gangart. Es wurde ein gutes Pferd, sein kühner Stolz wurde nicht gebrochen. Ich nannte es Gitano.
Zuerst blockierten wir die Stiere aus, weil ich mir einen Leitstier suchen mußte. Wir kreisten die ein, die wir haben wollten, und trieben sie in einen Korral. Dort ließ ich die, die ich für die geeignetsten hielt, hungern. Nebenher wurden unausgesetzt die zwei- und dreijährigen Kühe ausblockiert, die Ochsen und die übrigen Stiere. Ich sah mir jedes einzelne der Tiere an, ob es gesund sei, dann kamen alle in eine große umzäumte Weide, damit die, die den Transport mitzumachen hatten, wußten, daß sie zusammengehörten. Als wir etwa dreihundert blockiert hatten und sie in der Sperrweide waren, hielt ich die Stiere für reif.
Ich jagte sie in die Sperrweide, und hier ging der Entscheidungskampf, wer der Leitstier sein würde, los. Die keinen Wert darauf legten, Herrscher zu sein, drückten sich soweit wie möglich. Fünf kämpften sich aus. Der Sieger raste, noch schwer blutend, gleich auf eine der schönsten Kühe, die sich schon erwartungsvoll herangedrängt hatten. Die übrigen Stiere mußten wir sofort doktern. Als der Sieger sich ausgetobt hatte und wieder Vernunft annahm, bekam er auch seine Medizin. Denn wenn man die Wunden nicht

gleich behandelt, sind in ein paar Tagen dicke Würmer drin, und die wieder herauszukriegen, dauert lange. Inzwischen kann das Tier draufgehen.
Fängt es an zu magern, setzt eine andre Gefahr ein. Dann wird es von den Zecken bei lebendigem Leibe aufgefressen. Die Zecken gehen hauptsächlich an magerndes Vieh, an gesundes gehen sie nur in kleiner Anzahl, die sich leicht bekämpfen läßt.

37

Als wir die tausend Köpfe ausblockiert hatten, gab mir Mr. Pratt fünf drauf als Krankgut, weil zwischen tausend Stück Vieh immer einiges sein mochte, das krank war, ohne daß man es gleich sah, und das den Transport nicht aushielt.
Dann bekam ich hundert Pesos Wegegeld und einige Schecks, die ich unterwegs einlösen durfte, wenn mir Geld fehlte. Ferner erhielt ich den Lieferschein und endlich eine Karte, eine Land- und Wegekarte.
Von dieser Karte, obgleich sie eine amtliche Karte war, will ich besser nicht sprechen; denn auf eine Karte aus Papier kann man alles mögliche zeichnen: Wege, Flußläufe, Dörfer, Städte, Grasflächen, Teiche, Gebirgspässe und was sonst nicht noch alles. Das Papier weigert sich nicht, das alles aufzunehmen.
Aber was darauf gezeichnet ist, braucht noch lange nicht in Wirklichkeit auch dazusein. Ich habe auf Reisen Karten gehabt, amtliche Karten, die als die besten galten. Da war eine Stadt mit Namen drauf gezeichnet. Als ich zu der Stelle kam, war noch nicht einmal eine Indianerhütte zu finden. Die Stadt war vor zwanzig Jahren geplant worden und wurde seitdem in jeder Karte geführt, obgleich nie jemand daranging, sich dort niederzulassen. Das wäre auch nicht gutgegangen, weil da meilenweite Sümpfe und Moraste waren.
Böser ist es schon mit solchen Sachen, die nicht auf die Karte gemalt sind, die aber in Wirklichkeit vorhanden sind und, was das allerschlimmste ist, ganz unerwartet vorhanden sind.
Es ist unangenehm, wenn man denkt, man kommt in ein sandiges Gelände und verschwindet mit seiner ganzen Herde in einem Sumpf. Und es ist ebenso peinlich, wenn auf der Karte eine schön grün gemalte Prärie eingezeichnet ist, und in Wahrheit ist es eine weite Sandwüste oder ein unwegsames Felsengebirge, das man zu kreuzen hat. Reist man allein, so ist das schon widerwärtig genug. Reist man aber in Begleitung einer Rinderherde, für deren Wohl man verantwortlich ist, so fängt es an, tragisch zu werden. Die

Herde will essen und trinken, sie soll kein Gewicht verlieren, sondern zunehmen. Und am zweiten Tage fängt das arme Vieh in seinen Durstqualen an zu brüllen, daß man nur gleich so mitbrüllen möchte aus Mitleid.
Wären die Karten aber wieder gut, so gut, wie sie in den alten dichtbesiedelten Ländern sind, dann könnte man solche großen Herden nicht züchten und nicht transportieren. Mr. Pratt hatte zwölftausend Stück Rindvieh, und er war nur ein kleiner Züchter. Denn wie sollten gute Karten gemacht werden, wenn weder das Geld dafür vorhanden ist noch die Bevölkerung, die ein Bedürfnis für solche Karten hat? Die großen Minen- und Ölkompanien machen sich ihre Karten selbst, aber nur gerade die Distrikte, wo sie interessiert sind, und in diese Karten zeichnen sie nur eben das ein, was für die Kompanie speziellen Wert hat. Im Verhältnis zur Größe des Landes sind diese Distrikte nur Pünktchen auf der Karte.
Ein Kompaß war für meine Zwecke ohne Nutzen, weil er nicht das sagt, was man wissen will, und das ist: Wo sind die Weiden? Wo ist Wasser für tausend Köpfe Vieh? Wo sind die Pässe über die Gebirge? Wo sind die Furten durch die Ströme?
Drei Packmulas nahm ich mir mit und Medizin, um krank werdendes Vieh zu doktern, Kreolin, Alkohol, Salbe und eine Eisensäge, falls Hörner gekappt werden mußten. Denn die Hörner des Viehs unterliegen hier denselben Krankheiten wie die Zähne der zivilisierten Menschen. Die Fäule frißt im Innern des Hornes, und das Tier magert ab, weil es vor Zahnschmerzen – richtiger Hornschmerzen – nicht mehr frißt.
Mit Mrs. Pratt war ich in den Tagen, die wir für das Ausblockieren und Vorbereiten des Transportes brauchten, sehr gut Freund geworden. Sie war keineswegs ein solcher Hausdrachen, wie sie mir am ersten Tage erschienen war. Ganz im Gegenteil, sie war ein lustiger Bursche, immer vergnügt und guter Dinge. Sie hätte die Banditen bekämpft wie ein alter Rancher. Jetzt in den letzten drei Jahren kam es nur ganz selten vor, daß sich Banditen auf dem Rancho sehen ließen, aber vordem war beinahe jede Woche was los, und das Ranchohaus zeigte Dutzende von Kugellöchern.
Fluchen konnte Mrs. Pratt, daß es eine wahre Freude war, ihr

zuzuhören. Das ging bei jedem zweiten Wort ›son of a bitch‹, ›bastard‹, ›f-ing injun‹, ›f-yeself‹ und was der schönen Dinge mehr sind. Auf einem solchen Rancho ist es ja nun verflucht einsam, und die Nächte sind lang. Selbst im Hochsommer ist es um sieben Uhr stockfinster, weil es Dämmerungen nicht gibt. Und man konnte es Mrs. Pratt nicht verdenken, daß sie das Leben so intensiv lebte, wie es das Dasein auf einem Viehrancho nur zuläßt. Wie soll so eine arme Frau die überschüssigen Kräfte, die ihr verbleiben, weil sie nicht im Dorfe oder in der Stadt den ganzen Tag mit den Nachbarn herumschwätzen und klatschen kann, verwenden? Sie flucht wie ein alter Steuermann eines Klippers. Und alles ist ›Hurensohn‹, ihr Mann, ich, die Indianer, die Fliege, die in die Kaffeetasse fällt, das Indianermädchen in der Küche; der Finger, in den sie sich geschnitten hat, die Henne, die auf den Tisch flattert und die Suppenschüssel umwirft, ihr Pferd, das zu langsam läuft, na, kurz: jedes lebende und leblose Ding zwischen Himmel und Erdmittelpunkt ist ein Hurensohn.
Sie hatten ein Grammophon, und wir tanzten beinahe jeden Abend. Ich tanzte zwar lieber mit dem indianischen Küchenmädchen aus mancherlei Gründen, aber Mrs. Pratt tanzte bei weitem besser. Wir kamen zu so guten Verhältnissen miteinander, daß sie mir eines Abends in Gegenwart ihres Mannes ganz offen sagte, daß sie mich zu heiraten wünsche, falls ihr Mann stürbe oder sich scheiden ließe. Sie erklärte mir gleichfalls in Gegenwart ihres Mannes, daß sie mich recht gern habe und daß mein einziger Fehler das Saufen sei. Aber das sei kein unausrottbarer Fehler, und sie würde mir diesen Fehler schon bald austreiben und mir den Tequila so lange mit Petroleum mischen, bis ich mich davor ekle. So habe sie ihrem Manne das Saufen auch abgewöhnt, dem Hurensohn.
Mir war nicht bange davor. Das Resultat, das sie bei Mr. Pratt erzielt hatte, gab mir die Sicherheit, daß, wenn ich Mrs. Pratt als nachgelassene Witwe eines Tages heiraten sollte, ich keine Sorge zu haben brauche, daß ich dem Tequila oder sonst etwas abschwören müßte. Wenn Mr. Pratt die Wege fand und er das Petroleum nicht herauschmeckte, was bei dem Tequila überhaupt schwer ist, weil er an und für sich nach Petroleum schmeckt, so würde ich

wohl auch zu der einem Manne zukommenden Ration gelangen. Schließlich mußte man ja auch Vieh verkaufen in der Stadt, und da konnte sie einem ja nicht immer nachlaufen, auch wenn sie mitreisen sollte. ›Nur nicht von Weibern sich unterkriegen lassen, wenn man etwas für notwendig und vernünftig hält. Es führt zu nichts Gutem, und man gewöhnt sich nur Laster an, die man nicht wieder loswird. Entweder man säuft, oder man läuft mit andern Weibsbildern herum«, sagte mir Mr. Pratt. »Eine Erholung von der Ehe muß der Mensch doch haben, wenn er das Leben ertragen will.« Er hatte ganz recht. Am besten, man stellt der Frau vorher die Frage: »Soll ich zum Tequila halten oder lieber Mäuschen jagen?« Jedenfalls, wenn es dazu kommen sollte, daß es mit Mrs. Pratt und mir ernst wird, werde ich ihr diese Frage stellen. Dann habe ich von vornherein die Offensive ergriffen, und sie kann sich entscheiden. Ich glaube dann nicht, daß sie mir den Tequila mit Petroleum mischen wird, sondern sie wird eine gute Sorte im Hause halten. Wenigstens für die Nachtkappe. Sie ist eine feine Frau, Mrs. Pratt. Ich lasse nichts auf sie kommen. Eine Frau, die mit dem wildesten Pferd fertig wird, die fluchen kann, daß sich ein Wachtmeister vor Scham in eine Erdhöhle verkriechen muß, die ihrem Manne alle Wünsche und jede Laune erfüllt – wie er mir einmal vertraulich erzählte, ohne dabei seine Frau zu beleidigen –, vor der die indianischen Cowboys zittern und die Banditen nicht wagen, die Veranda zu betreten, eine Frau, die mir in Gegenwart ihres Mannes, den sie liebt, ganz sachlich erklärt, daß sie mich zu heiraten wünscht, wenn er stirbt oder wenn er ihr fortläuft – verflucht noch mal, eine solche Frau kann einen wohl bis in den tiefsten Busch und in die fernsten Gedanken verfolgen, auch wenn man sich sonst nicht gerade viel aus dem kreuzgottverfluchten Weibsvolk macht.

»He, Cantinero, una botella de tequila, eine ganze Flasche. Auf dein Wohl, Ethel Pratt. Ich besaufe mich jetzt auf deine Gesundheit. Der Petroleumgeschmack soll mich erinnern an – na – na ja, an dich, ganz wie du bist, an alles, was du hast. Salud, Ethel!«

Sie stand auf der Veranda und winkte mit der Hand: »Viel Glück, Boy. Sind immer willkommen auf dem Rancho. Hey, Suarez, du Himmelhund, du verdreckter Sohn einer gottverfluchten alten

Hure, siehst du denn nicht, daß der schwarze Jungstier ausbricht, er bockt, der Hurensohn von einem Stier. Wo hast du denn deine stinkenden verfi– Augen? Well, Boy, good-bye!«
Ich schwenkte den Hut, und Gitano fegte ab mit mir.

38

Es ging los, das Geschrei und das Gejohle, das Zurufen, das Heulen und Schrillen der Indianer, das Pfeifen der kurzstieligen Peitschen, das Trampeln der Hufe, das Toben einer scheu werdenden Kolonne, die plötzlich losraste und einblockiert werden mußte, damit sie den Anschluß an den Haupttrupp nicht verliere. Den ersten Tag begleitete uns Mr. Pratt. Der erste Tag gehört mit zu den härtesten. Die Herde ist noch zu lose. Das Zusammengehörigkeitsgefühl stellt sich erst nach einigen Tagen des Transportes ein. Dann kennt die Herde die Leitstiere und bekommt den Geruch der Verwandtschaft zueinander. Dann bildet sich die Familie oder, eigentlich besser, das Volk. Nach einigen Tagen weiß jedes Tier, daß es hier zu diesem Trupp gehört, und sie bleiben zusammen. Freilich darf man nicht glauben, daß sie so schön zusammenbleiben wie eine Schafherde in Europa, die von einem Hirten und einem Hunde zusammengehalten wird. Solche Rinder, die ihr bisheriges Leben auf einer unermeßlichen Prärie verbracht haben, sind an Räumlichkeiten gewöhnt. Sie drängen nicht aufeinander, sie streuen fortgesetzt. Die paar Hunde, die wir mit hatten, konnten nicht viel schaffen. Sie ermüdeten und waren nur für Kleinarbeit zu gebrauchen. Immerfort mußte blockiert und eingekreist werden. Ein unausgesetztes Galoppieren und Schreien und Schrillen.

Ich hatte eine Trillerpfeife als Signalpfeife für die Boys, und der Vormann hatte eine einfache Pfeife, damit man beide Signale unterscheiden konnte. Dem Vormann gab ich die Spitze, und ich nahm den Schwanz. In der Rückgarde übersieht man besser das ganze Feld des Transports. Es läßt sich besser dirigieren, während die Front natürlich auch wieder ihre besonderen Kniffe verlangt. Oh, was für einen schöneren Anblick gibt es als so eine Riesenherde gesunder halbwilder Rinder! Dort vor einem trampt und stampft sie, die breiten Nacken, die runden Leiber, die mächtigen stolzen Hörner. Das ist ein wogendes Meer voll unsagbarer Schönheit. Gigantische Stärke lebendiger Natur gebändigt unter einem

Willen. Und jedes Hörnerpaar ist ein Leben für sich, ein Leben mit eignem Willen, eignen Wünschen, eignen Gedanken, eignen Gefühlen.
Von der Höhe seines Pferdes aus überblickt man das Gewoge der Hörner und Nacken. Man könnte so von einem Rücken zum andern Rücken über die ganze Herde wandern bis zu den läutenden Stieren an der Front.
Die Tiere brüllten ab und zu, oder sie zankten sich und stießen sich. Es wurde geschrien und gerufen. Die Glocken läuteten. Die Sonne lachte und glühte. Alles war grün. Das Land des ewigen Sommers. O du schönes, o du wunderschönes, uraltes, sagen- und liederreiches Land Mexiko! Deinesgleichen gibt es nicht wieder auf dieser Erde. Ich mußte singen. Und ich sang, was immer mir einfiel, Choräle und süße Volkslieder, Liebeslieder und Gassenhauer, Opernarien, Sauflieder und Dirnenlieder. Was kümmerte mich der Inhalt der Lieder? Was ging mich die Melodie der Lieder an? Ich sang aus froher freier Herzensfreude.
Und welch eine Zauberluft! Der heiße Odem des tropischen Busches, die warme, schwüle Ausdünstung dieser Masse von wandernden Rindern, die schweren Wellen eines fernen Sumpfes, die vom Winde getragen herüberwogten.
Dicke Schwärme summender Beißfliegen und andrer Insekten kreisten über der trottenden Herde, und dicke Schwaden schillernder grüner Fliegen folgten uns nach, um sofort über den Dünger herzufallen. In ganzen Völkern begleiteten uns Schwarzvögel, die sich auf den Rücken der Tiere niedersetzten, um die Zecken aus der Haut zu picken. Millionen von Lebewesen fanden ihre Nahrung durch diese gewaltige Herde. Leben und Leben, und überall nichts als Leben.
Unser Marsch führte nun einige Tage über Landwege. Zu beiden Seiten waren die Felder und Weiden eingezäunt mit Stacheldraht. Umzäunte Weiden dürfen ohne ausdrückliche Genehmigung des Besitzers nicht eingebrochen werden. Unsre Herde mußte auf den Wegen weiden. Sie hatte reichlich zu fressen, und wir trafen auch genügend Pfuhle an, die noch von der Regenzeit her mit Wasser gefüllt waren.
Aber wenn Autos oder Fuhrwerke oder Karawanen die Wege pas-

sierten, gab es Arbeit. Wir mußten die Tiere zur Seite drängen. Dabei scheuten sie, brachen aus oder kehrten um und rasten einzeln oder in Trupps kilometerweit zurück, und wir hatten hinterherzujagen und sie wieder zum Anschluß zu bringen.
Viel schwerer war die Arbeit, wenn wir auf offne Weiden kamen, wo andres Vieh in großen Herden bereits weidete, oft ohne Aufsicht. Nicht immer, aber doch zuweilen mischen sich die Herden, und man muß sie lösen. Wir hatten einmal einen Dreivierteltag zu arbeiten, um die Mischung zu lösen. Denn von dem fremden Vieh darf man nicht ein einziges Stück aus Versehen mitführen. Das gibt heillosen Spektakel. Ich und an letzter Stelle Mr. Pratt waren verantwortlich für Vieh, das durch unsern Transport einer andern Herde verlorenging.
Zuweilen wird man die fremden Tiere nicht los. Sie wollen durchaus folgen. Vielleicht, daß sie den Stier mögen oder daß sie den Geruch unsrer Herde lieben. Ebenso kommt es vor, daß sich ein Stück unsrer Herde mit einer weidenden Herde mischt und dort nicht mehr heraus will, sondern bei jener fremden Herde bleiben möchte. Das soll man auch immer gleich wissen, daß man ein fremdes Stück in der eignen Herde transportiert oder daß ein eignes Stück dort zurückgeblieben ist. Die Brandzeichen sind oft sehr ähnlich, oft sehr verwischt und unleserlich.
Es ist dann gut, wenn man die eigne Herde gut erzogen hat, so daß sie sich nicht mit den andern mischt und die fremden Tiere ganz von selbst ausscheidet.
Jagt man die fremde Herde beiseite, was der Vormann zu tun hatte mit Hilfe eines der Treiber, ehe unsre Herde nahe kam, so konnte es doch auch oft geschehen, daß einige Dutzend Köpfe der eignen Herde glaubten, sie seien gemeint, und mit der fremden Herde davonjagten. Dann wurde das Durcheinander beinahe unentwirrbar, und es kostete Schweiß und Kehlen, die von dem vielen Schreien rauh waren wie Sandpapier.
Ein General braucht sich gar nichts auf seine Kunst einzubilden. Ein Armeekorps Soldaten über Land zu bringen, ist die reine Spielerei gegenüber der Arbeit, tausend Köpfe wild aufgewachsener Rinder durch unwegsames und halbzivilisiertes Land zu transportieren. Den Soldaten kann man sagen, was man von ihnen

will. Rinderherden kann man nichts sagen, da hat man alles selbst zu tun. Man ist Kommandant und Kommandierter in derselben Person.
Gegen fünf Uhr des Nachmittags machten wir in der Regel halt. Manchmal früher, manchmal später. Das hing davon ab, ob wir Weide hatten und Wasser. Einen Tag können es die Tiere ohne Wasser aushalten, wenn sie frisches Gras haben, im Notfalle auch zwei Tage. Aber am dritten Tage wird die Sache bedenklich. Hatte ich keinen Führer bekommen können oder war kein Wasser zu sehen, dann ließ ich die Tiere laufen. In den meisten Fällen fanden sie selbst Wasser. Aber das Wasser lag dann oft so, daß wir einen, zwei oder gar drei Tage, wenn nicht mehr, in unsrer Weglinie verloren, weil wir ganz quer abwandern mußten.
Wir bildeten zwei Lager des Nachts. Eines in Front, eines im Schwanz. Es wurde Feuer gemacht, Kaffee gekocht, Bohnen oder Reis gekocht, Brot gebacken und getrocknetes Fleisch dazu gegessen. Dann wickelten wir uns in unsre Decken und schliefen auf der glatten Erde, mit dem Kopf auf dem Sattel.
Zwei Wachen mit Ablösung stellte ich aus, um Raubtiere zu verscheuchen und um zu verhindern, daß einzelne Tiere abstreuen. Unter dem Vieh gibt es ebensogut Nachtbummler wie unter den Menschen. Die Tiere sind lange vor Sonnenaufgang auf und beginnen zu weiden. Wir ließen ihnen Zeit, und dann ging es weiter. Mittags rasteten wir abermals, damit die Tiere sich etwas suchen und damit sie verdauen und käuen konnten.
Bis jetzt hatte ich nur einen Stier verloren. Er hatte gekämpft und war so schwer gespießt worden, daß wir ihn abstechen mußten. Wir schnitten das beste Fleisch aus, schnitten es in schmale Streifen und trockneten es. Für den Verlust aber hatte eine Kuh ein Kalb geworfen, eine Nacht vorher. Das gibt eine neue Schwierigkeit. Das kleine Kälbchen kann den Marsch nicht mitmachen. Aber töten möchte man es auch nicht. Man möchte ihm gern sein junges freudiges Leben lassen, und man fühlt auch mit der Mutter, die es so liebevoll beleckt und abschleckt. Was blieb übrig? Ich nahm das Kälbchen zu mir aufs Pferd, und wir wechselten ab: alle halbe Stunde nahm es ein andrer aufs Pferd.
Das Kälbchen war unser Liebling. Es war eine Freude, rührend

mitanzusehen, wenn wir haltmachten und die Mutter herbeikam, um ihr Kindchen in Empfang zu nehmen. Sobald wir es vom Pferde ließen, war die Mutter da. Sie wußte, daß das Kälbchen im Transport ist, und sie hielt sich immer in der Nähe des Reiters, der es vor sich im Sattel hatte. Das war eine Schleckerei und Leckerei, eine Blökerei und eine Brummerei, wenn wir das Kälbchen der Alten an den Euter setzten. Die Alte brachte sich bald um vor Freude.

Als das Kleine schwerer wurde, mußten wir es auf eines der Packmulas verladen. Es dauert lange, ehe so ein Jungtier marschieren kann. Hätten zu viele Kühe geworfen, dann wäre es uns nicht möglich gewesen, den Müttern diesen kleinen Liebesdienst zu erweisen. Aber es kam doch noch dreimal vor, und ich brachte es nicht fertig, die Kleinen zu töten.

39

Undankbar zu sein, ist eine Charaktereigenschaft der Menschen, mit der man sich abzufinden lernt, ohne sich deswegen zu kränken. Die Natur aber ist dankbar für jede Kleinigkeit, die man ihr erweist. Kein Tier und keine Pflanze vergißt den Trunk Wasser, den man ihnen spendet, oder die Hand voll Futter oder die Mütze voll Dünger, die man ihnen gab. So dankbar zeigten sich auch die Kälbchen und die Mütter der Kälbchen für den Liebesdienst, den wir ihnen erwiesen hatten.

Wir kamen an einen Fluß, und weder wir noch der Führer konnten eine Furt ausmachen. Weiter stromabwärts fanden wir eine Fähre. Aber der Fährmann forderte für jeden Kopf so viel, daß das Übersetzen eine beträchtliche Summe ausgemacht hätte. Solange man die hohen Fähr- und Brückengelder sparen kann, tut man es; weil noch genügend Brücken und Fähren kommen können, die man unbedingt gebrauchen muß, wenn der Strom zu breit oder zu reißend ist oder wenn man an den Fluß nicht heran kann.

Während ich mit dem Fährmann verhandelte, rastete die Herde etwa sechs Kilometer stromauf. Wir hielten hier für zwei Tage, weil vortreffliche Weide da war und wir die Tiere sich einmal gründlich vollsaufen und gründlich baden lassen wollten. Sie müssen zuweilen baden, des Ungeziefers wegen, das beim Baden abstirbt. Die Tiere bleiben zu diesem Zweck stundenlang im Flusse stehen, an Stellen, wo ihnen das Wasser bis zur Hälfte des Bauches reicht.

Nun aber, nachdem die beiden Erholungstage vorüber waren, mußten wir den Fluß kreuzen. Die Herde mußte durch. Wir begannen zu treiben, aber sobald die Tiere den Boden verloren, kehrten sie zum Ufer zurück. Der Fluß war nicht sehr breit, hatte aber in der Mitte tiefe Rinnen.

Endlich kam ich auf einen Gedanken. Wir hackten mit den Machetes Stämme ab, schälten Bast und bauten ein kleines leichtes Floß. Dann knüpften wir die Lassos zu einer langen Leine zusammen, und ein Indianer schwamm hinüber zum andern Ufer mit

dem Ende der Leine. Wir knüpften die Leine am Floß fest und machten eine zweite Leine an. Dann packte ich eins der Kälbchen rauf, und drüben der Mann zog das Floß rüber und landete das Tierchen. Wir zogen mit unsrer Leine das Floß zurück, und das zweite Kälbchen wanderte rüber. Nach wenigen Minuten hatten wir alle vier Kälber auf der andern Seite. Und als sie dort so ärmlich und wackelnd auf ihren mageren stöckigen hohen Beinen allein standen, fingen sie erbärmlich an zu blöken. Es hörte sich kläglich an. Und wenn uns schon das traurige Blöken dieser kleinen hilflosen Geschöpfe zu Herzen ging, um wieviel mehr den Müttern. Kaum hatten die Kleinen ein paarmal geblökt, da setzte eine der Mütter ins Wasser und schwamm rüber. Gleich darauf folgten die andern drei Mütter. Das Wiedersehen war herzlich. Aber wir hatten keine Zeit, uns lange darum zu bekümmern; denn hier kriegten wir jetzt tüchtig Arbeit. Die Kühe drüben blökten nun auch, weil sie von der Herde getrennt waren. Sie fürchteten sich allein, und sie sehnten sich zurück nach ihrem Volke. Die Stiere hörten das Blöken eine Weile, und dann machten sie den Übergang. Der Leitstier war nicht dabei. Es waren jüngere Stiere, die offenbar glaubten, sie könnten dort drüben auf diese Weise ein eignes neues Reich gründen, wo sie von den stärkeren Stieren nicht gestört würden. Nun aber erwachte hier die Eifersucht der größeren Stiere und auch des Leitstieres. Sie schnaubten, und dann sausten sie los, um den naseweisen Grünlingen da drüben die Flötentöne beizubringen.
Auf der Wasserfahrt aber kühlten sie ab, und als sie drüben waren, hatten sie die Lust zum Kämpfen verloren, obwohl sie hier so wütend geschnauft hatten. Aber die Stiere waren drüben und brüllten, und die Kühe hier auf dieser Seite hatten keine Lust, ihr ferneres Leben ohne Stiere zu verbringen. Und da sie gewöhnt waren, den Stieren immer und überall zu folgen, so folgten sie auch jetzt, und bald war das Wasser angefüllt mit schnaubenden, planschenden, prustenden Rindern, die sich bemühten, hinüberzukommen. Es war ein wildes Durcheinander von gehörnten Köpfen und schlagenden und peitschenden Ungetümen. Manche kehrten wieder um, wenn es ihnen zu gefährlich schien. Und das war der Augenblick, wo wir eingreifen mußten. Es durfte nicht zur

Manie werden, dieses Umkehren, sonst konnte die halbe Herde umkehren, weil die Rinder ja keine Richtung im Wasser halten können, sondern nur drauflos platschen und auf ein Ufer losgehen. Wir schrien und peitschten und setzten mit den Pferden rein und jagten die Tiere zusammen und immer rüber und rüber zur andern Seite.
Einzelne kamen ins Schwimmen und ins Treiben. Die hatten wir abzufangen und sie zum Ufer zu dirigieren. Drei gingen mir verloren, die abgetrieben und die wir nicht holen konnten. Das war der ganze Verlust, den ich bei diesem Übersetzen hatte. Er war billig. Oft wird es teurer. Die Verlorenen waren an sich nicht viel wert. Sie hatten uns schon auf dem Transport Schwierigkeiten gemacht. Sie gehörten zu den Schlappen. Und je kleiner man den Trupp der Marschhinker halten kann, um so besser. Wir ließen die Tiere drüben wieder rasten und machten gleich Lager für die Nacht. In derselben Nacht wurde mir eine schöne Zweijährige von einem Jaguar zerrissen. Es war so rasch und so lautlos zugegangen, daß niemand etwas gehört hatte. Wir sahen es am nächsten Morgen nur an dem Kadaver und an den Fährten, was sich in der Nacht abgespielt hatte.
In jeder Hinsicht war ich billig davongekommen. Das Übersetzen mit der kleinen Fähre würde nach meiner Schätzung eine volle Woche gedauert haben. Auch dabei konnten Tiere verlorengehen, die abspringen oder die man bei einem so langen Aufenthalt an einem Fluß durch Raubtiere und Alligatoren einbüßt. Man hat an tausend verschiedene Kleinigkeiten und Nebenumstände zu denken. Dazu kam noch das Fährgeld. Und was ich an Fährgeldern, Brückengeldern, Wegegeldern, Weide- und Wassergebühren sparte, ging in meine Tasche und gehörte mit zu meinem Verdienst.
Was ich hier bei diesem Übergang über den Fluß gespart hatte, verdankte ich niemand sonst als meinen lieben kleinen Kälbern. Sie hatten die Liebe, die wir ihnen und ihren Müttern entgegengebracht hatten, reichlich vergolten.

40

Es wäre ja kein echter Transport gewesen, wenn er ohne die Mithilfe von Banditen zu Ende gegangen wäre. Man erwartet sie eigentlich immer, und man wundert sich nur dann, wenn wieder einmal ein Tag vorüber ist, ohne daß sich der eine oder der andre Trupp hat sehen lassen. Ein solcher großer Viehtransport geht ja nicht schweigend vor sich. Dutzende von Indianern sehen ihn, und es spricht sich herum. Und man weiß nie, wer den Kundschafter macht für eine Horde. Die Mehrzahl der Banditenhorden sind die Überbleibsel der Revolutionsarmeen, die gegen die Arbeiterarmeen kämpften. Es sind die Reste jener Truppen, die von den Diktaturanhängern, von den großen Landeigentümern, von einer Clique amerikanischer Kapitalisten geworben wurden und die bei Beendigung der Revolution übrigblieben, weil sie das Freischärlertum vorzogen.
Eines Morgens kamen sie. Genauer gesagt, eines Morgens trafen wir sie. Sie kamen ganz unschuldig angeritten. Sie konnten Peones sein, die irgendwohin zum Markte ritten oder auf der Arbeitsuche waren. Sie kamen aus der Flanke. Wir zogen auf einem breiten Buschwege, und plötzlich standen sie an der Seite des Weges, am Ausgange eines schmalen Buschpfades.
»Hallo!« rief der Führer. »Keinen Tequila?«
»Nein«, sagte ich. »Haben keinen. Aber wir haben Tabak mit. Könnt hundert Gramm abbekommen.«
»Gut. Nehmen wir. Habt Ihr Maisblätter?«
»Zwei Dutzend können wir wohl abgeben.«
»Nehmen wir auch.«
»He, wie ist es denn mit Geld? Der Transport hat doch Geld für die Fähren und Brücken und so.« Jetzt wurde es heiß. Das Geld.
»Wir haben kein Geld mit«, sagte ich. »Nur Schecks.«
»Schecks ist Dreck. Kann nicht lesen.«
Die Leute sprachen etwas zueinander, und dann kam der Sprecher herangeritten und sagte: »Wegen des Geldes wollen wir doch einmal nachsehen.«

Er durchsuchte meine Taschen und das Sattelzeug, aber ich hatte kein Geld. Er fand nur die Schecks, und er sah ein, daß ich recht hatte.
»Kühe können wir auch gebrauchen«, rief er nun.
»Die brauche ich selbst«, sagte ich. »Ich bin nicht der Besitzer, ich habe nur den Transport.«
»Dann tut es Ihnen ja nicht weh, wenn ich mir ein paar aussuche.«
»Bitte«, sagte ich, »helfen Sie sich nur. Ich habe eine hufkranke Kuh. Die Kuh ist gut, sie milcht in drei Monaten. Den Huf können Sie kurieren. Ist frisch.« ·
»Wo ist sie denn?«
Ich ließ sie heraustreiben, und sie gefiel ihm. Während der ganzen Zeit wanderte der Transport natürlich weiter. Der läßt sich ja nicht so auf Kommando halten, besonders wenn keine Weide da ist, sondern nur so dünnes mageres Gras am Wege entlang steht. Die guten Leute ritten neben mir her.
Der Führer sagte: »Schön, eine haben Sie mir gegeben, jetzt bin ich an der Reihe und darf mir eine aussuchen.« Er suchte sich eine aus, aber er verstand nichts von Vieh. Sie war nicht viel wert. Ich verschmerzte sie leicht.
»Nun dürfen Sie mir wieder eine aussuchen.«
Er bekam sie. Dann suchte er wieder eine aus. Diesmal nahm er eine der milchenden.
»Jetzt sind Sie wieder an der Reihe, Señor«, sagte er.
Ich versuchte es mit einem Scherz. Ich rief einen meiner Leute heran, der das Kalb jener Kuh trug, die sich der Wegelagerer ausgesucht hatte. »Hier haben Sie das Jungtier dazu«, sagte ich und händigte ihm das Kälbchen ein. Mit dem Angebot war er sehr zufrieden, und er ließ das Kalb für ein Volltier gelten. Das tat er nicht aus Generosität. Nein, viele der Indianer können die Kühe nicht melken. Sie können nur melken, wenn das Kalb gleichzeitig saugt, sonst kriegen sie keinen Tropfen aus den Zitzen. Die Milch muß so halb von allein fließen, die Kuh muß glauben, daß sie die Milch dem Kalb gibt. Darum war ihm das zugehörige Kalb so willkommen, denn nun konnte er die Kuh melken, und sie hatten Milch daheim.
Dann war er wieder an der Reihe. Als sie fortritten, zogen sie mit

sieben Kühen und einem Kalb von dannen. Kostete mich, wenn ich das Kalb nicht rechnete, hundertfünfundsiebzig Pesos. Denn auf welche Weise ich die Tiere verlor, das war gleichgültig. Was mir fehlte, wurde mir abgezogen. Mit den Banditen wurde gerechnet und mit den Zöllen, die man ihnen zu zahlen hatte. Es kam eben darauf an, wie man mit ihnen handelseinig wurde. Man mußte handeln mit ihnen wie mit Geschäftsleuten. Diplomatie spielt eine Rolle. Sie hätten ja auch mit fünfzehn abziehen können oder mit vierzig.
Das alles sind Transportunkosten. Gehört zur Fracht. Kann überall geschehen. Woanders entgleist ein Zug, oder es verbrennt oder scheitert ein Schiff, und der Transport ist fertig. Zu alldem hat man die hohen Versicherungsprämien zu zahlen. Hier versichert niemand. Keine Versicherungsgesellschaft übernimmt das Risiko, oder sie übernimmt es nur zu Sätzen, die zu zahlen sich nicht lohnt. Woanders sind es die Verladekosten, die Fütterungskosten und wer weiß was sonst noch alles für Kosten. Hier sind es die Flußläufe, die Bergübergänge, die Pässe, die Schluchten, die Sandstrekken, die wasserlosen Strecken, die Banditen, die Jaguare, die Klapperschlangen, die Kupferschlangen, und wenn es ganz schief gehen soll, eine Seuche, die dem Vieh auf dem Marsche irgendwo von anderm Vieh, dem es begegnet, mitgegeben wird.
Wenn man am Schlusse die Rechnungen vergleicht, sind die Unterschiede in den Transportunkosten nicht so groß, wie man vielleicht erwartet. Hier trägt es die Masse, die Masse der Aufzucht und die Masse des Transportes. Man kann sich natürlich mit den Banditen in einen Streit einlassen oder in eine Schießerei oder in Drohungen mit dem Militär. Warum nicht? Es gibt immer noch hin und wieder einen Narren, der es tut, und man sieht es manchmal so schön im Kino, wie die Banditen rennen, drei Dutzend vor einem smarten Kuhjungen. Ja, im Kino. In Wirklichkeit ist das alles ganz, aber ganz, ganz anders. Die Banditen rennen nicht so schnell. Und mit den Drohungen! Ach, du blauer Himmel! Das Militär ist weit, und das Land ist groß. Die Dörfer der Banditen sind unzugänglich, und die Offiziere der Regierungstruppen finden sie nicht auf den Karten. Die Familie des Banditen hat sechs Brüder, drei dienen beim regulären Militär, drei dienen bei den

Banditen, die nur darauf warten, daß wieder ein Diktator, der von den amerikanischen Ölkompanien und Minenkompanien genügend unterstützt wird, irgendwo auftaucht. Und wie das so wechselt. Die drei Brüder, die bei den regulären Truppen dienen, fressen morgen vielleicht etwas aus und finden Unterschlupf bei den Banditen, während die drei Brüder bei den Banditen sich freiwillig der Gnade des Gouverneurs unterwerfen und sich in die reguläre Armee einreihen lassen, wo sie vortreffliche Banditenjäger werden, weil sie alle Pfade und Tricks kennen.
Ausrottung der Banditen. Das läßt sich alles so schön in den Zeitungen empfehlen, und es läßt sich noch viel schöner von der amerikanischen Regierung, die das Land im Interesse der amerikanischen Großkapitalisten als Kolonie betrachten möchte, kommandieren, mit der Drohung, die diplomatischen Beziehungen abzubrechen. Aber die Banditen lesen keine Zeitungen, und sie hassen die Amerikaner, und sie finden ihre Körbe am besten gefüllt, wenn es infolge der diplomatischen Auseinandersetzungen im Lande unruhig wird.
Abgesehen von allem, es ist das gute Recht eines Banditen, sich zu nehmen, was er braucht. Dreihundert Jahre Sklaverei und Verluderung durch die spanischen Herren und Peitscher und Folterknechte, dann hundert Jahre Militärdiktatur und kapitalistische Cliquendiktatur von gewissenlosen Räubern und Banditen mit polierten Fingernägeln und Klubsesseln müssen das wundervollste und liebenswerteste Volk der Erde in Grund und Boden verlottern. In zivilisierten Ländern haben fünf Jahre Krieg die Völker so verludert, daß sie zwischen Recht und Unrecht nicht mehr durchfinden können, daß die Hälfte der Bevölkerung in jenen Ländern Verbrecher und die andere Hälfte Polizisten, Gefängniswärter und Staatsanwälte sind.
Meine Banditen waren zufrieden, daß sie alles so leicht, so vergnügt und mit so angenehmer Unterhaltung bekommen hatten. Und ich war zufrieden, daß sie nicht mehr genommen hatten und daß ich so billig loskam. Was hat sich da die Polizei hineinzumischen? Man wird ganz gut fertig, wenn man sich nicht um die Polizei kümmert. Ehe man nicht erschlagen ist, hilft einem die Polizei nicht. Und wenn sie endlich hilft, dann hilft sie nur dem

Mörder und nicht dem Erschlagenen. Was hat der Erschlagene davon, wenn der Mörder oder der Bandit auf den Friedhof geführt und erschossen wird? Er wird davon nicht lebendig.
Wir hatten jetzt einen weiten Umweg zu machen. Eine größere Stadt lag auf unserm Wege, und die mußten wir weitab liegenlassen, denn da gab es keine Weiden. Einen langen Flußlauf hatten wir hinauf zu wandern, und dann kam der Übergang über das Gebirge.
Es wurde recht kühl. Reichlich Wasser war vorhanden, aber die Weiden wurden knapp. Die Tiere aßen das Laub der Bäume. Das Laub war ebenso sättigend wie Gras. Es schien dem Vieh eine angenehme Abwechslung zu sein, Laub zu weiden. Wenn ich die Rinder so geschickt das Laub abstreifen sah, so kam mir manchmal der Gedanke, daß die Rinder in einer fern zurückliegenden Zeit vielleicht gar keine Steppen- und Prärietiere gewesen sein mögen, sondern Waldtiere, in Wäldern, die Sträucher und niedrige, buschähnliche Bäume hatten. Wälder, die heute verschwunden sind, weil nur die hoch emporwachsenden Bäume überleben konnten. Der Paßübergang war mühevoll, und wir mußten alle unsre Aufmerksamkeit anwenden, um die Tiere gut zu leiten; denn sie waren Gebirge ja nicht gewohnt. Zwei rutschten ab. Darunter ein prächtiger Jungstier. Er rutschte mit seiner Kuh, während er gerade so lustig am Springen war. Liebestragödie. Wir konnten sie unten in der tiefen Schlucht liegen sehen, zerschmettert. Ich hatte mit mehr Abstürzen gerechnet.
Zwei Schlangenbisse erlebten wir auch. Wir sahen es am Morgen an den geschwollenen Füßen zweier Kühe. Wir untersuchten und fanden die Einhiebe der Fänge. Aber die Kühe hatten Glück gehabt. Die Schlangen hatten vorgebissen, auf Holz oder auf irgendein wildes Tier. So bekamen die Kühe nicht die volle Ladung eingespritzt. Wir behandelten sie mit Schneiden, Abknebeln und achtundneunzigprozentigem Alkohol. Da wir hier, nachdem wir den Übergang durch hatten, zwei Tage haltmachten, kamen die Kühe schön wieder hoch, und ich sparte sie.
Am Abend fingen zwei Indianer an, sich gräßlich darüber zu streiten, was es für Schlangen gewesen seien. Der eine behauptete, es seien Klapperschlangen gewesen, während der andre darauf

bestand, daß es Kupferschlangen gewesen seien. Ich schlichtete den Streit, der sehr ernst zu werden drohte, mit einem Vergleich. Ich sagte zu Castillo: »Wenn Sie geschossen oder gar erschossen sind, so ist es Ihnen doch sicher ganz gleichgültig, ob Sie mit einem Revolver oder mit einem Gewehr, ob mit einer Achter oder mit einer Siebener erschossen sind.«
»Freilich, Señor, ist das egal, wenn man schon geschossen ist, denn geschossen ist geschossen.«
»Sehen Sie, Señores, so ist es auch mit den Kühen. Sie sind von einer Giftschlange gebissen, und es ist ihnen gànz und gar gleichgültig, ob sie von einer Rattler oder einer Copper gebissen sind. Sie sind gebissen, und es tut ihnen weh. Um das übrige kümmern sie sich nicht einen Dreck.«
»Sie haben recht, Señor, es war eine Giftschlange, und was es für eine war, tut jetzt nichts mehr zur Sache.«
Meinen Richterspruch fanden sie so klug, daß sie nicht mehr von den Schlangen sprachen, sondern nur von der Heilbarkeit der Schlangenbisse. Sie brachten alle möglichen indianischen Hausmittel zur Sprache, und dadurch endete der Streit der beiden.

41

Eines Morgens bei Sonnenaufgang, als wir den Aufbruch riefen und ich auf einen Hügel ritt, um von dort aus die Herde übersehen zu können und sie in die vorteilhafteste Richtung zu lenken, sah ich in der Ferne die Türme der Kathedrale liegen. Von leuchtendem Golde umflossen, stand das Ziel vor meinen Augen. Die Mühen waren zu Ende, und die Freude wartete in der Stadt, die im Glanze der Sonne badete. Ich ließ die Herde hier auf der Prärie und ritt zur Stadt. Ich sandte ein Telegramm an Mr. Pratt mit der Nachricht, daß ich hier sei. Dann ritt ich zurück zur Herde. Es war Abend, als ich zurückkam. Unsre Feuer loderten, und die beiden Männer, die Wache hatten, ritten gemächlich um die Herde und sangen die Tiere zur Ruhe.

Die Nächte in den Tropen haben für den Menschen, der, solange wir ihn kennen, ein Taggeschöpf ist, etwas unsagbar Unheimliches an sich. Viel unheimlicher noch sind die tropischen Nächte für die Tagtiere. Kleine Herden kommen des Abends zum Ranchohaus, um in der Nähe der Menschen zu sein. Sie wissen es ganz genau, daß der Mensch sie beschützt. In den Wochen nach der Regenzeit, in denen die Moskitos und die Beißfliegen in der Luft schwirren, dick wie aufgewirbelter Staub, kommen die Rinder selbst am Tage von den Prärien heim und drängen sich um das Ranchohaus, wo sie auf Hilfe hoffen. Man kann ihnen keine Hilfe gewähren, weil man selbst Kopf, Gesicht und Hände mit Tüchern umwickelt hat, um sich gegen die Geister der tropischen Hölle zu schützen.

Aber selbst die Riesenherden fangen an, unruhig zu werden, sobald die Sonne untergegangen ist. Sie umzirkeln die Hütten der Herdenaufseher und lagern sich rundherum. Die Wachleute umreiten die Herden während der ganzen Nacht. Abends, nach Sonnenuntergang, ziehen alle Männer herum und singen die Herde in den Schlaf. Dann erst beginnen die Tiere sich zu legen. Manche großen Viehzüchter überlassen es den Herdenmännern, den Cowboys, ob sie singen wollen oder nicht; sie halten es für über-

flüssig, für alten Kohl. Aber Vieh, das nicht eingesungen wird, ist nicht so gut wie andres, das in den Schlaf gesungen wird. Das Vieh bleibt die ganze Nacht hindurch unruhig, legt sich für zehn Minuten und springt wieder auf, um umherzuwandern und andres Vieh zu streifen und die Kameradschaft zu fühlen. Dieses Vieh ist am Morgen schläfrig, und weil es am andern Tage den verlorenen Schlaf nachholen muß, frißt es nicht so gut wie das gesungene. Es kommt infolgedessen viel langsamer in Form. Auf Transporten muß man erst recht singen; denn hier ist das Vieh viel unruhiger, weil es ja auf ungewohnten Prärien lagert. Würde man die Herde hier nicht in den Schlaf singen, hätte man es an der Marschzeit schwer zu büßen, weil die Herde dann am Tage mehr ruht, als es für den Marsch gut ist.
Ich jedenfalls ließ jeden Abend singen, und die Männer taten es mit Vergnügen. Sie ritten langsam und gemütlich, steckten sich zuweilen eine Zigarette an, und dann sangen sie wieder. Und bei dem Singen legten sich die Rinder in dem Bewußtsein absoluter Geborgenheit hin und ruhten. Schläfrig sahen sie dem reitenden Manne nach, brummten und begannen zu schlafen. Wird auch des Nachts ab und zu gesungen, so ist das den Tieren nur um so lieber. Sie wissen, daß ihnen dann nichts geschehen kann, denn der Mensch ist in der Nähe und beschützt sie gegen die Schrecknisse der Nacht. In der Tat verscheucht das Singen der Männer die Jaguare und Berglöwen. Daß dieses Singen der Kuhmänner auch alle Menschen verscheucht, die sich unter Singen eben Singen vorstellen, erwähne ich nicht. Man braucht mich nur singen zu hören, dann weiß man die letzten Geheimnisse der Welt.
Ich hatte die Kopfwache, die der Vormann hielt, auch hierhergenommen, damit wir die letzten paar Abende noch alle zusammen sein konnten. Die Vorwache war überflüssig geworden, weil drüben der Fluß lag, der sich bis zur Stadt hin erstreckte. Die Flanken konnten leicht gehalten werden von den beiden Wachen. Während die Leute rauchten und schwatzten, sattelte ich noch einmal auf und ritt die Herde ab, singend, pfeifend, summend und den Tieren zurufend.
Klar, wie nur der Nachthimmel in den Tropen sein kann, lag die schwarzblaue Wölbung über der singenden Prärie. Wie kleine

goldene Sonnen standen die strahlenden Sterne in der satten Nacht. Und Sterne flogen umher, Hunderte, Tausende, als wären sie heruntergekommen von dem hohen Dom der Welt, um Liebe zu suchen und Liebe zu spenden und dann wieder zurückzukehren in die stille einsame Höhe, wo keine Brücke führt von dem einen zum andern. Die Glühkäferchen waren das einzige sichtbare Leben hier unten. Aber das unsichtbare sang mit Milliarden Stimmen und Stimmchen, musizierte mit Geigen und Flöten und Harfen, mit Zimbeln und Glöckchen. Und da lag meine Herde. Ein schwarzer, dunkler Brocken neben dem andern. Brummend, atmend und einen warmen, vollen, schwer lastenden Hauch erdiger Gesundheit verbreitend, der so reich war in sich, in seinem Unbewußtsein, der so wohltat und so unendlich zufrieden machte.
Mein Heer! Mein stolzes Heer, das ich über Flüsse führte und über Felsengebirge, das ich beschützte und behütete, dem ich Nahrung brachte und erfrischendes Wasser, dessen Streitigkeiten ich schlichtete und dessen Krankheiten ich heilte und das ich Abend um Abend in den Schlaf sang, um das ich mich sorgte und härmte, um das ich zitterte und das meinen Schlaf beunruhigte, um das ich weinte, wenn eines mir verlorenging, und das ich liebte und liebte, ach, so sehr liebte, als wäre es mein Fleisch und Blut! O du, der du ein Kriegerheer über die Alpen führtest, um in friedliche Länder den Mord und den Brand zu tragen, was weißt du von der vollkommenen Glückseligkeit, ein Heerführer zu sein!

42

Am nächsten Morgen kam der Salztransport heraus, und ich salzte die Tiere. Ich hatte ihnen nur einmal Salz gegeben während des ganzen Marsches. Man kann sich darauf nicht gut einlassen, wenn man nicht ganz genau weiß, daß man viel Wasser noch am selben Tag erreichen wird. Jetzt aber war das Salz von großem Wert. Sie konnten sich tüchtig danach volltrinken und kamen in Glanz und Pracht, als hätten sie neue Uniformen erhalten. Ihre Felle schimmerten, als wären sie mit Bronzelack übergossen worden. Ich konnte mich mit meinem Transport sehen lassen. Drei Tage später kam Mr. Pratt mit dem Kommissionär, der den Verkauf übernommen hatte.
»Donnerwetter! Donnerwetter noch mal!« sagte er immer wieder. »Das ist Vieh. Das geht wie warme Butter fort.«
Mr. Pratt schüttelte mir die Hand und sagte: »Mensch, Gales, wie haben Sie denn das nur fertiggebracht? Ich habe Sie nicht vor Ende nächster Woche erwartet. Vierhundert habe ich schon verkauft. Dadurch, daß Sie so früh hier sind, rechne ich, daß wir innerhalb einer Woche das letzte Paar Hörner los sind. Es ist noch ein zweiter Transport von einem andern Züchter unterwegs. Und wenn Sie später gekommen wären, hätte das auf den Preis gedrückt; zweitausend Kopf in derselben Woche kann der Markt nicht tragen, ohne erheblich zu pressen. Kommen Sie nur mit zur Stadt gefahren, der Vormann kann den Rest jetzt allein schaffen.«
Die beiden Herren waren mit dem Auto herausgekommen, und wir waren am frühen Nachmittag schon in die Stadt zurück. Wir rechneten ab, und ich bekam ein recht nettes Sümmchen. Zwei Kälbchen waren noch hinzugeboren worden, und so hatte ich im ganzen fünf, die mir als volle Köpfe angerechnet wurden, wodurch meine Verluste sich um diese fünf Köpfe verringerten.
»Mache ich einen guten Preis«, sagte Mr. Pratt, »dann gebe ich Ihnen noch einen Hunderter zur Belohnung. Sie haben ihn verdient. Mit den Banditen sind Sie ja billig losgekommen.«
»Kein Wunder«, sagte ich, »den einen kannte ich gut, ein gewisser

Antonio. Ich habe einmal Baumwolle mit ihm gepflückt, und wir waren gute Freunde. Er sorgte dafür, daß es billig wurde.«
»Ja, das ist es«, meinte Mr. Pratt, »Glück muß man haben. Überall. Ob man Vieh züchtet oder ob man sich eine Frau nimmt.«
Er lachte laut auf und sagte: »Sie, hören Sie einmal, Junge. Was haben Sie denn mit meiner Frau gemacht?«
»Ich? Mit Ihrer Frau?« Mir blieb der Bissen im Munde stecken, und ich bin sicher, ich wurde etwas blaß. Frauen können so wundervoll unkontrollierbar sich benehmen. Sie kriegen zuweilen Einfälle und manchmal Anfälle. Fallen sogar ganz aus heiler Haut heraus in die Beichtwut. Die Frau wird ihm doch nicht etwa was geläutet haben? Sie sah mir gar nicht so aus, als ob sie alle ihre Geheimnisse an die Glocke hänge.
»Als Ihr Telegramm ankam, da war sie toll und rief: Da siehst du wieder einmal, was du für ein Nichtstuer bist und was du für ein überflüssiges Werkzeug bist. Da bringt dieser Junge die Herde rüber, als ob er sie in seiner Basttasche habe und als ob sie ihm am Sattelknopf hinge. Das schaffst du in deinem ganzen Leben nicht. Das ist ein andrer Bursche, dieser ›f-ing son of a bitch‹.«
»Um des Himmels willen, Mr. Pratt, Sie werden sich doch nicht etwa scheiden lassen.«
»Scheiden lassen? Ich? Warum denn? Wegen so einer Kleinigkeit?« Er lächelte wieder so eigentümlich. Wenn ich doch nur wüßte, wie er das meint: ›Kleinigkeit‹? Das kann heißen, daß er alles weiß, und das kann auch ebensogut heißen, daß er überhaupt nichts weiß.
»Nein«, fuhr er fort. »Warum soll ich mich denn scheiden lassen? Haben Sie Angst, daß ich mich scheiden lasse?«
»Ja«, gestand ich.
»Warum denn aber?«
»Weil mich Ihre Frau dann doch heiraten würde. Sie hat es doch ganz offen erklärt.«
»Ach so, ja. Ich erinnere mich, das hat sie gesagt. Wenn meine Frau so was sagt, dann tut sie es auch. Da kommen Sie nicht los davon, Junge.« Mir wurde ungemütlich zumute. Mr. Pratt merkte es, und er fragte: »Warum haben Sie denn da eine solche Angst? Gefällt Ihnen denn meine Frau nicht? Ich denke doch, daß –«

Ich ließ ihn nicht zu Ende reden, denn vielleicht kam jetzt das heraus, was er wußte. Und ich hielt es für besser, diese Angelegenheit in der Schwebe zu lassen. »Freilich. Ihre Frau gefällt mir sogar sehr gut«, gestand ich.
»Kann ich mir denken«, sagte Mr. Pratt.
Das war nun wieder so, daß es alles und nichts bedeuten konnte.
»Sehen Sie, Mr. Pratt«, sagte ich nun, »es ist so eine dumme Sache. Ihre Frau gefällt mir sogar sehr. Aber, bitte, lassen Sie sich doch nicht scheiden. Sie vertragen sich doch so gut. Ich müßte sie ja dann heiraten. Es wäre ja vielleicht so übel nicht. Aber ich weiß doch gar nicht, was ich mit meiner Frau, entschuldigen Sie bitte, was ich mit Ihrer Frau machen sollte.«
»Na, was man mit jeder Frau macht. Ihr die Freude machen, die sie gern hat.«
»Das ist es nicht. Es ist etwas andres. Ich weiß nicht, wie ich mit der Ehe fertig werde.« Ich versuchte es ihm klarzulegen. »Ich weiß nicht, wie ich mich da benehmen soll. Ich halte das einfach nicht aus. Ich kann nicht stillhalten. Ich kann nicht stillsitzen auf dem Ursch, verstehen Sie. Ich muß vagabundieren. Da kann ich doch meine Frau nicht mitschleifen. Ich würde ausrücken, weil ich das nicht vertrage, den ganzen Tag und jeden Tag vor einem ordentlichen Tisch zu sitzen und jeden Tag ein richtiges Frühstück und Mittagessen zu bekommen. Das verträgt auch schon mein Magen nicht. Wenn Sie mir einen Gefallen tun wollen –«
»Jeden. Schon erfüllt«, sagte Mr. Pratt gutgelaunt.
»Lassen Sie sich nicht scheiden von Ihrer Frau. Sie ist eine so gute Frau, eine so schöne Frau, eine so kluge Frau, eine so tapfere Frau. So eine kriegen Sie nie wieder, Mr. Pratt.«
»Das weiß ich. Deshalb lasse ich mich ja auch nicht scheiden. Ich habe nie daran gedacht. Ich weiß überhaupt gar nicht, wie Sie auf solchen Cabbage kommen. Hopp auf, wir gehen jetzt die Ablösung vom Kontrakt einweichen.«
Wir zogen ab.
Was ist denn da los? So viele Indianerweiber mit ihren Körben habe ich ja nie gesehen. So viele Tortillas zu verkaufen?
»Was ist denn eigentlich los hier?« fragte ich Mr. Pratt. »Man sieht ja nichts weiter als Tortillas und Tortillas und Tortillas.«

»Die Bäcker streiken. Die Leute haben kein Brot und müssen alle Tortillas essen«, erklärte mir Mr. Pratt.
»He, Mr. Pratt«, rief ich da laut, mitten auf der Straße stehenbleibend, »da sehen Sie gleich an diesem Beispiel, wie bitter unrecht Sie und Mr. Shine mir getan haben.«
»Mr. Shine und ich? Inwiefern?«
»Sie haben doch beide behauptet, daß ich mich immer nur um Streiksachen kümmere und daß überall, wo ich arbeite, ein Streik losgeht. Hier an dem Bäckerstreik bin ich doch ganz und gar unschuldig. Ich war doch wochenlang gar nicht hier. Wie kann ich denn da etwas mit dem Bäckerstreik zu tun haben?«
»Das sagen Sie, Gales. Aber nun gehen Sie einmal in die La-Aurora-Bäckerei und hören Sie, was Señor und Señora Doux den Leuten erzählen.«
»Was können denn die Leute von mir erzählen?« fragte ich.
»Die behaupten und erzählen es jedem Gast, daß Sie den Streik angezettelt haben.«
»Das sind nichtswürdige Verleumder, diese Douxens. Ich habe mit dem Streik gar nichts zu tun. Ich habe für Sie einen Transport gebracht und weiß gar nichts von einem Bäckerstreik.«
»Die Douxens aber behaupten, seit Sie dort gearbeitet haben, sind die Arbeiter in der Bäckerei mit nichts mehr zufrieden, nicht mehr mit dem Essen, nicht mehr mit dem Schlafen, nicht mehr mit dem Lohn und nicht mehr mit der langen Arbeitszeit. Und kaum waren Sie fort, ging es los. Zuerst in der La Aurora und dann am folgenden Tage in sämtlichen Bäckereien. Die wollen zwei Pesos Mindestlohn, luftige Schlafräume und achtstündige Arbeitszeit.«
»Nun will ich Ihnen aber doch die Wahrheit sagen, Mr. Pratt«, sagte ich darauf. »Mit dem Streik habe ich wirklich nichts zu tun. Ich habe Ihnen ja schon damals gesagt, als wir uns zum ersten Male trafen und Sie mir das mitteilten, was Mr. Shine über mich erzählt hat, daß rein zufällig immer da, wo ich arbeite oder wo ich gearbeitet habe, gestreikt wird, sobald ich mich da auch nur umgesehen habe. Dafür kann ich doch aber nicht. Das ist doch nicht meine Schuld, wenn es den Leuten nicht mehr gefällt und sie es besser haben wollen. Ich sage nie etwas. Ich bin immer ganz ruhig und lasse immer die andern reden. Aber weiß der Kuckuck, über-

all, wohin ich komme, behaupten die Leute, ich sei ein Wobbly, und ich versichere Sie, Mr. Pratt, das ist –«
»– die reine und unverfälschte Wahrheit«, beendete Mr. Pratt meinen Satz, den ich ganz anders zu beenden gedachte.
Aber so geht das immer, wenn einem die Leute die Worte aus dem Munde nehmen und dann gar noch herumdrehen. Da braucht man sich wahrhaftig nicht zu wundern, wenn sich die Menschen falsche Meinungen bilden. Sie sollen einen andern auch einmal reden lassen. Aber stets und immer müssen sie sich in die Ansichten, die andern Leuten gehören, hineinmischen. Kein Wunder, daß dann lauter Unsinn herauskommt.

B. Traven im Diogenes Verlag

Werkausgabe in Einzelbänden
Einzig berechtigte deutsche Ausgabe,
vollständig neu herausgegeben von Edgar Päßler
in Zusammenarbeit mit der Büchergilde Gutenberg,
Frankfurt am Main

Das Totenschiff
Roman. detebe 21098

Die Baumwollpflücker
Roman. detebe 21099

Die Brücke im Dschungel
Roman. detebe 21100

Der Schatz der Sierra Madre
Roman. detebe 21101

Die Weiße Rose
Roman. detebe 21102

Aslan Norval
Roman. detebe 21103

Regierung
Roman. detebe 21104

Die Carreta
Roman. detebe 21105

Der Marsch ins Reich der Caoba
Roman. detebe 21106

Trozas
Roman. detebe 21107

Die Rebellion der Gehenkten
Roman. detebe 21108

Ein General kommt aus dem Dschungel
Roman. detebe 21109

Die Geschichte vom unbegrabenen Leichnam
Erzählungen. detebe 21110

Ungeladene Gäste
Erzählungen. detebe 21111

Der Banditendoktor
Erzählungen. detebe 21112

Moderne deutsche Klassiker im Diogenes Verlag

- **Alfred Andersch**

Studienausgabe in 16 Bänden
detebe

Dazu ein Band
Über Alfred Andersch
Herausgegeben von Gerd Haffmans
detebe 20819

Sämtliche Erzählungen
Diogenes Evergreens

Das Alfred Andersch Lesebuch
Herausgegeben von Gerd Haffmans
detebe 20695

- **Gottfried Benn**

Ausgewählte Gedichte
Herausgegeben und mit einem Nachwort von Gerd Haffmans. detebe 20099

Das Gottfried Benn Lesebuch
Ein Querschnitt durch das Prosawerk, herausgegeben von Max Niedermayer und Marguerite Schlüter. detebe 20982

- **Friedrich Dürrenmatt**

Stoffe I–III
Winterkrieg in Tibet / Mondfinsternis
Der Rebell. Leinen

Achterloo
Komödie. Leinen

Das dramatische Werk in 17 Bänden
detebe 20831–20847

Das Prosawerk in 12 Bänden
detebe 20848–20860

Dazu ein Band
Über Friedrich Dürrenmatt
Herausgegeben von Daniel Keel
detebe 20861

- **Hermann Hesse**

Meistererzählungen
Herausgegeben und mit einem Nachwort von Volker Michels. detebe 20984

- **Das Erich Kästner Lesebuch**

Herausgegeben von Christian Strich
detebe 20515

- **Das Karl Kraus Lesebuch**

Herausgegeben und mit einem Nachwort von Hans Wollschläger. detebe 20781

- **Heinrich Mann**

Meistererzählungen
Herausgegeben von Christian Strich. Mit einem Vorwort von Hugo Loetscher und Zeichnungen von George Grosz.
detebe 20981

- **Thomas Mann**

Meistererzählungen
Herausgegeben und mit einem Nachwort von Gerd Haffmans. detebe 20983

- **Ludwig Marcuse**

Werk- und Studienausgabe in bisher 12 Einzelbänden
detebe

- **Hermann Harry Schmitz**

Buch der Katastrophen
24 tragikomische Geschichten, mit einem Vorwort von Otto Jägersberg und 15 Holzstichmontagen von Horst Hussel
detebe 20548

- **Arthur Schnitzler**

Meistererzählungen
Herausgegeben und mit einem Nachwort von Hans Weigel. detebe 21016

- **B. Traven**

Werkausgabe in 15 Bänden
Einzig berechtigte deutsche Ausgabe, vollständig neu herausgegeben von Edgar Päßler in Zusammenarbeit mit der Büchergilde Gutenberg, Frankfurt am Main
detebe 21098-21112

- **Robert Walser**

Der Spaziergang
Ausgewählte Gedichte und Aufsätze. Mit einem Nachwort von Urs Widmer und Zeichnungen von Karl Walser. detebe 20065

Maler, Poet und Dame
Aufsätze über Kunst und Künstler. Herausgegeben von Daniel Keel. Mit zahlreichen Dichterporträts. detebe 20794